Mi-figue Mi-raison

Tome 3 :
Quand l'impossible devient possible

Fanny DL

MI-FIGUE MI-RAISON

Tome 3 :
QUAND L'IMPOSSIBLE DEVIENT POSSIBLE

Fanny DL

So ROMANCE

www.soromance.com

Prologue

Mon travail enfin terminé, je ferme mon ordinateur et m'installe sur mon canapé avec une couverture bien chaude. Je suis épuisée de ma journée, mais c'est ce que j'appelle une bonne fatigue. En fait, c'est mon père qui disait toujours ça. Une fatigue due au travail acharné menant à de l'épanouissement est ce qu'on appelle une bonne fatigue. Mes yeux commencent déjà à se fermer alors j'allume la télé sans me préoccuper de la chaîne, consciente que je ne tiendrai pas éveillée plus de dix minutes.

Je me laisse doucement aller au sommeil lorsqu'un bruit assourdissant me fait sursauter. Je me relève d'un coup, le cœur battant.

C'était quoi ça ?!

Tout à coup, une multitude de ce même son s'enchaîne, comme des feux d'artifices, ce que je trouve bizarre à cette époque de l'année, et surtout à cette heure. Mais quand j'entends des gens crier, je me demande s'il ne s'agit pas… de coups de feu ?

Je m'élance à la fenêtre de mon salon, intriguée et un peu apeurée, je dois l'avouer. Après tout, les rues de Paris sont toujours animées le soir et bien évidemment que quelques jeunes sortant de bars à proximité ou de salles de concert peuvent finir en beuglant ou en se bagarrant mais si violemment, c'est très rare. Alors, la curiosité l'emportant sur ma peur, je soulève légèrement le rideau de ma fenêtre. En apercevant ce qui se trame dans ma rue, j'ai du mal à me dire que je suis bien éveillée et pas dans un de mes pires cauchemars !

Des gens hurlent et courent dans tous les sens. Je rapproche mon visage de la vitre et plisse les yeux pour tenter de voir ce qu'il se passe dans la grande avenue près des bars et je crois voir... des corps allongés sur le sol ? Oh, mon Dieu ! Ahuris et abasourdis, je fixe la scène un long moment avant que des cris résonnent de nouveau à mes oreilles et m'oblige à reculer, une main sur la bouche. La bile me prend, je suis à deux doigts de vomir.

Suis-je en train d'halluciner ?

J'hésite à me pincer tellement je doute que tout ça soit bien réel.

De nouveaux coups de feu suivis de hurlements me font crier si fort que ma voix se brise. Je cours jusqu'à ma chambre pour chercher mon téléphone, mais je suis tellement horrifiée et affolée par ces images que je trébuche plus d'une fois avant d'y arriver. La panique m'empêche de respirer et je suis au bord de l'évanouissement quand je mets enfin la main sur mon portable. Je comptais appeler la police, mais le bruit strident des sirènes prouve qu'ils sont déjà en chemin.

Je constate que j'ai plusieurs appels et messages en absence, mais ce que j'entends à la télé attire bien plus mon attention. Je retourne rapidement dans mon salon et je manque une fois de plus de m'étaler sur le sol pour attraper la télécommande et augmenter le son. Je comprends alors ce qu'il se passe. Je viens d'assister à la pire scène de toute ma vie et ce n'était pas un rêve, mais bien la triste réalité.

Chapitre 1

— Je n'y crois pas, je n'y crois pas !

Fanny crie en applaudissant et tout le monde dans le restaurant nous regarde, mais ce soir, je m'en moque totalement. Elles sautillent toutes les deux sur leurs chaises et pour une fois, je me joins à elles.

— Reprends depuis le début, s'il te plaît ! demande Mina, impatiente.

Je marque une pause, car Gino, le patron du Napoli, vient prendre notre commande, mais mes deux amies l'ignorent carrément.

— Accouche, Emy ! hurle de nouveau Fanny, hystérique.

Je m'excuse silencieusement auprès du serveur, en lui faisant signe de revenir dans cinq minutes. J'aurais sûrement dû attendre un peu avant de leur dire, mais je n'ai pas réussi. Elles étaient déjà installées à notre table habituelle quand je suis arrivée. Je me suis immédiatement précipitée pour prendre Mina dans mes bras. Je n'avais pas revu mon amie depuis son départ en Irlande, il y a un mois déjà ! Elle m'a ensuite demandé, furieuse, quelle était la raison pour oser être en retard à notre dîner de retrouvailles et j'ai répondu :

— Une demande en mariage !

Oui, c'est bien ça. Je n'arrive pas à y croire moi-même, mais c'est bien ce qu'il s'est passé ce soir. L'homme que j'aime, la personne avec qui rien n'était possible, m'a demandé de l'épouser. Alors que j'étais persuadée qu'il allait me quitter et me briser le cœur, il m'a, contre toute attente, fait la plus belle demande que l'on ne m'ait jamais faite.

— Je ne sais pas par où commencer, dis-je songeuse.

Je réfléchis quelques secondes afin de revoir la scène dans ma tête, mais Fanny secoue ses mains devant moi.

— T'as intérêt à dire quelque chose, Emilie Rachel Martin !

Son air faussement furax me fait glousser avant que je ne me racle la gorge pour commencer :

— Il a insisté pour me voir avant que je vous rejoigne et m'a demandé si j'avais fait le ramadan.

Oups. Leur regard surpris me rappelle que je ne leur en avais pas parlé non plus…

— Mais tu ne l'as pas fait, n'est-ce pas ? m'interroge Fanny, les sourcils froncés.

Je me pince les lèvres et elles écarquillent les yeux.

— OK mademoiselle ! lance Mina. On reparlera du fait que tu aies omis de nous parler de ça plus tard. Et après ?

— Je lui ai répondu oui et il m'a dit que le fait de le lui avoir caché prouve ma sincérité.

Elles hochent la tête en signe d'approbation et je poursuis, ravie de voir qu'elles me comprennent.

— Il m'a ensuite dit que l'on ne pouvait pas continuer comme ça lui et moi. J'ai vraiment cru qu'il allait me quitter mais au lieu de ça… il m'a fait sa demande !

— Comment ? demande Fanny.

— Il m'a dit… Épouse-moi, Emilie.

En répétant ses mots, je prends conscience qu'en réalité, il ne m'a pas posé la question.

Bon sang, même sa demande en mariage sonnait comme un ordre ! Mais peu importe la façon, c'était inespéré et magique.

Je ferme les yeux pour revenir dans mon appartement, en plein milieu de mon salon avec la poitrine en feu comme si j'y étais encore…

Chapitre 2

Quelques heures plus tôt

— Emilie… ?

Je suis complètement tétanisée par ce qu'il vient de me dire. Samy m'a-t-il réellement demandé de l'épouser ou c'est encore mon cerveau qui me joue des tours ? Je relève mon regard vers le sien.

— Tu peux répéter, s'il te plaît ?

Il rit doucement.

— Épouse-moi, habibti.

OH-MON-DIEU !

— Mais… je… je ne comprends pas !

— Ça veut dire ma chérie en arabe, me taquine-t-il.

Je lui tape doucement l'épaule avant de me joindre à lui en riant. Puis je reprends mon sérieux en le fixant sérieusement.

— Tout ça est si improbable.

— Un musulman peut épouser une femme croyante, tu te souviens ? C'est toi qui me l'avais dit.

Je me rappelle parfaitement lui avoir dit ça quand nous étions à Lille, durant notre séminaire. Je lui avais même parlé des parents de Mina qui sont un couple mixte.

— Oui, mais tu m'as également dit ce jour-là que ce n'est pas ce que tu voulais… Je veux dire, tu voulais une femme qui…

— Emilie, me coupe-t-il. J'avais une femme idéale en tête, mais en réalité, elle ne l'était pas. La seule femme que je veux aujourd'hui, c'est toi.

Je vais m'évanouir tellement mon cœur saute de joie. Est-ce réellement Samy qui vient de me dire cela ? J'hallucine, je ne peux pas y croire ! Il reprend la parole avant que je n'aie le temps de digérer :

— Je t'ai également dit ce jour-là qu'un mariage mixte était beaucoup plus compliqué. Et je n'ai pas menti, Emy. Tu dois savoir que ça risque d'être dur, même extrêmement dur parfois. Tu ne peux pas me répondre à la légère, tu comprends ?

Je hoche la tête en tentant d'assimiler tout ça, mais il poursuit :

— Je ne t'ai pas appelée ces derniers jours, car j'avais besoin de temps pour réfléchir. Ma décision est prise et je ne reviendrai pas dessus. À toi de me donner la tienne.

Je lève mes yeux vers cet homme magnifique et j'ai envie de lui crier que la réponse est oui, mais des milliers de questions se chamboulent dans ma tête. Il regarde sa montre et part vers l'entrée.

— Tu es en retard.

— Non Sam, attends ! m'exclamé-je en me plaçant devant la porte pour l'empêcher de sortir. Tu ne peux pas me dire tout ça et partir cnsuite !

Il sourit largement.

— Je suis désolé, j'avais besoin de te le dire. Mais tu dois y aller, c'est ta seule soirée avec tes amies avant longtemps. Tu dois en profiter.

Il se penche vers moi pour continuer à voix basse :

— Toi et moi on a tout notre temps maintenant.

Tout en délicatesse, Samy dépose un baiser sur le coin de ma lèvre et ça suffit pour m'électriser tout le corps. Puis, il sort de mon appartement et je m'adosse contre ma porte le cœur prêt à sortir de ma poitrine. *Comment pourrais-je lui dire non ?*

Chapitre 3

Mes amies me fixent avec des étoiles plein les yeux comme si elles regardaient un film d'amour et qu'elles attendaient le dénouement de l'histoire.

— Tu vas dire quoi ? m'interroge Mina.

— T'as une bague ? demande Fanny à son tour.

Je leur souris.

— Je sais que cette union va être difficile mais… pas plus que de passer ma vie sans lui.

Je lève ma main en l'air avant de poursuivre :

— Et non, pas de bague !

Elle paraît déçue pendant, je dirais, une demie seconde avant de se remettre à sautiller.

— Alors tu vas dire oui ?

Je leur adresse un énorme sourire en guise de réponse.

— Oh mon Dieu ! s'exclame Fanny avant d'attraper mes mains.

— Tu vas te marier ! s'enflamme Mina encore plus fort.

— Attendez avant de crier victoire. Il m'a demandé de bien réfléchir et j'avoue avoir plein de choses à mettre au clair.

Je me demande intérieurement s'il y aura de nouvelles règles puis je secoue la tête, car ce soir, j'ai envie de me concentrer sur mes amies, même si ça risque d'être extrêmement difficile.

— De toute façon, je passe le voir ce soir donc je vous dirai tout demain ! Bon, et toi Mina, comment ça va ? Bien installée ?

Incrédules, elles se jettent un bref regard avant d'exploser de rire.

— Quoi ? demandé-je.

— T'as vraiment cru qu'on allait parler d'autre chose ? demande Fanny encore morte de rire.

— On s'écrit tous les jours et on se voit en face time toutes les semaines, Emy, tu sais pertinemment que je suis bien installée, que tout va beaucoup mieux avec Mehdi et que j'adore passer du temps avec mes nouvelles voisines telles une desperate housewive !

Elle nous fusille alors du regard et nous rions avec Fanny. Depuis qu'on lui a donné ce surnom, il ne la quitte plus.

— Oui, allez, raconte-nous ! Ça va être quoi le thème du mariage ? On va s'habiller de quelle couleur ? Est-ce que…

Je lève ma main pour stopper Fanny qui me mitraille de questions, car si je la laisse faire, elle ne s'arrêtera plus.

— Vous croyez vraiment que j'ai eu le temps de penser à tout ça ?

Je m'imagine rapidement dans une robe blanche en dentelle comme celle que j'ai vue sur cette photo… *Non mais il faut que j'arrête ça !*

— Les filles, dis-je en secouant la tête. Je dois d'abord tout mettre au clair avec Samy avant d'envisager quoi que ce soit. Et puis tout ça est nouveau pour moi. Le mariage ! Ce n'est pas comme si je l'avais envisagé un jour.

— Mais d'ailleurs, c'est fou que tu aies changé d'avis à ce sujet, dit Mina. Tu penses que tu veux l'épouser car c'est l'unique moyen d'être ensemble ou tu n'es plus contre le mariage ?

Je réfléchis quelques secondes, car je n'ai pas eu le temps de penser à ça non plus.

— Au départ, je pensais que c'était le seul moyen d'être ensemble, mais je me suis rendu compte de tellement de choses dernièrement… C'est un engagement qui prouve notre amour devant nos proches. On montre aussi qu'on est sûrs de vouloir passer notre vie entière avec l'autre. Et c'est ce que je veux. Lui pour toute ma vie.

Malgré leur expression émue, Mina prend un air sérieux.

— Chérie… Je veux que tu saches que je suis heureuse pour toi, vraiment ! Mais en tant qu'amie, je dois te dire que ça va être dur. La vie à deux est déjà compliquée alors quand on a des points de vue différents, c'est…. Tu sais, mon père m'a raconté un jour, qu'avant leur mariage, ma mère acceptait tout de lui. Mais au bout de quelques années, elle en avait marre de faire des concessions.

— Je comprends Mina, mais sache que, si je suis bien sûr d'une chose, c'est que j'aime Samy pour ce qu'il est. Et je sais que l'homme qu'il est, c'est en très grosse partie dû à ses croyances.

Je repense à Samy, respectueux, dévoué, sensible à sa façon…

— Mais, et toi par rapport à la religion ? demande Fanny.

— Comment ça ?

— Tu as fait le ramadan et tu as été sincère, OK. Mais maintenant ? Tu comptes faire quoi ? Est-ce qu'en lui prouvant ta sincérité il ne s'est pas dit que tu irais plus loin, c'est-à-dire…

Elle n'ose pas finir sa phrase, alors Mina le fait à sa place :

— Te convertir ?

Je sursaute presque.

— Non ! m'écrié-je. Je veux dire, non, je ne suis pas prête pour ça ! Je crois désormais en Dieu, mais je m'étais dit que je voulais faire plus de recherches, vous voyez ? Il y a tellement de religions… je ne sais pas où j'en suis, mais ce qui est sûr, c'est que je ne suis vraiment pas prête à un tel engagement et d'ailleurs, je ne pense même pas le faire un jour.

Elles acquiescent sans rien ajouter et une panique monte en moi. Et si le fait d'avoir fait le ramadan avait laissé croire à Samy que j'allais sur ce chemin ? Je ne pourrais jamais envisager une telle chose juste par amour.

Oh non…

En sentant la déception m'accaparer, je pose mes mains sur mon visage, mais Mina les retire rapidement.

— Emy, tu as raison ! Tu dois mettre tout ça au clair avec lui. Ne te prends pas la tête maintenant.

Elles me sourient toutes les deux et Fanny reprend son air excité.

— C'est tellement beau tout ça ! Toi qui as toujours douté, tu peux être sûre maintenant qu'il t'aime vraiment !

Bordel, Samy m'aime !

Tout à coup, je me rends compte qu'il ne me l'a jamais dit et je n'ose imaginer cette scène, car rien que le fait d'y penser me donne le tournis.

Nous passons le reste de la soirée à parler de moi et encore de moi et de moi. Ce n'est pas faute d'avoir essayé de changer de sujet.

Il est presque minuit quand nous nous quittons devant le restaurant.

— Il n'est pas trop tard pour que tu y ailles ? demande Mina avant de sortir de mon étreinte.

Avant que je n'aie le temps d'ouvrir la bouche, Fanny répond à ma place :

— Tu plaisantes ? Bien sûr qu'elle y va !

Nous rions brièvement, car il est de nouveau l'heure de nous dire au revoir pour plusieurs semaines. C'est beaucoup moins difficile que la première fois, mais ça l'est tout de même.

— Allez, on se revoit bientôt, me rassure Mina.

Nous nous enlaçons une dernière fois et quand je rentre dans ma voiture, je ne peux m'empêcher de leur envoyer un message :

* Que serait ma vie sans vous ?

Chapitre 4

Quelques instants plus tard, je toque à la porte de Samy.

L'attente parait énorme alors qu'il m'ouvre en quelques secondes seulement. Il est vêtu de son fameux short en coton qu'il met pour traîner. Et en haut ? Bien évidemment, il ne porte rien. Toute mon attention est désormais concentrée sur ce torse nu, bronzé et musclé. *Bon sang...*

Quelle que soit ma décision ce soir, je ne sors pas d'ici sans l'avoir touché. Il ouvre grand la porte et se décale sur le côté pour me laisser entrer.

— Ne chercherais-tu pas à orienter ma décision par hasard ? dis-je en m'installant sur son canapé.

Il part dans sa chambre en riant et ressort habillé d'un t-shirt blanc, à mon grand désespoir. Puis il s'assied près de moi en laissant tout de même une petite distance.

— Comment était ta soirée ? m'interroge-t-il.

— Très bien.

J'évite de lui dire qu'il était au centre de la discussion. Il me demande comment vont mes amies et le fait qu'il s'attarde sur Mina et sa nouvelle vie me surprend.

Il me fixe plusieurs secondes et j'attends qu'il commence à lancer le sujet, mais il ne le fait pas et mon impatience me fait craquer la première.

— Sam, j'ai tellement de questions.

Il s'installe confortablement et penche la tête sur le côté en attendant que je poursuive. Je tourne mon visage, car s'il continue de me regarder comme ça je vais lui sauter dessus. *Il m'a tellement manqué !*

D'avoir vu son torse nu et de sentir son odeur m'excite sans qu'il n'ait rien à faire d'autre.

Je me concentre de nouveau sur tout ce que j'ai à lui dire : j'aurais peut-être dû faire une liste ? Je secoue la tête et fixe mes doigts entremêlés. Ma nervosité le fait rire, mais il attend patiemment. J'inspire profondément et commence avec ma pire crainte depuis sa demande.

— Est-ce que… tu es vraiment sûr de toi ? Je veux dire, c'est énorme comme décision. Qu'est-ce qui t'a poussé à me demander une telle chose ?

Je fronce les sourcils tellement je n'y crois toujours pas, mais il reste impassible. Je suis tellement stressée et lui si… calme !

— Je ne veux plus de cette situation entre nous. Tu sais que je veux me marier et fonder une famille. Donc la solution était soit de te fuir, soit de t'épouser. C'est toi que j'ai choisie, Emy.

Ces dernières paroles accélèrent les battements de mon cœur et j'ai envie de le prendre dans mes bras, mais je dois continuer. Il faut que l'on mette cartes sur table, maintenant !

— Mais… tu m'as dit tellement de fois que tu voulais quelqu'un qui partage ta religion.

— Comme je te l'ai dit tout à l'heure, Dieu autorise un musulman d'épouser une femme qui croit en lui et tu m'as prouvé que c'était le cas.

— Oui, mais…

J'hésite une seconde puis je décide d'aller droit au but.

— Je ne compte pas me convertir, Sam.

Il soupire en s'approchant de moi puis il attrape doucement mon visage pour me forcer à le regarder dans les yeux. Je ne sais pas si c'est sa main sur moi ou son regard qui enflamme mon bas ventre.

— Écoute, Emilie. Je ne peux pas te dire que ça ne me ferait pas plaisir que tu le fasses un jour, mais je peux te promettre que ce n'est pas ce que j'envisage. Premièrement, car c'est une décision que personne ne peut prendre à ta place. Je ne t'ai pas demandé ta main en attente de quelque chose en retour. Deuxièmement, si je t'ai choisie, c'est parce que j'ai confiance en toi. Tu m'as prouvé que tu croyais en Dieu et c'est un honneur de t'avoir aidée à percevoir les choses autrement. Tu m'as aussi montré que je pourrais pratiquer ma religion sans problème, voire même avec ton aide. C'est tout ce qui compte. Une fois marié, j'en aurai fini avec tous ces péchés qui ne font pas de moi quelqu'un de bien.

Je tente de détourner une fois de plus les yeux tellement c'est dur de ne pas pleurer en entendant tout ça, mais il m'en empêche et replonge son regard dans le mien. Je m'apprête à lui dire qu'il est bien meilleur qu'il ne le croit. Il est de loin l'homme le plus bon que je n'ai jamais connu, mais il poursuit :

— Je me suis rendu compte que les deux choses qui importent le plus pour moi et qui peuvent me rendre heureux sont compatibles. C'est tout ce qui compte.

— Waouh, dis-je doucement avant de me mordre la lèvre.

Samy se met à les fixer intensément ce qui me fait frissonner de désir.

— Continue, souffle-t-il.

— Continuer quoi ?

— Bah tes questions ! Tu as dit que tu en avais une tonne.

— Ah... oui.

Ma déception le fait marrer.

— Je veux que tout soit clair, Emy. Continue, s'il te plaît.

Je détourne de nouveau le regard en secouant la tête.

— Oui... alors... euh... concernant l'Islam. Je comptais m'intéresser à d'autres religions. Je veux dire... je crois en Dieu, mais je ne sais pas quelle...

Je m'arrête. J'ai un peu du mal à m'exprimer et je n'ose pas le regarder en face, de peur de le décevoir.

— Très bien, lâche-t-il.

Je le fixe, surprise.

— Tu trouves ?

— Oui, c'est honnête. Le Coran dit que tous les livres religieux sont sacrés.

Je dois rêver...

Alors il n'y a plus rien d'impossible entre lui et moi ? Est-ce vraiment réel ? Tout ça me parait beaucoup trop facile !

— Tu veux dire que si un jour je deviens chrétienne ça ne te dérangerait pas ? insisté-je.

— Je ne peux pas dire que ça ne me dérangerait pas, mais je peux t'assurer que je te laisserai faire tes propres choix. Enfin... ne deviens pas bouddhiste, s'il te plaît, je n'ai jamais compris leur délire !

Nous éclatons de rire avant que je ne reprenne la parole :

— Y a-t-il des règles ?

S'il continue à me sourire comme ça, je vais finir par fondre comme du chocolat !

— À part celles du mariage, comme m'être fidèle, non.

Lui être fidèle ? Sérieusement, quel homme pourrait m'attirer autant que lui ?

— Par rapport à ça justement, que penses-tu de la polygamie ?

Il éclate de rire. Cette question ne faisait pas partie de ma liste invisible, mais ce sujet m'y a fait penser.

— Elle est interdite en France, répond-il amusé. Alors à moins que l'on déménage….

Je le fusille du regard et il reprend alors son sérieux :

— Je ne veux que toi dans ma vie, Emy.

À peine cette phrase sortie de sa bouche que mes lèvres sont déjà sur les siennes. Il me rend timidement mon baiser avant de se reculer.

— Ça va, je n'ai plus de questions ! dis-je en agrippant fermement ses bras pour l'embrasser à nouveau.

Mais il m'en empêche en tournant le visage.

— Attends, il y a autre chose, Emilie.

Il se racle la gorge et la mienne se resserre, car ça n'a pas l'air d'être une bonne chose. Je savais bien que ça ne pouvait pas être aussi simple !

— Je t'ai longtemps considérée comme une femme avec qui je profitais et j'en suis désolé, car je n'aurais jamais fait ça avec une femme que je respecte.

Je le fixe d'un regard interrogateur. Qu'est-ce qu'il raconte ?!

— Donc maintenant que je te considère comme mon éventuelle future femme, ça change tout.

— C'est-à-dire ?

— C'est-à-dire plus de sexe, lâche-t-il.

— Quoi ? crié-je presque.

— Pas avant qu'on soit mariés.

— Mais attends, c'est ridicule, on l'a fait une centaine de fois ! Qu'est-ce que ça change ? Ce n'est pas du tout irrespectueux pour moi Sam, ne t'en fais pas pour ça je…

— Emilie, me coupe-t-il on ne peut plus sérieux. Pour moi ça change tout et je ne te toucherai plus, à moins que tu ne deviennes ma femme.

Nom de Dieu !

Cet aveu me donne encore plus envie de lui… Je ne vais pas y arriver !

— Tu… tu es vraiment sérieux ?

Samy s'esclaffe en notant mon désespoir.

— Tu me manques beaucoup aussi Emy, crois-moi. Mais ça compte pour moi. Et tu verras, tu ne le regretteras pas. Enfin, si tu acceptes.

Les yeux plissés, il m'adresse un sourire malicieux.

— Si j'accepte quoi ? demandé-je d'un air faussement supérieur. Tu ne m'as pas vraiment demandé quoi que ce soit !

Son expression amusée s'évapore et il se rapproche de nouveau pour prendre ma main dans la sienne.

— Veux-tu m'épouser, Emilie ?

Sa manière de me regarder est tellement profonde que je crois voir des étoiles autour de lui.

Seigneur, je manque d'air…

Je reprends mon souffle et essuie mes larmes naissantes avant de lui répondre :

— Oui.

Chapitre 5

Rien, ni même le fait que Sam n'ait pas voulu que je reste ce soir, n'effacera ce sourire béat que j'ai collé aux lèvres.

Je vais me marier !

Samy a insisté pour qu'on ne dorme pas ensemble. Pas parce qu'on est en semaine ou que l'on est fâchés, mais parce qu'il veut rendre notre union plus pure et plus respectueuse. Et il ne veut pas qu'on joue avec le feu donc on ne passera plus de nuit ensemble dorénavant.

Même si j'ai joué la fille têtue qui ne comprenait pas, il y a quelque chose dans tout ça qui m'excite encore plus. Et j'avoue adorer une fois de plus la façon dont il voit les choses. Ça pourrait paraître ridicule et dépassé, mais ça ne l'est pas. Au contraire, ça rend notre relation encore plus intense et passionnée.

Je me mords la lèvre en m'allongeant sur mon lit. Comment vais-je réussir à dormir après cette soirée ? Mais surtout, comment vais-je tenir tout ce temps ? Ça me fait penser qu'on n'a même pas parlé du mariage en lui-même.

Bien qu'il soit déjà presque quatre heures du matin, je lui envoie un message.

*On se marie quand ?

Je me demande si on ne pourrait pas le faire dans dix mois, on serait au printemps et donc plus de chance qu'il fasse beau. Mais peut-être que ça va lui sembler trop tôt ? Je souris quand j'entends qu'il m'a répondu et fais un bon de mon lit en ouvrant le message.

*J'avais pensé dans trois mois.

Quoi ?! Il se moque de moi ? Trois mois ?

C'est juste impossible !

*Tu n'es pas sérieux ?

*Bien sûr que si.

*Dans trois mois nous serons en décembre ! Qui se marie en hiver ?

*Les couples pas comme les autres...

Sa réponse me fait sourire. Ça me paraît impossible d'organiser un mariage en si peu de temps, mais je n'ai pas non plus envie de refuser. Je m'en fiche de la météo ou de quoi que ce soit d'autre d'ailleurs.

*Je pensais plutôt dans un an...

*Un an ? Si c'est ce que tu veux alors d'accord. Reste à savoir si tu tiendras jusque-là... ?

Là il m'a eue ! Je ne tiendrai jamais toute une année ! Mais attends, c'est lui l'homme après tout, pourquoi c'est moi qui ai l'impression de ne penser qu'à ça ?

*Car pour toi tenir une année, c'est facile ?

*Non, Emilie, ça ne sera pas facile, mais je sais que tu feras tout pour ne pas me tenter et respecter ma décision. Ça compte pour moi.

Sa réponse me montre encore une fois pourquoi je l'aime autant. Je me sens tellement chanceuse d'être celle qu'il a choisie. Il me renvoie un message sans que je n'aie le temps de lui répondre.

*Dors maintenant. Je passerai te prendre demain pour déjeuner et on reparlera de tout ça. Bonne nuit, madame Belaoui.

Oh la la ! Je pose mon téléphone et c'est le cœur battant que je tente désespérément de trouver le sommeil.

Chapitre 6

Le « poumon vert » de Paris ! L'appellation du bois de Vincennes lui correspond totalement, surtout en cette période de l'année. Je prends une dernière photo de cet îlot de verdure avec ces quelques feuilles qui commencent à tomber doucement de leurs arbres. C'est magnifique !

Je retourne m'assoir près du banc et un frisson remonte doucement le long de mon dos. Est-ce la brise qui commence à se rafraîchir en cette fin d'été ou la vision de cet homme magnifique en train de me regarder le rejoindre ?

Après m'être finalement endormie vers cinq heures du matin, j'ai profité de mon dimanche pour faire la grasse matinée. J'ai été réveillée un peu avant midi par un message de Samy, me proposant de déjeuner dehors. J'avais plutôt envie de flemmarder avec lui, mais il a insisté pour sortir. Quand j'ai vu son sourire aux lèvres en ouvrant ma porte d'entrée, je me suis souvenue alors que le côté raisonnable de notre relation avait vraiment disparu.

J'ai souvent payé très cher les bons moments passés avec lui, quand sa raison le rattrapait et qu'il regrettait aussitôt ses paroles et gestes. Mais aujourd'hui, c'est terminé. Il va falloir que je m'y habitue !

— Tu as froid ? me demande-t-il en enveloppant mes bras des siens.

— Un peu… l'été parait terminé.

— Ce n'est pas comme si on en avait eu un.

Cette saison censée nous réchauffer les cœurs a été plutôt chaotique à Paris, pas de grosses chaleurs et beaucoup de pluie. Il resserre son étreinte et j'ai des papillons dans le ventre tandis que je me rappelle qu'il faut qu'on discute.

Je me détache doucement pour lui faire face.

— Bon alors, commencé-je. Tu voudrais te marier au mois de décembre ?

Il me sourit tendrement avant de répondre :

— Ce n'est pas que je veux me marier ce mois-là, c'est que je veux me marier le plus vite possible.

Je réfléchis quelques secondes.

— Sachant qu'il faut préparer les invitations, les envoyer, réserver le traiteur, trouver ma robe qui ne sera sûrement pas à ma taille. Oh mon Dieu, et mes demoiselles d'honneur ? La couturière avait mis cinq mois à réajuster ma robe pour le mariage de Fanny !

Ma voix est montée crescendo avec la panique, mais Sam attrape mes mains posées sur mes joues.

— Emilie, calme-toi ! Tu sais... je veux qu'on s'unisse. C'est tout ce qui compte, tu te souviens ? Toi et moi.

Mon angoisse se calme pour laisser place à de... l'excitation ? Encore ? Je ne vais pas tenir !

— Tu ne veux pas de beau mariage ? demandé-je.

— Si mais... ce n'est pas le plus important.

— Oui c'est sûr, dis-je en baissant les yeux au sol. Ce n'est pas comme si j'avais toujours rêvé d'un grand mariage avec une belle robe et des fleurs !

Il me sourit de nouveau et je secoue la tête.

— Bon, et les alliances ? le questionné-je.

— On ira les choisir ensemble.

— Et...

J'hésite une seconde en tournant légèrement le visage pour qu'il ne me voie pas rougir. Il penche la tête pour me forcer à le regarder.

— Tu… Je n'ai pas de bague. Je veux dire… de fiançailles.

— Ma demande s'est faite rapidement et je ne pensais pas qu'on avait besoin de tout ça.

— Comment ça ?

— De toutes ces traditions liées au mariage. Ce n'est pas ce qui compte, si ?

— Non, bien sûr que non.

Je souris largement pour cacher ma déception. Après tout, je n'y aurais peut-être même pas pensé si Fanny ne m'en avait pas parlé. Et puis sa demande était tellement magique. Il a raison, je n'ai pas besoin de tout ça. Il parle à une convaincue ! Alors pourquoi ai-je une boule au ventre comme quand je suis contrariée ? Bref. Il faut que je me force à passer à autre chose.

— On commence par quoi alors ? Il faudrait faire une liste.

— Je te laisse gérer la liste. Aujourd'hui il y a surtout deux choses importantes à établir. La première : la date du mariage.

Je m'allonge sur le banc la tête sur ses genoux et nous débattons un long moment avant de nous décider sur une date : le samedi vingt-huit décembre. Dans un peu plus de trois mois.

Prononcer notre date à voix haute fait monter l'excitation en moi. Le froid ou la pluie ne me font pas peur. C'est plutôt le fait de préparer un mariage en si peu de temps qui m'inquiète. La seule raison de ne pas paniquer est que je sais que je peux compter sur mes deux meilleures amies accros au mariage depuis leur tout jeune âge.

Je me relève pour le prendre dans mes bras et le serre fort en chuchotant à son oreille :

— Alors dans trois mois tu es à moi ?

— C'est plutôt toi qui seras mienne, habibty.

— Ne m'appelle plus comme ça si tu veux que je tienne trois mois, dis-je en me mordant la lèvre.

Il sourit et s'approche pour m'embrasser, mais nous sommes interrompus par le rire d'enfants. Deux jeunes garçons et une petite fille courent derrière un homme qui semble être leur père. Cette image si simple, mais magnifique, attire désormais toute notre attention.

— Il y a bien une règle finalement, dit-il en regardant les enfants jouer un peu plus loin de nous.

— De quoi tu parles ?

— Tu m'as demandé s'il y avait des règles.

Il tourne son visage vers le mien avant de poursuivre :

— Je veux des enfants.

Je lui souris en guise d'accord.

— Attends avant d'accepter, me prévient-il. Je n'en veux pas qu'un ou deux…

Mes yeux s'écarquillent et je repense à la tête que j'ai faite quand Mina nous a annoncé qu'elle et son mari en voulaient cinq.

— Euh… trois ?

— Adjugé ! Va pour trois, répond-il en riant.

— Tu es sérieux ?

— Je sais que quatre ou cinq, c'est beaucoup pour vous…

— Pour une babtou tu veux dire ? notifié-je en le fusillant du regard, ce qui le fait rire de plus belle.

— Désolé, mais… oui. En général, vous baissez les bras au bout d'un ou deux enfants.

Je ravale mon air outré, bien décidée à me défendre.

— Et vous, vous en faites six ou sept, tu ne trouves pas ça démesuré ?

Mon audace le fait rire encore plus fort.

— C'est pour cela que trois est un excellent compromis, me dit-il doucement avant de poser ses lèvres dans mon cou.

Les milliers de papillons sont de retour. Je repense à tout ce qu'on vient de dire et me rends compte que quand nous avons décidé de parler mariage, moi je pensais à la forme et lui pensait plutôt au fond, ce qui est bien plus important.

Je ferme les yeux pour profiter de ses baisers et je suis tellement bien que je laisse échapper mes paroles, sans réfléchir :

— Je t'aime.

Mon cœur s'accélère. C'est la première fois que je le lui dis sans crainte avec la certitude de sa réponse cette fois.

— Emy…

Quoique...

Il relève son visage de mon cou et baisse son regard gêné au sol. Je le fixe en écarquillant les yeux. Samy gêné ? Qu'est-ce qu'il se passe ? C'est comme quand sa raison revient.

— Tu sais que je ne suis pas un grand romantique. Tu dois savoir que malgré le fait que j'aie joué un rôle avec toi pour tenter de te repousser, j'étais tout de même moi-même.

— C'est-à-dire ?

— C'est-à-dire que je ne suis pas… je ne suis pas tendre.

Impossible de ne pas sourire.

— Tu l'es pour moi. Et puis… tu m'as demandé de t'épouser alors j'imagine que…

Je ne finis pas ma phrase volontairement afin qu'il réagisse, mais il n'en fait rien alors je poursuis, inquiète :

— C'est que tu m'aimes, non ?

Il ne répond pas et inspire profondément.

Merde, il me fait quoi là ?

— Je ne l'ai jamais dit à personne, m'apprend-il.

Je ne sais pas comment prendre sa réponse. D'un côté, je suis soulagée et ravie d'être la première, mais d'un autre... je me demande s'il m'aime vraiment.

— Emilie, regarde-moi.

Je relève mes yeux brillants vers lui.

— Je ne l'ai jamais dit à personne et quand je dis personne, je ne parle pas seulement des femmes que j'ai pu avoir dans ma vie.

— Oh... mais...

— Non, même pas à ma famille.

— Tu m'as pourtant dit être très proche de ta famille.

— Oui mais chez nous, on ne se dit pas ce genre de choses, tu vois ? C'est comme ça !

Il semble contrarié et j'ai envie de le rassurer. Ce qu'il vient de me dire me fait de la peine. Je pose mes mains sur son visage et colle mon front au sien.

— Ça n'a pas d'importance. J'ai dit un millier de fois je t'aime à mes parents et regarde où on en est aujourd'hui... dis-je, ironique.

Il recule légèrement son visage afin que l'on puisse se regarder de nouveau dans les yeux.

— Tu n'as pas compris.

Je hausse les sourcils comme pour le questionner silencieusement.

— Avec toi, ce n'est pas pareil. Je voulais juste que tu saches tout ça avant.

J'essaie de tenir face à ce regard ténébreux, mais c'est dur.

— Tu es prête ? demande-t-il en souriant. Car moi je le suis maintenant.

Oh mon Dieu ! Mes mains tremblent et mes yeux s'arrondissent. Il fait durer le plaisir en se mordant légèrement la lèvre et en me fixant intensément.

Cet homme va finir par m'achever !

— Je t'aime, Emilie. Je t'aime de tout mon être. Je n'ai jamais aimé quelqu'un à ce point.

Les larmes s'échappent trop vite pour que je puisse les arrêter. Ma poitrine se resserre et je dois ouvrir la bouche pour mieux respirer. Savourant l'instant présent, je tente de graver ses paroles en moi à tout jamais.

Il m'aide à essuyer mes larmes de ses pouces.

— Ce n'était pas si dur que ça, si ? demandé-je entre deux sanglots.

— Non... c'était même très agréable.

Il approche son visage pour caresser le mien avec le bout de son nez avant de l'enfouir dans mon cou. Nous restons ainsi quelques minutes pendant lesquelles ses belles paroles résonnent dans ma tête.

Puis, il se redresse.

— Maintenant que la date du mariage est fixée, il y avait une deuxième chose importante à voir aujourd'hui.

Mon futur mari me sort lentement de mon petit nuage. J'ai entendu ce qu'il m'a dit, mais mon esprit divague encore sur tout ce qu'il se passe. Lui et moi, dorénavant possible. *Tout est parfait maintenant.*

— Il faut qu'on annonce la nouvelle à nos parents.

Choc électrique. Retour à la réalité immédiat.

Chapitre 7

— Elles sont superbes !

J'esquisse un sourire. La journée commence très bien. J'en viens à me demander si ce n'est pas un peu trop de bonheur d'un coup, mais je reçois comme une claque en plein visage lorsque je me souviens que je vois ma mère ce soir.

Je reporte de nouveau mon attention sur Léon, qui n'a même pas remarqué que mon esprit était ailleurs tellement il est excité.

En arrivant ce matin, j'ai tout de suite vu son mail me demandant de le rejoindre dans son bureau, dès que possible. J'ai préféré prendre mon temps pour qu'il comprenne qu'il n'est pas ma priorité. C'est important de mettre des limites depuis ce qu'il s'est passé entre nous. Enfin, depuis ce qu'il ne s'est pas passé, finalement.

Quand mon supérieur a débarqué dans mon bureau alors que j'étais en pleine discussion, non professionnelle avec Anna, mon sourire s'est évaporé en pensant qu'il allait être furieux, mais au lieu de ça, il m'a félicitée ! Il a déposé le magazine sur lequel nos photos d'Athènes sont en premières pages. Non, en fait, ce sont toutes mes photos, à moi ! Pas une seule de Léon.

Je ne le lui fais pas remarquer et le remercie. C'est tellement plaisant de voir son travail comme ça.

— Emilie...

Il jette un bref regard vers Anna, montrant que ce qu'il s'apprête à dire est privé, mais elle ne le remarque pas et plonge dans ses dossiers en faisant mine de ne pas écouter.

— Je crois qu'il est tant que tu changes de fonctions.

Anna relève vivement la tête alors que j'ouvre grand la bouche de surprise.

— Ce n'est pas vrai ?

— Si ça l'est ! Te voilà photographe officielle ! Je veux que tu m'accompagnes à tous mes shootings dorénavant. Le prochain est à Londres dans trois mois. Tu imagines cet endroit avec les décorations de Noël et avec un peu de chance… de la neige ?

Il continue de parler, mais moi je reste concentrée sur la date du shooting : dans trois mois. Date à laquelle je suis censée me marier. De plus Samy avait été clair sur ce point : sa future femme n'ira pas en soirée, donc sûrement pas de voyage seule avec un autre homme, j'imagine. Il y a encore tellement de points que nous devons aborder ensemble maintenant que notre relation est officielle. Cette pensée suffit pour que mon cœur s'emballe.

Léon me fixe en attendant une réponse. Sa proposition m'attire vraiment, mais moins que le seul intérêt que j'ai dans la vie.

— C'est que… ça ne sera pas possible, je suis désolée.

Surpris, mes deux collègues attendent que je m'explique.

— Enfin si, pour t'accompagner aux shootings et être photographe bien évidemment, mais je veux dire pour Londres…. C'est que… Je vais me marier !

Anna fait un bond de sa chaise et en quelques secondes elle se retrouve près de moi pour me prendre dans ses bras en me félicitant, les larmes aux yeux. Son enthousiasme m'étonne, mais me fait tellement plaisir. Léon lui, reste impassible.

— Super Emilie, toutes mes félicitations !

— Merci, réponds-je en me dégageant d'Anna. C'est que nous avons décidé hier de nous marier au mois de décembre donc...

Anna pose les mains sur sa bouche avant de me prendre une nouvelle fois dans ses bras.

— Oh, c'est génial, Emy, vraiment !

— Peut-être pouvons-nous décaler le shooting au retour de ton voyage de noces ? demande Léon un peu gêné.

— Euh oui, c'est à voir...

Encore un sujet dont il faut qu'on parle. Notre voyage de noces.

Je m'imagine sur une plage de sable fin avec Samy et des pensées érotiques envahissent immédiatement mon esprit.

Je secoue vivement la tête pour m'en débarrasser. *Non, pas ici !*

De plus, je ne sais même pas s'il y aura un voyage de noces. Tout est tellement différent avec Sam. Pensera-t-il qu'il s'agit encore d'une tradition non obligatoire ?

— Bien, on en reparle, dit Léon en remarquant que je suis un peu perdue. Tu me donneras tes dates et on verra en fonction.

Il repart vers son bureau, mais se retourne une fois arrivé près de la porte.

— Oh, Emilie.

— Oui ?

— C'était volontaire de ne choisir que tes photos pour le magazine.

— Oh...

— Elles sont superbes, dignes d'une vraie professionnelle. Encore bravo.

— Merci Léon.

Waouh ! C'est vraiment une belle journée.

***

— Bon alors, raconte-moi tout ! Il s'appelle comment ? Est-ce l'homme avec qui c'était si compliqué ?

À peine installées à la cafeteria avec nos plateaux-repas qu'Anna me mitraille de questions. Je ne peux pas lui en vouloir, elle m'a vue passer de la souffrance au bonheur un millier de fois. Et maintenant, je lui annonce que je vais me marier. Elle doit se dire que je suis complètement folle.

— Il s'appelle Sam, commencé-je un sourire collé aux lèvres, ne croyant même pas moi-même ce que je suis en train de raconter.

Ça me fait bizarre de parler de lui alors que j'ai toujours tout fait pour cacher notre relation. Mais ce n'est pas plus mal, j'ai besoin de personnes comme elle, heureuses pour moi, avant de l'annoncer à ma mère. Anna me sourit en attendant la suite.

— Enfin, il s'appelle Samy.

Son sourire s'efface doucement, sûrement pour se concentrer sur la suite.

— Notre relation était compliquée, voire impossible, mais les choses ont changé maintenant et il m'a demandé en mariage.

— Ah, c'est super, lâche-t-elle beaucoup moins excitée qu'il y a à peine une minute. Mais dis-moi, pourquoi c'était impossible ?

— Samy est musulman.

Son visage se referme instantanément, ce qui me surprend. Puis, elle démarre son repas sans rien dire, alors je continue :

— Il voulait se marier avec une musulmane, mais il a compris que je ne me mettrai jamais entre lui et sa religion.

— Emilie, dit-elle en grimaçant presque. Est-ce que tu es sûre de toi ? Je veux dire, tu as bien réfléchi à tout ce que ça engendrait ?

Je lève mon regard interrogateur vers elle.

— Tu sais, ces gens-là ne sont pas comme nous, je veux dire… Il t'a demandé de te convertir ?

— Anna ! m'exclamé-je.

Impossible de cacher ma déception et mon air horrifié. *Ces gens-là ?*

Elle s'apprête à dire autre chose, mais se refrène au dernier moment et j'ai comme l'impression que c'est mieux comme ça.

— Tu sais quoi ? Excuse-moi, ma belle ! Je ne connais pas ton histoire et je suis sûre que tu sais ce que tu fais, pas vrai ?

Ma collègue tente de sourire, mais je vois bien qu'elle se force. Elle note ma gêne et essaie encore une fois de se rattraper :

— Le plus important est que tu sois heureuse, Emy. C'est tout ce que je te souhaite.

Son hypocrisie est tellement palpable que j'en ai l'appétit coupé. Je m'efforce tout de même de manger en tentant d'oublier sa réaction malgré le malaise qui s'est installé entre nous.

Et si Anna était comme ma mère, contre ce style de vie ? Ou n'ayant pas peur de le dire, contre les Arabes ?

Une boule d'angoisse commence à se former dans mon estomac.

J'avais imaginé que d'annoncer la nouvelle à ma mère serait le plus compliqué, mais en réalité, je viens de me rendre compte qu'elle n'était sûrement pas la seule que j'allais choquer.

Chapitre 8

Inspirer, expirer, inspirer, expirer…

C'est habituellement l'unique chose sur laquelle je me concentre depuis ma nouvelle activité favorite : la course. Mais aujourd'hui, c'est impossible.

Après avoir établi une liste de choses à faire, sur papier cette fois, en rentrant chez moi, j'avais l'esprit emmêlé. Il fallait que je m'évade avant le grand soir : l'annonce à ma mère. Je n'ai pas du tout réfléchi à la façon dont j'allais le lui dire, car avec maman, rien ne se passe jamais comme on le prévoit.

En tout cas, il faut que je sois objective, ça va être dur ! Il va me falloir du courage, mais surtout beaucoup, beaucoup de patience. Je m'en suis encore plus rendu compte en voyant l'horrible réaction d'Anna. Ce qu'elle a dit m'a tellement déçue.

C'est pour toutes ces raisons que mon footing était indispensable aujourd'hui. Je dois absolument me calmer avant ce soir. Aussi parce que c'est devenu mon activité journalière. En effet, je cours tous les jours. Une heure, parfois deux. Qui aurait cru que ça deviendrait une drogue ? Pas moi en tout cas !

À peine trente minutes que j'ai commencé que je sens déjà les bienfaits m'envahir. Je continue ma course tout en attrapant mon téléphone pour changer de musique. Ed Sheeran, bien évidemment. Parce que maintenant, j'ai le droit de penser à *lui*. Depuis sa demande, je m'angoisse avec des soucis d'organisation ou d'annonce sans réellement penser à tout ça. À nous. La chanson *Kiss me* de mon chanteur préféré démarre et mon cœur s'enflamme en m'imaginant avec Sam.

Je nous vois, lui et moi, dans notre appartement. (Où va-t-on vivre ?! À rajouter sur ma liste). J'ai envie d'apprendre à cuisiner, d'apprendre à parler sa langue. Je vais tout faire pour le rendre heureux. Parce qu'il le mérite. Je pourrais demander à sa famille de l'aide pour ça (À rajouter dans ma liste : quand vais-je rencontrer sa famille ? Que vont-ils penser de moi ?).

Une boule d'angoisse réapparaît au moment même où j'arrive au bout de ma rue. Je m'arrête une seconde et repars en trombe dans un sprint de la mort. C'est comme ça que je l'appelle depuis la première fois que je l'ai fait. J'ai cru que j'allais recracher mes poumons et mourir ce jour-là, d'où son nom. Mais j'ai tellement aimé l'adrénaline que ça m'a procurée que je me suis promis de toujours terminer ma course de cette façon.

Je rentre chez moi un peu plus apaisée.

C'est parti, j'ai vingt minutes pour me préparer avant d'affronter l'ennemi.

Chapitre 9

Est-ce que j'attends qu'elle me demande si j'ai enfin un homme dans ma vie ou vais-je droit au but et lui lance ça comme ça ? Voilà la question que je me pose depuis que je suis partie de chez moi.

Nous sommes presque au dessert et je n'ai encore rien réussi à dire. Dès que je me décide enfin à le faire, je tremble tellement que je préfère attendre de me calmer. Le problème est que je n'y arrive pas, merde !

— C'était délicieux, maman.

Même s'il est vrai que ses lasagnes sont très bonnes, je la caresse dans le sens du poil.

— Tu as vu, lasagnes aux légumes pour t'aider dans ton régime.

— Je te le répète : je ne fais aucun régime !

J'ai déjà perdu pas mal de poids rien qu'en courant, au plus grand plaisir de ma mère qui était horrifiée par mes rondeurs.

— Bon et sinon, tout va bien, ton travail ?

Oh mon Dieu ! Ça y est on va y venir. Après l'intérêt pour mon travail vient souvent la question fatidique.

— Très bien je… Ça y est, je suis photographe officielle !

— Oh bravo, chérie, raconte-moi tout !

Quelle idiote ! Je me demande si mon cerveau n'a pas fait exprès de repousser l'échéance… *Fanny, sors de ce corps !*

Avec tout ça, je n'ai même pas pensé à cette bonne nouvelle et c'est finalement avec joie que j'en discute avec maman.

— Ça va vraiment être super. Je vais continuer de travailler les photos, mais en plus de ça je ferai les clichés moi-même.

— Des monuments ? me demande-t-elle en souriant.

— Oui mais pas que. Tu sais, j'ai pris goût à photographier des personnes aussi.

Je lui raconte le shooting avec ce couple de jeunes mariés et lui montre les meilleures photos que j'ai transférées sur mon portable.

— Je suis fière de toi, ma chérie.

— Merci maman.

Je souris avant de me rappeler que je vais bientôt devoir gâcher l'ambiance.

— Qu'en dit ton père ? demande-t-elle en baissant les yeux et en tentant de faire comme si tout ça ne l'affectait pas.

— On n'est pas obligées, tu sais…

— Ça ne me dérange pas.

Elle relève les yeux vers moi et se force à sourire. Je déteste la tristesse que je vois en elle quand je parle de lui alors je décide d'être brève.

— Il était content que je fasse ce que j'aime.

Un silence s'installe et je cherche quelque chose à dire afin de lancer doucement le sujet. J'ai décidé de ne pas y aller franco finalement. Elle ne mérite pas ça.

— Et Fanny et Mina, comment vont-elles ? Mina s'adapte bien à sa nouvelle vie ? demande finalement ma mère.

— Ça va. Je les ai vues ce week-end. Mina avait l'air ravi.

— Elle n'est toujours pas voilée, rassure-moi ?

Elle ricane et je prends sur moi pour répondre le plus calmement possible :

— Non, maman, elle ne l'est pas, mais si c'était le cas, je respecterais son choix.

— Oui, c'est ça, lance-t-elle ironiquement.

— Qu'est-ce que tu veux dire ?

— Tu te vois vraiment en compagnie d'une femme voilée franchement ?

— Et pourquoi pas ?

Cette fois j'ai levé le ton, ce qui lui fait faire un bond de sa chaise. Je ne la laisse pas aller plus loin et fais tout pour ne pas exploser :

— Maman, tu adores Mina, n'est-ce pas ?

— Bien sûr, mais je n'aime pas sa culture ni…

— C'est tout ce qui compte, maman. Chacun ses croyances.

Elle secoue la tête, l'air de dire qu'elle n'est pas d'accord et passe rapidement à autre chose.

Ça va être chaud !

— Bon et Fanny, comment va-t-elle ?

— Ça va aussi…

— C'est bien. Elle a une si jolie petite famille.

Je m'apprête à crier : et Mina elle n'a pas une jolie famille ? Mais je me refrène, car je sais très bien où cette discussion nous mènerait. Nous gardons le silence pendant un long moment, sûrement car chacune perçoit l'irritation de l'autre.

Après l'avoir aidée à débarrasser la table, nous nous installons dans le salon afin de prendre notre café.

— Et toi alors, ma puce ?

Et bim ! Qu'est-ce que je disais ?

— Quoi moi ? demandé-je en souriant largement.

— Un homme dans ta vie… ?

Elle attrape sa tasse de café pour éviter de croiser mon regard, car en général, cette question a le don de m'agacer.

— Eh bien… il y a quelqu'un.

— Ce n'est pas vrai ?

Maman pose son café et se penche en avant pour être bien face à moi.

— Comment s'appelle-t-il ? Que fait-il dans la vie ? Est-ce que c'est du sérieux ?

Une boule d'angoisse se forme dans mon estomac. Je veux profiter un peu plus de sa joie.

— Il s'appelle Sam, il est directeur marketing et… oui, c'est devenu très sérieux.

— Très sérieux ?

Elle sourit tellement fort que j'en ai mal au ventre.

— Oui, il… Je vais me marier, maman.

— Quoi ?

La surprise la fait sursauter de sur son canapé. Maman me dévisage, complètement estomaquée.

— Tu es enceinte ? m'interroge-t-elle.

— Quoi ? Mais non, voyons !

Je crois qu'elle aurait sûrement préféré que je le sois. Elle réfléchit quelques secondes, les yeux écarquillés.

— Mais alors…. Pourquoi te marier si vite ? Je veux dire, tu es avec lui depuis combien de temps ?

C'est à mon tour de réfléchir. Depuis combien de temps nous sommes ensemble ? Officiellement ? Environ trois jours, je dirais.

— Environ un an et demi, avoué-je en plissant le nez.

— Mais… pourquoi tu m'en parles que maintenant ?

— Tu sais, je t'en avais parlé il y a quelque temps.

Après avoir repris la photographie, j'avais avoué à maman avoir quelqu'un dans ma vie, mais que ce n'était pas assez sérieux pour le lui présenter.

— Oui, mais je pensais que… Je veux dire après t'avoir vue si triste, je me suis dit que c'était terminé.

— Disons qu'il y a eu des hauts et des bas.

— Alors tu n'es pas enceinte ? demande-t-elle en riant cette fois.

Je ris à mon tour avant de lui répondre :

— Non, maman, tu ne seras pas encore grand-mère, du moins pas tout de suite.

Elle sourit de plus belle et se rassoit près de moi.

— Bon, je trouve que c'est un peu tôt pour parler mariage, mais si c'est ce que tu veux, je dis oui !

Elle rit très fort et je me joins à elle. Je me déteste déjà de devoir briser cette joie devenue tellement rare chez elle. Je ne me souviens même pas avoir vu maman aussi heureuse.

— Tu me le présentes quand ? m'interroge-t-elle gaiement.

— Quand tu le décideras.

Mon sourire se fane.

Acceptera-t-elle de le rencontrer une fois qu'elle saura qui il est vraiment ?

— Tout va bien, ma chérie ?

Je me penche vers elle et lui attrape sa main, ce qui l'étonne.

— Maman, il y a quelque chose de très important que tu dois savoir.

J'inspire profondément et ferme les yeux.

— Sam… Samy est musulman.

Quand j'ouvre les paupières, je m'attends à voir maman horrifiée, voire affolée… Mais la réalité est encore bien pire. Elle a bien la bouche grande ouverte et les yeux écarquillés, mais je ne m'attendais pas à… des larmes ?!

Je n'ai jamais vu maman pleurer, même pas quand papa est parti. On l'a même surnommée cœur de pierre dans la famille, tant son émotivité est absente.

Ma mère cligne des yeux et plusieurs larmes dévalent alors son visage.

Bon sang elle pleure vraiment !

Elle retire sa main des miennes pour se lever et regarder par la fenêtre de son salon, dos à moi. Mon cœur se déchire en deux.

Je pensais hurler, lui dire que je fais ce que je veux de ma vie, mais tout ce dont j'ai envie maintenant, c'est de la rassurer et de retrouver la femme joyeuse et épanouie d'il y a deux minutes.

— Maman, commencé-je la voix tremblante. Fais-moi confiance. Laisse-moi te prouver que tu te trompes. Samy est si…

D'un geste brusque, elle lève son bras en l'air comme pour me demander de me taire. Comme si elle ne pouvait pas entendre son prénom. Elle reste immobile quelques minutes et j'attends. J'attends qu'elle dise quelque chose, mais le silence est interminable.

— Maman ! insisté-je en me levant à mon tour.

Cette fois, elle tend son bras vers moi pour que je ne m'approche pas plus, toujours le dos tourné.

— Va-t'en, Emilie.

Sa voix est calme et faible. Pas de cris, pas de reproches.

— Quoi ? Mais attends… Non !

Je tente encore une fois de m'approcher d'elle, mais elle hausse le ton cette fois :

— Sors de chez moi, tu m'entends ?

Ses paroles me font sursauter. J'hésite à refaire une approche, car j'ai tellement de choses à lui dire. Mais finalement, je décide de partir pour la laisser digérer.

Elle ne me raccompagne pas comme elle a l'habitude de faire et c'est avec le cœur lourd que je quitte sa maison.

J'avais plutôt imaginé des cris, des explications. Qu'elle me supplie de le quitter. En bref, une dispute comme a souvent l'habitude d'avoir. Mais je ne m'attendais pas à ça.

Le silence et les larmes de ma mère m'ont littéralement tuée. Une peur que je n'avais pas imaginée auparavant me submerge : *et si elle ne l'acceptait pas ?*

Chapitre 10

Comment ça s'est passé ?

Je n'ose même pas répondre au message de Samy tellement j'ai honte. J'ai honte de devoir lui dire que ma mère a réagi comme si je venais de lui avouer que j'avais commis un meurtre.

Comment peut-on être aussi fermée ?!

Je n'ose même pas penser au mot qui la définit.

Je tourne en rond dans mon salon en me disant qu'il faut absolument que j'achète un vélo d'appartement. Car depuis que je suis rentrée, je n'ai qu'une seule envie : courir.

J'ai besoin de me défouler, de penser à autre chose. Je n'arrive pas à retirer de ma tête cette image de ma mère en larmes. Mais sortir à cette heure-ci du soir ne serait pas raisonnable, même si je dois avouer que j'ai longuement hésité. Après tout, il n'est que vingt-deux heures…

Je secoue la tête. Samy me tuerait si je sortais à cette heure-là. Surtout que je risquerais de croiser l'autre tordu. Je repense brièvement à Pablo avant de me servir un grand verre d'eau en répondant à son message :

Très mal.

J'attends quelques minutes qu'il me réponde ou m'appelle, mais rien. Il est sûrement déçu. Je le suis aussi, mais en réalité à quoi je m'attendais ? Je dois avouer que j'avais un espoir, aussi infime soit-il, qu'elle comprenne et change d'avis.

Je m'apprête à me démaquiller quand on frappe à ma porte. Je souris d'avance, car je sais déjà qui c'est.

Quand j'ouvre, toute mon angoisse disparaît en voyant l'homme de ma vie appuyé contre le mur du couloir. Il porte une chemise en jean avec une veste noire. *Beau comme un Dieu !*

Alors que je lui fais signe d'entrer, il secoue la tête.

— Prends ta veste, je veux te montrer quelque chose.

***

En arrivant sur place, je reconnais tout de suite le quartier de Montmartre. Notre première sortie pendant laquelle il m'avait fait vibrer en me montrant comment reprendre confiance en moi. Je me revois il y a plus d'un an dans cette rue, prenant des magnifiques photos et me disant au fond de moi que notre amour était impossible.

— Dommage, je n'ai pas pris mon appareil photo.

— On n'est pas là pour ça, déclare-t-il à voix basse.

Il me tend sa main et ma peau brûle à son contact. Nous marchons silencieusement jusqu'à cette rue très lumineuse où je l'avais mitraillé de photos. Il s'arrête et me lâche la main pour se mettre face à moi.

— Tu te souviens de cet endroit, n'est-ce pas ?

J'acquiesce en hochant la tête. Je vais pour l'embrasser, mais il recule doucement en souriant.

— C'est ici que j'ai su.

Je lève les sourcils en attendant qu'il poursuive, le cœur battant.

— J'ai su ce soir-là que je t'aimais.

Je sens les larmes arriver, mais je tiens bon.

— Emilie, dit-il en inspirant doucement. Ce soir-là, je voulais te faire plaisir malgré tout. Depuis que je t'ai rencontrée, je veux ton bonheur. Je sais que je t'ai fait souffrir, mais dorénavant, je ferai tout pour te rendre heureuse.

Samy recule encore avant de poser un genou à terre en sortant une petite boîte bleue de la poche arrière de son pantalon. Mon cœur se met à cogner sourdement dans ma cage thoracique lorsque je comprends ce qu'il s'apprête à faire.

Seigneur !

— Parce que tu mérites la demande en mariage dont tu rêves.

Il ouvre l'écrin et j'ai le souffle coupé tellement je suis émerveillée par le magnifique solitaire brillant entouré d'un anneau en or blanc.

Immobile et implorant en vain mes larmes de me laisser tranquille, je ne peux détourner les yeux de son visage parfait.

Alors, je l'attrape par sa veste pour qu'il se relève et glisse mes bras derrière sa nuque. Mes lèvres se posent doucement sur les siennes tandis que je le serre de toutes mes forces.

— Je t'aime tellement, lui susurré-je.

Samy me rend mon étreinte et je ressens enfin l'apaisement que je cherchais.

Chapitre 11

* Et après, tu nous dis qu'il n'est pas romantique ? Je suis jalouse !

Je rigole au texto de Fanny. Installée dans mon lit, nous discutons depuis une bonne demi-heure déjà.

La première chose que j'ai faite en rentrant a été de leur envoyer une photo de mon annulaire en leur disant j'étais officiellement fiancée. C'est bizarre en soi, car en réalité, je le suis depuis trois jours déjà. Mais avec une demande comme celle-ci, et une bague pour représenter notre future union, ça change tout, et il le savait.

Cet homme me surprendra toujours. Après un moment comme celui-là, j'aurais aimé passer la nuit avec lui, mais comme je m'en doutais, il a refusé. Et bizarrement, ça a donné encore plus de charme et d'intensité à cette soirée.

J'arrête de fixer mon annulaire pour lire le message de Mina :

*Bon alors pour la date, c'est sûr ? Que je réserve ma semaine et nos billets d'avion !

Je réponds :

*Je n'ai encore rien réservé, on s'est juste fixé une date.

*Tu rigoles ? Il te faut vite réserver la mairie et le traiteur ! répond Fanny.

Effectivement, toutes ces choses-là sont dans ma liste et il faut absolument que je m'en charge. Le problème, c'est que je voulais en parler avec ma mère avant. Mon mal être revient quand je revois sa réaction, mais j'essaie de me calmer en repensant au conseil de Sam : la laisser digérer la nouvelle et la rappeler dans quelques jours.

Samy ne m'a pas vraiment demandé les détails concernant la réaction de maman et c'est tant mieux, car j'ai vraiment du mal à décrire son comportement démesuré. Il n'a pas du tout mal pris le fait qu'elle n'accepte pas. Au contraire, il a dit qu'il la comprenait et qu'il fallait lui laisser du temps.

Du temps ? Ça va être compliqué étant donné qu'on se marie dans à peine trois mois. Mais il a tout de même réussi à me raisonner et à me faire regagner espoir la concernant. Je suis sûre que si elle apprenait à le connaître, elle l'adorerait !

Ne t'inquiète pas pour ta mère, elle s'y fera, tu es sa fille ! me rassure Mina avant de renvoyer un message deux secondes plus tard.

Au fait, les copines, je reviens dans trois semaines avec une nouvelle à vous annoncer !

Comme deux curieuses que nous sommes, nous la mitraillons de questions Fanny et moi pour savoir ce qu'elle a à nous dire, mais elle reste ferme : elle nous dira tout en face.

Bon et bien puisque c'est comme ça, moi aussi j'ai une nouvelle à vous annoncer ! Na !

Je ris à la taquinerie de Fanny, mais son deuxième message me laisse perplexe.

J'ai quelque chose d'important à vous dire, ça tombe bien qu'on se voit bientôt...

Je leur réponds :

Vous vous foutez de moi là ? Ne me dites pas que vous êtes enceintes toutes les deux ?

Rendez-vous dans trois semaines mes bichettes, répond Mina.

Bonne nuit, mes chéries, répond Fanny.

Je n'insiste pas, car malgré mon cœur retourné avec toutes ces émotions du jour, je sens la fatigue me submerger.

Je vous déteste ! Bonne nuit, les chéries.

Chapitre 12

— Oui merci beaucoup, au revoir.

Je raccroche limite au nez de mon interlocuteur en voyant Léon entrer dans mon bureau afin de me déposer un dossier. Une fois parti, je m'adosse à ma chaise en soupirant. C'est le dixième traiteur que j'appelle depuis ce matin. J'ai profité de l'absence d'Anna aujourd'hui pour commencer mes préparatifs et vu comment je m'arrache les cheveux, j'ai bien fait de m'y mettre. Moi qui pensais qu'ils seraient tous libres en ce mois de décembre ! Ils ont tous un séminaire, une fête d'anniversaire ou encore un mariage ! Comme quoi…

Dépitée, je prends ma tête entre les mains quand je me rends compte qu'il faut également réserver une salle. La tâche s'avère bien plus compliquée que ce que j'avais prévu. Je comprends mieux pourquoi les gens attendent au moins un an avant de se marier !

Trop angoissée pour réussir à me mettre au boulot malgré la tonne de travail qui s'accumule, je jette un œil à la pendule au-dessus de mon bureau.

La journée avait bien démarré pourtant, quand j'ai appelé la mairie ce matin, ils m'ont même proposé plusieurs horaires pour notre date.

Je continue ma liste interminable de salles indiquées par Google en tapant « lieux mariage Paris » quand un magnifique endroit à quelques kilomètres de la ville m'interpelle. J'ouvre le lien et découvre un grand jardin autour d'un petit lac, orné de très grands arbres. Quand j'agrandis la photo de la salle, je suis totalement sous le charme ! Elle n'est pas très grande, mais les poutres apparentes et le mur en briques la rendent époustouflante. Les tables rondes avec leurs chaises en velours donnent un côté très chic.

Je suis déçue en voyant la capacité maximale : cent cinquante personnes. Je repense au mariage de Mina où on était plus de trois cents. C'est en général le problème des mariages orientaux : les invités sont nombreux !

Je n'ai même pas demandé à Samy le nombre de personnes qu'il compte inviter. Je regarde rapidement ma liste avec une cinquantaine de personnes. Ça lui laisse cent personnes de son côté. Ça peut peut-être le faire ? Je décide de lui envoyer un mail :

*Bonjour futur mari,

La mairie est bien réservée. Pour le traiteur, j'ai trouvé un restaurant sympa à seulement vingt minutes de Paris. J'ai juste peur pour la capacité maximale, je sais que vous êtes beaucoup en général...

Qu'en penses-tu ?

Je t'aime.

Emy.

J'insère le lien du restaurant et clique sur envoyer. Plus je fais défiler les photos, plus je prie pour que Sam me réponde que c'est OK. Je reçois sa réponse un peu avant d'aller déjeuner.

*Bonjour Emilie.

Tu peux arrêter avec tes généralités ?

De mon côté, les invités ne dépasseront pas les cent personnes. Le problème dans cet endroit est le restaurant... trop gastronomique. J'aurais aimé un plat oriental.

Samy.

Sa froideur me laisse de marbre. Pas de mot gentil ou de remerciement alors que j'ai passé la matinée à m'occuper de tout, non mais je rêve ! Et il me dit que maintenant qu'il voudrait un plat oriental ? Je lui réponds sans réfléchir et le bruit des touches de mon clavier retentit dans la pièce tellement je suis énervée.

* Samy,

Excuse-moi de te poser la question sur le nombre de personnes à notre mariage ! Et à l'avenir, merci de me donner plus de détails sur tes envies ! Je crois que tu ne te rends pas compte du temps que j'ai passé à chercher un traiteur !

Mais si tu préfères, tu peux peut-être t'en charger toi-même ?

Au fait, on se dira oui à la mairie de Paris à quatorze heures.

Bonne journée.

Emilie.

La touche « entrer » a failli se décrocher du clavier tellement j'ai appuyé vigoureusement. Bon en me relisant, je me rends compte que j'y suis peut-être allée un peu fort. Mais sa distance ressemble à toutes ces fois où sa raison reprenait le dessus.

Comment peut-il me répondre ainsi avec le week-end que nous avons passé ?

Je regarde une dernière fois les photos du restaurant avant de fermer la fenêtre.

Bye bye, bel endroit.

J'actualise toute la journée ma boîte de réception, mais aucune réponse. La culpabilité commence à prendre le dessus : et si j'avais dépassé les bornes ?

Après tout ce qu'il a fait pour moi, je n'aurais pas dû m'énerver comme ça.

J'essaie de travailler tout l'après-midi en oubliant ces foutus préparatifs. Facile, car maintenant, mon angoisse est due à ma dispute avec Samy. Je repense à sa réponse et me demande s'il veut encore de ce mariage. *Peut-être se rend-il compte que c'est trop compliqué finalement ?*

Je tente de chasser ces idées, car mon estomac se tord dans tous les sens.

***

En sortant du bureau, auquel je n'ai carrément rien foutu de la journée, j'hésite à passer chez lui. Son absence de réponse m'a rendue complètement folle et je ne sais pas si c'est une bonne idée de débarquer à l'improviste comme ça. Mais si je le laisse ruminer et qu'il revenait sur sa décision ?

Je tente de canaliser mon cerveau en pleine réflexion : *j'y vais/j'y vais pas ?* quand je tombe nez à nez avec lui. L'homme de ma vie, à moitié assis sur le capot de sa belle voiture devant l'immeuble de mon boulot. Vêtu d'un costume noir et d'une chemise blanche, les jambes croisées. Mon cœur bat la chamade et je fonds quand il se met debout en sortant une rose rouge de derrière son dos.

Je m'approche lentement en me mordant le coin de la lèvre.

Ravale tes larmes Emy, il va te prendre pour une pleurnicheuse à force !

Une fois arrivée à son niveau, il tend son bras vers moi pour que je prenne son cadeau. Il penche sa tête sur le côté avec un léger sourire en coin.

— J'ai du mal à demander pardon, alors j'espérais que cette rose le fasse à ma place.

Je l'attrape pour la humer en fermant les yeux puis je lui saute carrément dessus, ce qui le fait rire. J'enlace sa taille de mes petits bras et lui embrasse le cou. Je ne me lasserai jamais de ce nouveau Samy qui me rend encore plus dingue qu'avant.

Il se détache doucement et me propose d'aller dîner près de chez moi pour mettre au clair les détails du mariage. Sauf que quand je suis avec lui, j'oublie le restaurant et tous ces détails insignifiants : seule notre union compte.

Chapitre 13

Samy fronce les sourcils quand il m'entend commander une salade à la serveuse. J'ai perdu presque cinq kilos sur les dix pris ces derniers mois. Je sais que je lui plais avec des rondeurs, mais moi je me sens beaucoup mieux comme ça.

— Je n'ai pas très faim dernièrement avec tout ce qu'il se passe, me justifié-je.

Et c'est la vérité. Je cours tellement que je n'ai pas besoin de faire de régime pour maigrir. Je m'attends à ce qu'il me dise que je suis très bien comme je suis ou qu'il m'aime de toutes les manières, mais...

— Sors ta liste, m'ordonne-t-il.

Je hausse les sourcils.

— On est là pour tout mettre à plat. Je ne veux plus qu'on se dispute à cause de choses inutiles.

Je sors ma feuille qui ne recense pas moins d'une vingtaine de points dont seul le mot *mairie* est barré. Je la lui tends pour qu'il l'examine à son tour.

— Pour le traiteur, commencé-je. J'ai un peu regardé cet après-midi et...

Je m'arrête de parler en le voyant sortir un stylo de l'intérieur de sa veste pour rayer « traiteur » et « salle » de la liste. Je le fixe les yeux écarquillés en attendant une explication.

— C'est réservé, m'informe-t-il.

Non, il n'a pas pu faire ça sans même me demander mon avis ?!

— Quoi ? m'écrié-je. Mais comment ça, je...

Je comprends immédiatement en voyant son large sourire et pose mes mains sur mon visage.

— Oh non, Sam ! Pourquoi tu as fait ça ? Je veux que ça convienne à tous les deux. Non, je vais annuler, j'ai trouvé des traiteurs orientaux…

— Emilie, me coupe-t-il. J'étais en plein travail quand tu m'as écrit et je n'ai pas vraiment réfléchi. Je m'en fiche de tout ça comme je t'ai déjà dit, je veux juste que tu sois ma femme.

Il pose sa main sur la mienne avant de poursuivre :

— Je me rends compte que le mariage compte bien plus pour toi que tu ne veux bien l'admettre.

J'hésite à riposter, mais il a tellement raison. Je m'étonne moi-même d'être aussi pointilleuse sur de telles choses ! Moi qui n'ai jamais voulu me marier, voilà que je me prends la tête pour des détails inutiles.

— Donc pour le restaurant, c'est bon, dit-il en retirant sa main de la mienne pour reprendre la lecture de la liste.

Je croise les bras sur ma poitrine et reste silencieuse en le fixant. Il est évident qu'il fait tout ça pour me faire plaisir. Mais je ne veux pas l'entendre. Ce mariage est le NOTRE. Pas le MIEN.

— Emilie, souffle-t-il en me voyant faire la moue. Je trouve l'endroit super, vraiment ! J'ai appelé, ils font de la viande hallal, c'est tout ce qui compte pour moi. Te faire plaisir est bien plus important que quoi que ce soit d'autre.

Il sait parler aux femmes lui. Enfin, me parler à moi. Je souris enfin en repensant au magnifique endroit où je vais me marier avec l'homme le plus adorable au monde.

Emy, si tu pleures je te mets une claque !

— Mais pour le prix, tu as fait un devis ?

— Oui, tout est réglé.

— Attends, comment ça ? Il faut qu'on parle de tout ça ensemble, j'ai un peu d'économies, mais peut-être pas suffisamment pour…

— Non attends, Emy… me coupe-t-il en secouant la tête. J'ai oublié de te préciser que chez moi, c'est l'homme qui paie tout.

J'ouvre grand la bouche et secoue vigoureusement la tête pour montrer mon désaccord.

— Alors là, je…

— Emilie, je paie tout et je ne reviendrai pas là-dessus.

Il reprend sa lecture en ignorant mon air outré.

— Bon, « robe » et « demoiselles d'honneur », je te laisse gérer…

— Samy, je veux participer au mariage !

Il soupire.

— S'il te plaît, Emilie. Je suis prêt à des milliers de concessions pour toi. Laisse-moi au moins ça.

Je réfléchis quelques secondes puis j'acquiesce à contrecœur.

— Alors je m'occupe de payer toute la déco !

Il sourit en signe d'accord, mais je me sens ridicule de si peu participer.

— Maintenant qu'on est dans ce sujet, dit-il. Je tiens également à te préciser que c'est moi qui subviendrai à notre famille.

— C'est-à-dire ?

— Je paierai tout.

C'est ça, oui, compte là-dessus !

Il est hors de question que je devienne une femme entretenue. Je grimace presque et il poursuit avant que je n'aie le temps de riposter.

— En acceptant de m'épouser, tu as promis de m'aider à respecter ma religion, n'est-ce pas ?

— Oui, mais…

— C'est le Coran qui le dit.

Je sais qu'il a raison, car Mina m'en avait déjà parlé et j'avais d'ailleurs trouvé ça aberrant. Je me dois tout de même de lui exposer ce que me dicte ma conscience :

— Samy, certes, j'ai un tiers de ton salaire, mais je gagne quand même ma vie ! Je vais faire quoi de cet argent ?

— Tu te feras plaisir.

— Quoi ?

— Du shopping, des sorties… je ne sais pas moi ! Ton salaire sera pour toi.

— Est-ce que tu te fiches de moi ?

Oui, il se fout carrément de moi, là !

Sam rigole en secouant la tête.

— Des milliers de filles rêveraient d'une telle proposition, tu le sais ça ?

— Peut-être, mais je ne suis pas comme ça, moi ! Il est hors de question que je me fasse entretenir, assuré-je en croisant de nouveau les bras telle une gamine qui boude.

— C'est bien pour ça que je t'ai choisie, Emy. Tu n'es pas comme les autres femmes.

Son regard brûlant me compresse la poitrine. Comment il arrive à faire ça ?!

Mon fiancé change de sujet en reprenant la lecture de ma liste. Je ne reviens pas dessus, mais je sais que je n'arriverai jamais à respecter ça.

— Pour ma robe, je… est-ce que je dois faire attention à quelque chose ?

— Tu ne comptes pas venir en mini-jupe ? demande-t-il en riant.

— Non mais… pour le haut ?

— Du moment qu'il cache tes jolis seins, c'est bon.

Il fixe ma poitrine et je suis obligée de secouer la tête pour éviter de m'enflammer.

— Sam…

Je prends mon air sérieux en attendant qu'il comprenne lui-même, mais je crois qu'il a oublié cette partie de mon corps, tellement ça fait longtemps.

— Mon tatouage ! m'exclamé-je en ouvrant grand les yeux.

— Ah… écoute, je te fais confiance.

Mon cœur s'emballe. *Il me fait confiance.*

— Comment ça ?

— Fais comme il te semble être le plus adapté.

Je me demande tout à coup si je ne devrais pas le faire retirer. Après tout, il n'a plus d'importance.

— Tu comptes y aller quand ? me questionne-t-il à propos des essayages de robes prévisionnels.

— Je… Je ne sais pas, bégayé-je tristement.

— Qu'est-ce qu'il y a, bébé ?

— Toute future mariée achète sa robe avec sa mère, mais… j'imagine qu'encore une fois, je ne suis pas comme les autres.

Je tente de sourire malgré ma peine. Déjà une semaine que je n'ai pas de nouvelles de maman. Je passe mon temps à regarder si elle m'a appelée ou envoyé un message, mais rien. Je remarque le regard triste de Sam qui ne sait pas quoi dire. Il m'avait demandé de la laisser digérer, qu'elle reviendrait. Mais il ne la connaît pas. Le choc qu'elle a eu est bien plus grand qu'il ne l'imagine.

Nos plats arrivent et je lui reprends la liste des mains.

— On a déjà bien avancé pour aujourd'hui, tu ne trouves pas ?

Il acquiesce en me souriant, mais je vois bien qu'il est déçu pour moi. Nous commençons à dîner et j'essaie de positiver : dans moins de trois mois, je dînerai avec cet homme chaque soir, et ce, pour le reste de ma vie.

Chapitre 14

Je regarde ma montre avant de me remettre à feuilleter mon magazine de robes de mariées. Encore une fois, j'ai du mal à y croire ! Je vais bientôt porter l'une d'entre elles… Elles sont toutes magnifiques, mais mon regard s'arrête souvent sur cette robe que je m'étais imaginée : simple et dentelée au niveau des bras.

La serveuse m'interrompt pour prendre sa commande et je lui demande gentiment d'attendre cinq minutes. Mika ne devrait plus tarder, maintenant. Il m'a envoyé un message cette semaine pour savoir comment j'allais et si on pouvait se voir. J'ai d'abord demandé à Samy avant d'accepter.

Carrément dingue, non ?

Moi, demander l'autorisation à un homme pour sortir ? Si on m'avait dit ça il y a quelque temps, j'aurais bien ri ! Mais bizarrement, je trouve ça normal aujourd'hui. Ou disons plutôt que ça ne me gêne pas.

J'ai vu que Sam n'était pas ravi que je le voie, mais il a tout de même accepté à condition que je n'aille pas au pub. Alors c'est ici, dans la crêperie où nous avions l'habitude de nous retrouver le dimanche, que nous nous sommes donné rendez-vous.

Je me lève pour lui faire la bise quand il arrive, mais il me surprend en me prenant dans ses bras. Je n'ai pas d'autre choix que de lui rendre son étreinte en me disant que Sam ferait une syncope s'il nous voyait.

— Trop heureux de te revoir ! s'exclame-t-il.

C'est pareil pour moi. Mika me manque vraiment, même si je n'ai pas eu le temps de le lui montrer dernièrement.

Nous discutons rapidement boulot avant que la serveuse ne prenne notre commande.

— C'est super, madame la photographe ! Je suis fier de toi, tu sais ?

— Merci, Mika, réponds-je en faisant l'un de mes plus beaux sourires. Bon et le boulot ? Raconte-moi !

— Oh, toujours pareil pour moi ! Fidèle au poste !

Il rit avant de m'interroger :

— Et toi alors… toujours avec enfin… pas avec Samy ?

— Eh bien… tu ne vas pas me croire.

Je lui montre mon annulaire en souriant.

— Ce n'est pas vrai, Emy ! s'écrit-il en attrapant ma main pour contempler mon solitaire. Il ne s'est pas foutu de ta gueule on dirait !

Nous éclatons de rire. Je lui raconte la demande inattendue et les soucis que ce mariage engendre, notamment avec ma mère. Je n'avais pas imaginé rentrer autant dans les détails, mais ça me fait du bien de lui en parler et de voir qu'il me comprend.

— Appelle-la ! me conseille-t-il. Tu verras ce qu'elle te dit.

Je réfléchis quelques secondes. En réalité, je l'ai déjà fait. Je l'ai appelée deux fois de suite une semaine après, mais elle n'a pas décroché et ne m'a jamais rappelée. Je lui ai également envoyé plusieurs messages, sans réponse. J'ai tellement honte de sa réaction excessive que je ne l'ai même pas dit à Sam.

— Enfin bref ! Et toi alors ? Avec Stella, raconte-moi tout.

Son sourire s'efface et son visage se referme.

— Oh, lâché-je un peu gênée.

— Et oui, notre histoire n'aura pas duré bien longtemps.

— Qu'est-ce qu'il s'est passé ? demandé-je tristement.

Je suis déçue. Pas qu'il ne soit plus avec Stella que je supporte encore moins du fait d'avoir tenté de ruiner mon couple en parlant à Samy, mais parce que mon ami a de la peine. Son visage attristé quand j'ai prononcé son nom m'a brisé le cœur.

— Elle m'a trompé, m'avoue-t-il avec difficulté.

Oh la garce !

Si elle était devant moi, je la giflerais tellement ça m'énerve. La tromperie est intolérable pour moi, on se demande pourquoi...

— Mais je n'ai pas envie d'en parler ! dit-il en secouant la tête. Ça a vraiment été très dur. Surtout que maintenant, je me retrouve seul au boulot. Sans petite amie et sans collègues pour me tenir compagnie.

— Je suis vraiment désolée, Mika...

Je pose ma main sur la sienne, mais la retire aussitôt.

— Mais comme on dit : une de perdue, dix de retrouvées !

Je lui fais un gros clin d'œil qui le fait sourire.

— Je sais ce que c'est un chagrin d'amour, mais tu finiras par trouver quelqu'un qui te correspond, j'en suis persuadée !

— Merci, Emy. Qui sait, peut-être à ton mariage ? se moque-t-il.

— Hé ! Il ne faut jamais dire jamais !

Il pouffe et j'en profite pour changer de sujet :

— Bon et sinon, pas de nouveaux potins au boulot ?

— Hum… fait-il en se touchant le menton, l'air de réfléchir. Je crois que j'ai quelque chose qui pourrait t'intéresser…

Un sourire espiègle aux lèvres, il hausse les sourcils plusieurs fois de suite et je me frotte les mains, impatiente.

— Tu te rappelles Marie des ressources humaines ?

— La petite timide folle de son chef ?

Il hoche lentement la tête avec un large sourire suggestif.

— Non ? m'écrié-je. Avec Charles ?

— Hé oui !

J'éclate de rire avant qu'il ne continue de me raconter certains potins que j'ai tout de même du mal à croire, malgré mon enthousiasme. C'est le but des rumeurs, elles ne sont pas toutes vraies, mais elles suscitent tout de même de l'intérêt.

Nous nous mettons à reparler de tous les bons moments que nous avons passés ensemble : nos pauses cigarette, nos discussions, nos fous rires…

Je ne regrette pas d'avoir changé de travail tellement j'adore ce que je fais, mais je dois admettre que cette ambiance me manque. Mika me manque !

J'espère vraiment qu'il trouvera chaussure à son pied comme j'ai pu le faire. Enfin, on ne peut pas vraiment utiliser cette expression dans mon cas, mais bon… je me comprends.

Chapitre 15

J'arrive au stade un peu en avance et je me sens carrément mal à l'aise au milieu de tous ces mecs qui n'arrêtent pas de me scruter en se demandant sûrement ce que je fous là !

J'ai envie de leur expliquer que je ne suis pas venue mater, mais juste voir mon fiancé jouer au foot.

Mon fiancé ! Je ne me lasserais jamais de l'appeler comme ça.

Après le bon moment que j'ai passé avec Mika, il m'a rappelé qu'il jouait toujours au foot avec Samy et m'a proposé dans la foulée de passer les voir un de ces quatre. Je lui ai d'abord répondu que non, mais quand Sam m'a dit qu'il allait jouer ce matin, je me suis dit pourquoi pas !

Je ne sais pas vraiment comment il va réagir, mais je suppose qu'il sera content que je m'intéresse à son sport.

Dès que je le vois arriver, mon cœur s'emballe. Habillé en vrai professionnel, son short blanc laisse entrevoir ses cuisses musclées. Cette couleur claire fait ressortir sa peau bronzée. Il porte de hautes chaussettes noires arrivant aux genoux et des baskets à crampons. *Un vrai footballeur !*

Je me mords la lèvre en me disant qu'il est vraiment parfait en toute circonstance.

Samy s'avance jusqu'au terrain en saluant ses camarades et quand il lève les yeux vers les gradins et qu'il m'aperçoit, sa surprise est immense, mais pas que…

Il n'est pas content de me voir ou quoi ?!

Posant son sac de sport en bord de terrain, mon fiancé s'empresse de grimper pour me rejoindre.

— Salut, bébé.

Il m'embrasse sur la joue et me sourit légèrement.

— Tu es beau en footballeur.

Mon futur mari baisse les yeux au sol en secouant la tête.

— Tu es content de me voir ? demandé-je, douteuse.

Son attitude envers moi me prouve que oui, mais je sens qu'il n'est pas à l'aise.

— Hey Emy !

Mika nous interrompt en me saluant au loin et je lève ma main pour lui dire bonjour. Samy continue de me fixer, mais cette fois, il me regarde de haut en bas. Je porte un jean foncé avec un pull col roulé noir et une veste vert kaki. Rien de bien sexy !

— J'aurais peut-être dû sortir la jupe de pom-pom girl ?

— J'espère vraiment que tu n'as même pas ce style de vêtement dans ta garde-robe.

J'éclate de rire en le voyant prendre cet air horrifié.

Son entraîneur siffle pour dire que l'échauffement va commencer et je m'assois en lui faisant signe d'y aller.

Il descend quelques marches de l'estrade avant de se retourner vers moi.

— Emy, la réponse est oui.

— Quoi donc ?

— Je suis toujours content de te voir.

Il retourne sur le terrain avant que je n'aie le temps de répondre et je m'installe, soulagée.

Contrairement à ce que j'avais imaginé, je reste attentive pendant tout le match sans m'ennuyer une seule seconde. J'avais apporté un bouquin au cas où, mais je n'ai aucune envie de le lâcher du regard. Je passe une grande partie de mon temps à mater son corps sportif courir dans tous les sens et Dieu ce que ça me rend dingue !

Comme je m'en doutais, il joue terriblement bien et j'ai carrément hésité à hurler son nom à chaque fois qu'il marquait un but. Chose que je n'ai pas faite, bien évidemment.

Je n'ai pas pu résister à sortir mon appareil photo au bout d'une demi-heure de jeu. Certains joueurs étaient surpris, mais quand j'ai vu que personne ne disait rien, j'ai continué mes clichés. Enfin, je l'ai surtout bombardé lui. *Qu'il est canon, putain !*

Un groupe de filles arrive et s'installe à quelques mètres de moi. Elles parlent et rient tellement fort que la plupart des joueurs se retournent pour les regarder. L'une d'entre elles, brune, mate de peau et surtout, très pulpeuse semble fixer…

Bon sang, je vais péter un câble ! Je secoue la tête en tentant de me rassurer. Ce n'est peut-être pas lui qu'elle regarde, il y a plus de dix mecs sur le terrain !

Me voilà complètement déstabilisée par l'attitude de cette fille. Elle sort un rouge à lèvres de sa poche pour s'en mettre sensuellement en fixant le terrain.

— Vous avez vu le grand brun là, tout en blanc. J'en ferais bien mon quatre heures…

Ses copines éclatent de rire pendant que ma gorge se resserre. OK, là, c'est sûr, elle flash sur mon Sam. Leurs rires attirent encore une fois l'attention des garçons, mais quand je vois Samy la regarder à son tour, j'ai envie de hurler. Pire, la bile me monte à la gorge lorsqu'il balaie fugacement son corps des yeux. Elle porte une petite jupe bleue à rayures blanches avec un top blanc. Assez osé pour venir voir un match et carrément délirant vu le froid qu'il fait aujourd'hui, mais elle en jette !

Est-ce qu'elles viennent ici régulièrement ? Mon cerveau est en ébullition.

Sam se remet à jouer quand il remarque enfin qu'elle se lèche la lèvre supérieure.

Je vais me la faire !

Quand le match se termine enfin, je bous tellement que je suis prête à exploser. Mika me rejoint immédiatement.

— Cool que tu sois venue, Emy ! Désolé, je suis trempé ! me lance-t-il pour s'excuser de ne pas me faire la bise.

Il marmonne quelque chose comme « j'espère que tu reviendras nous voir », mais je l'écoute à peine, car je suis focalisée sur cette fille qui continue de fixer Samy en train de s'essuyer le visage avec une serviette. Je promets que s'il la regarde encore une fois comme il l'a fait, c'est lui que je tue !

— Dis-moi, Mika… elles sont souvent là, ces filles ?

Mon ami ricane en hochant la tête.

— Ouais ! Elles chassent.

Il rit tandis que je le fusille du regard. Alors ces filles sont toujours là en train de mater mon homme à chaque fois qu'il vient jouer au foot, c'est-à-dire une à deux fois par semaine ! Comment vais-je faire moi, pour avoir l'esprit tranquille dès qu'il viendra jouer maintenant ?

— La brune, là, elle s'appelle Deby, m'apprend-il. Elle est carrément canon ! Mais bon, le genre de fille inaccessible.

Mon estomac se retourne en voyant Mika la regarder de cette manière. Non pas que je sois jalouse de comment il la trouve, mais je me dis que si lui la voit comme ça, Samy pense sûrement la même chose. En plus, elle doit être totalement son style. J'ai envie de vomir !

— T'as un peu de bave là ! dis-je sèchement à Mika.

Il rit encore sans même remarquer mon agacement.

— Tu m'étonnes ! Bon allez j'y vais moi, à plus Emy ! On s'appelle.

Il m'envoie un baiser en soufflant sur sa main et je me force à lui sourire malgré ma rage qui ne cesse d'augmenter. Mika s'en va et les filles ne bougent pas de là en continuant de rire comme des cruches. Mais quand Samy quitte le terrain pour remonter les marches en notre direction, elles s'arrêtent net pour le contempler avec insistance.

La *bomba latina* s'avance vers lui en mettant en avant sa forte poitrine. Elle humecte légèrement ses lèvres et plisse les yeux. *Je vais l'étrangler !*

Sam dévie son chemin vers moi et je jubile en remarquant sa déception. Elle ouvre la bouche tellement elle est surprise.

Lorsque Samy se rapproche, je me force à détourner le regard de cette fille. Il se nettoie de nouveau le front avant de poser ses yeux sur moi.

— Si je n'étais pas aussi dégoulinant, je montrerais à tous ces abrutis à qui tu appartiens.

Hein ?!

Je tente de me concentrer sur ce qu'il vient de me dire, mais c'est dur tellement sa peau brillante et son t-shirt moulant son torse en sueur me rendent folle.

— Qu'est-ce que tu racontes ? demandé-je en secouant la tête pour supprimer les images qui tentent de pénétrer mon cerveau.

— Je suis content que tu sois venue me voir, Emy, vraiment. Mais c'est trop dur de voir les mecs te regarder comme ça, ça me rend fou !

Sa mâchoire se crispe et je le connais assez bien pour savoir qu'il est vraiment agacé.

— Tu parles ! C'est plutôt elles qu'ils regardaient.

Je lui montre discrètement la bande de filles qui ne nous lâchent pas du regard. Je me sens tellement nulle à côté d'elles. Elles portent toutes des tenues sexy et sont tellement bien maquillées qu'on dirait qu'elles sortent tout droit d'une page de magazine.

Je lutte intérieurement pour ne pas lui faire de reproches à ce sujet. Je ne peux pas lui en vouloir de regarder une jolie fille, alors que je ressemble qu'à une jalouse pas sûre d'elle. Le genre de fille que je déteste quoi ! Alors pourquoi je suis comme ça avec lui ?

— Si tu savais, Emy…

Mon regard se plante dans le sien.

— Si tu pouvais te voir comme je te vois. Tu es tellement plus belle que toutes ces filles réunies…

Pendant quelques secondes, je le dévisage en tentant de canaliser les battements de mon cœur. Puis, je m'avance doucement et mes yeux sont bien en face des siens étant donné qu'il se trouve une marche plus bas. Je déglutis avant de souffler :

— Ça ne me dérange pas que tu transpires.

— Alors si ça ne te gêne pas, je ne vois pas d'inconvénient à faire ça…

Il attrape ma veste pour me forcer à m'avancer encore plus afin de poser ses lèvres collantes sur les miennes. Je passe mes mains de son cou à sa nuque trempée et mon corps tout entier frissonne de désir. Quand il sort audacieusement sa langue pour caresser mes lèvres, je fonds de plaisir et lâche un gémissement incontrôlé. Il s'arrête alors et mes yeux mettent quelques secondes à s'ouvrir.

— Merci, bébé…

Je l'interroge du regard tellement j'ai le souffle coupé.

— D'avoir montré que tu étais à moi, m'explique-t-il. Je suis pathétique d'être aussi jaloux…

Je lui souris avant de lui prendre la main pour partir. Je ne peux m'empêcher de jeter un œil aux filles qui me regardent désormais en affichant un air dépité.

— Pourquoi tu ris ? demande-t-il intrigué.

— Pour rien…

Je ris, car en réalité, c'est moi qui ai marqué mon territoire contrairement à ce qu'il pense.

Chapitre 16

J'hésite à prendre une douche pour me réveiller pour de bon. Après une bonne grasse matinée, j'ai décidé de faire un peu de rangement dans mon appartement et finalement, je me suis retrouvée à faire le tri dans toutes mes affaires.

Je me sens lessivée malgré cette journée tranquille à la maison. Il est presque seize heures et je suis encore en pyjama. Ça faisait longtemps que je n'avais pas profité d'un dimanche de cette manière. C'est-à-dire à traîner entre mon canapé et ma cuisine, sans même prendre le temps de m'habiller.

Je ressens un petit mal être quand je repense à toutes ces fois où je me forçais presque à aller voir maman le dimanche alors que j'aurais préféré flemmarder. Aujourd'hui, c'est l'inverse, j'aurais tellement aimé passer la voir et que l'on discute de tout et de rien comme avant. Et oui, maman me manque malgré tout.

Un message de Sam me sort de ma nostalgie.

Ça va bébé ?

Pourquoi est-ce que je ressens des chatouillis dans le ventre dès qu'il m'écrit ? Le simple fait qu'il me demande comment je vais me fait plaisir. Je pose le téléphone sur ma poitrine comme une pauvre ado amoureuse.

Je n'aurais jamais pensé aimer quelqu'un de cette manière, mais hier je m'en suis voulu que ça soit à ce point-là. J'ai détesté l'Emy jalouse et incontrôlable juste parce qu'une jolie fille regardait son mec. Je me suis sentie minable d'avoir réagi ainsi, mais c'était plus fort que moi. Quand je suis avec lui, j'ai envie de crier au monde entier qu'il est à moi et rien qu'à moi. J'aimerais carrément que personne ne puisse le regarder comme je le regarde, mais surtout, qu'aucune autre fille ne soit dans son champ de vision.

Pathétique ma vieille !

Je lui réponds que tout va bien et lui demande comment se passe sa journée en famille. Aujourd'hui, il m'a dit qu'il parlerait à ses parents de notre future rencontre afin de prévoir une date et mon estomac se tord rien que d'y penser. Il faudra que je m'y prépare bien à l'avance.

Sam m'envoie un nouveau texto qui me fait faire un bond de mon canapé.

*Prépare-toi, c'est pour ce soir.

Ce n'est pas possible ! Je décide de l'appeler et mets du temps à taper sur mon téléphone tant ma main tremble.

— Allo, répond-il en riant.

— Ça ne me fait pas rire, Sam.

— Tout va bien se passer, ne t'inquiète pas.

— Mais… je ne suis pas prête !

— C'est pour dîner, tu as encore trois heures devant toi avant que je passe te prendre. Ça devrait aller, non ?

Merde j'ai beau chercher, je ne trouve aucune excuse !

— Je ne sais pas, au dernier moment comme ça…

— Emy, ça fait plus d'une semaine que c'est prévu.

— Quoi ?

Je réfléchis quelques secondes, je n'aurais pas pu oublier une chose pareille !

— Oui, j'ai préféré te prévenir au dernier moment. Tu es déjà bien assez stressée comme ça…

— Bon sang, Sam ! râlé-je.

Comme d'habitude, je ne sais pas si je dois lui en vouloir ou le remercier pour cette attention, car au final, j'aurais sans doute angoissé toute la semaine en y pensant.

Il reste silencieux en attendant ma réponse. J'inspire profondément.

— Bon OK…

— Tout va bien se passer, bébé.

— Hum hum.

— À tout à l'heure ?

— À tout à l'heure.

Je raccroche rapidement et fonce dans mon placard enfiler un jogging et des baskets. C'est parti pour ma session antistress.

Chapitre 17

Ma main moite frissonne dans la sienne. Je tente de la retirer, mais il la serre encore plus fort.

— Ça va aller, *habibty*.

Il croit me calmer en me parlant comme ça, mais à part m'exciter, ce surnom ne m'apporte rien d'autre. Quand nous arrivons, Samy me positionne face à lui et m'attrape fermement par les épaules.

— Sois naturelle, ils ne peuvent que t'apprécier.

Je hoche la tête en signe d'acquiescement, mais comment être naturelle ? Je m'apprête à rencontrer les parents de mon petit ami. Déjà à la base, c'est stressant, mais en plus, je ne suis pas celle qu'ils attendaient. Même si Samy m'a répété plusieurs fois qu'ils avaient donné leur bénédiction, je doute fort que ça soit réellement ce qu'ils veulent pour lui.

Il ouvre la porte d'entrée sans frapper et le brouhaha que j'entends m'interpelle. Il m'a en effet prévenu que ses deux sœurs ainsi que l'un de ses trois frères seraient là, mais il y a tellement de bruit qu'on dirait qu'ils sont au moins cinquante dans cette petite maison.

À peine arrivés dans le salon où ils sont tous en train de discuter gaiement dans une langue que je ne comprends absolument pas, ils se lèvent en démontrant une joie exceptionnelle. Ses deux sœurs ainsi que la femme de Zakaria que je reconnais me sautent carrément dessus.

— Emilie, bienvenue !

— Tu veux boire quelque chose ?

— Installe-toi !

Je ne sais même pas qui dit quoi tellement elles parlent toutes en même temps. Je suis surprise en voyant la mère de Samy non voilée. Ce n'est plus du tout la même femme que j'ai vue au mariage. Elle a les cheveux noirs et ondulés. Sa peau est mate et je comprends alors d'où Sam tient sa beauté. Mon cœur bat un peu moins fort qu'il y a deux minutes.

— Ravie de vous rencontrer, madame.

Elle me surprend en me prenant dans ses bras pour me serrer contre elle.

— Bienvenue Emilie, dit-elle avec un accent.

— Merci pour l'invitation, madame Belaoui…

— Fatima ! me reprend-elle en souriant.

Je suis tellement émue par cet accueil que j'en perds mes mots. Je fais le tour de la famille pour leur dire bonjour. Les femmes me prennent dans leur bras comme si nous nous connaissions depuis toujours et je serre la main aux hommes comme m'a conseillé Samy dans la voiture.

En arrivant au niveau de son père, installé dans son canapé le regard tourné vers la télé, Samy lui marmonne quelque chose en arabe. Une excitation monte en moi pendant une fraction de seconde tant je suis en admiration face à sa façon de parler si bien cette langue, puis je me concentre sur son père. Il a le regard dur et c'est bien le seul qui ne démontre aucun enthousiasme, mais encore une fois, Samy m'avait prévenue. Il dit quelque chose d'indescriptible dans sa langue et tout le monde se marre.

— Bienvenue dans la famille, me traduit Sam.

Je souris et lui serre la main qu'il secoue fermement montrant, à sa façon, qu'il est content de me voir.

Je sursaute en entendant la ribambelle d'enfants se jeter sur Samy ! Un, deux, trois, quatre, cinq, six, sept ! Il m'a parlé de ses neveux à plusieurs reprises, mais je ne me souvenais pas qu'il y en avait autant.

— Tonton Samy !

Et de huit.

Une adorable petite fille de deux ou trois ans lui saute dessus. Sam la soulève pour la faire virevolter en faisant l'avion. Ça me rappelle cette soirée avec la fille de Fanny et le même effet excitée, émue, passionnée ressurgit alors en moi.

— C'est ton amoureuse, tonton ? demande l'un des garçons.

Sam sourit en me regardant.

— Oui, c'est mon amoureuse.

Oh Seigneur... Je sais que c'est officiel maintenant, mais de l'entendre le dire me rend carrément dingue. Je lui souris à mon tour et il se met à me présenter chaque enfant par leur prénom. Ça va être dur de tous les retenir !

— Et la petite dernière Yasmina, dit-il en embrassant la petite toujours dans ses bras.

— Tu as oublié le neuvième, lui dit son petit frère.

Tout le monde le regarde avec étonnement alors il se rapproche de sa femme pour toucher son ventre.

En à peine une seconde, toute la famille crie et se met debout pour les féliciter. Les sœurs de Samy chantent et dansent carrément de joie. C'est magnifique.

Lorsque nous passons à table, je suis surprise de voir autant de nourriture. Nous sommes nombreux, certes, mais elle est remplie d'aliments dont un grand saladier de semoule. Samy se penche discrètement sur moi.

— Tu te souviens quand je t'ai parlé du couscous de ma mère ? Elle te donnera sa recette.

Je le fixe abasourdie. La fois où nous en avions parlé, après le ramadan, j'étais attristée de me dire qu'une telle chose ne soit pas possible. Mais aujourd'hui, ça l'est.

Le repas est tellement bruyant et animé que ma gêne a totalement disparu. Quand l'un des membres de la famille me pose une question, il n'y a pas ce gros silence gênant pendant lequel tous les regards sont braqués sur moi. Non, au contraire, je dois limite lever le ton pour que l'on m'entende.

Je m'arrête de manger pour poser ma main sur mon ventre. J'ai rapidement fini mon assiette tellement c'était bon, mais sa mère m'avait déjà resservi sans me demander mon avis. Et quand je dis resservir, elle me l'a remplie comme si nous étions trois à la partager.

Je m'adosse contre ma chaise pour les observer. Ils parlent fort, rient. Parfois, on croirait presque qu'ils se disputent, mais non. Ils se parlent franchement. Sam me regarde de temps en temps pour voir si tout va bien et il sourit dès qu'il aperçoit mon sourire.

Je ne peux m'empêcher de rire en voyant cette joie dans leurs yeux. Cette famille est unie et c'est trop beau. Sans que je ne puisse le contrôler, des larmes me montent aux yeux.

Oh non ! Ce n'est vraiment pas le moment, là.

J'essaie de me calmer, mais impossible, car des images de ma famille sont désormais ancrées dans mes pensées. Moi aussi j'ai eu tout ça, avant. Je n'avais peut-être pas une aussi grande famille mais on était heureux, on riait. On riait tellement.

Tout à coup, j'ai chaud et j'ai l'impression de manquer d'air.

Je m'excuse pour sortir de table, mais je crois que personne ne m'a entendue ou alors tout le monde s'en moque et c'est tant mieux.

Sans perdre une minute de plus, je file dehors. À peine la porte franchie que j'inspire profondément l'air frais dans mes poumons. C'est en sentant cette fraîcheur de début de soirée que regrette de ne pas avoir pris ma veste.

— Hé, ça va ?

Samy me fixe en fronçant les sourcils.

— Oui, excuse-moi, j'avais besoin de prendre l'air.

Il s'approche et pose ses doigts sous mes yeux brouillés par les larmes que je tente de contenir.

— Dis-moi, souffle-t-il.

Je n'ai pas envie de lui en parler, mais d'un autre côté je ne veux surtout pas qu'il pense que quelque chose cloche.

— C'est parfait, Sam. Ta famille est parfaite.

Quand il baisse les yeux au sol, je sais qu'il a compris.

— Viens là.

Il met sa main derrière ma tête pour la coller contre son torse. C'est si bon et apaisant. Je profite de son odeur enivrante.

— On y retourne ? demandé-je enthousiaste.

Il recule doucement pour me fixer.

— C'est ta famille aussi dorénavant, déclare-t-il.

Je sais qu'il dit ça pour me rassurer, mais rien ne remplacera ce manque que j'ai depuis l'adolescence.

— C'est une famille comme ça que je veux pour nous, Sam. Je crois que mon idée du mariage a changé quand je t'ai vu avec la tienne pour la première fois. C'est ça un vrai mariage, une vraie famille.

Et après toutes ces années, je me rends compte que Fanny avait raison. Mon idée du mariage était biaisée par ce lourd passé.

— Tu n'as plus qu'à apprendre à faire du couscous et nous vivrons la même chose avec nos trois enfants, dit-il en me souriant avec tendresse.

— Pourquoi pas quatre ? demandé-je vivement.

— Quatre ? répète-t-il en haussant un sourcil.

— Quatre enfants…

Je souris largement et sans que je m'y attende, il m'attrape sous les fesses pour me soulever et me faire virevolter. Je ris très fort, encore pire qu'une gamine. J'en ai le tournis tellement il va vite.

Mon fiancé me fait redescendre, mais toujours en me portant de manière à ce que nos visages soient l'un en face de l'autre. Pendant quelques secondes, il me dévisage.

— Je t'aime, murmure-t-il.

Et voilà comment le sens de ce mot a pris une tout autre signification à mes yeux. J'ai beau souffrir au fond de moi, son amour guérira toutes mes plaies.

Chapitre 18

— Seulement un verre d'eau ?

— Oui, Emy, je ne reste pas longtemps.

J'ai réussi à convaincre Samy de venir chez moi ce soir. Il refuse qu'on se retrouve seuls chez l'un ou chez l'autre pour ne pas être tentés. J'ai intérêt de lui prouver que j'en suis capable si je ne veux pas qu'il m'évite jusqu'au mariage. Mais quand je le vois assis sur mon canapé, beau à en mourir, je sais que la tâche va être bien plus difficile que ce que je pensais.

Je m'installe près de lui sans le toucher. Je vais lui montrer qu'il peut me faire confiance.

— Il faut que tu préviennes ton bailleur, lance-t-il en inspectant autour de lui.

— De quoi ?

— Que tu t'en vas !

Je n'ai pas encore eu le temps de penser à ça ! Je savais que l'on vivrait ensemble, bien évidemment, mais quitter cet appartement va être dur. Il n'est pas très grand, mais je l'adore. Il est situé dans une rue plutôt calme, mais tout près d'un quartier animé avec des bars et restaurants.

— Et pourquoi on ne vivrait pas ici ? le taquiné-je.

Son appartement est deux fois plus grand donc, c'est plus logique qu'on habite chez lui.

— J'avais pensé qu'on choisirait notre appartement.

— Oh oui !

Je sautille sur place ce qui le fait rigoler.

Nous discutons quelques minutes sur le quartier ou le style de logement dans lequel nous aimerions vivre et je suis surprise que l'on soit absolument d'accord en tout point.

La sonnerie de mon téléphone nous interrompt. Je me lève pour aller le chercher tout en continuant notre conversation.

— Peut-être que deux chambres suffiraient pour le moment ? dis-je en attrapant mon portable.

— Autant prendre un grand appartement tout de suite.

En voyant l'expéditeur du message, je pâlis et m'assois pour ne pas tourner de l'œil.

— Tout va bien ? s'inquiète-t-il.

— C'est ma mère.

Je le regarde apeurée et pour une fois, il parait aussi stressé que moi. Je respire un bon coup et ouvre le message.

Bonsoir Emilie. J'ai bien réfléchi et j'aimerais le rencontrer. Mercredi soir.

— Oh mon Dieu ! crié-je en faisant un bond pour me rapprocher de lui afin de le lui montrer.

Il sourit.

— Tu vois, tout va s'arranger.

Certes, son message est froid, mais elle lui laisse une chance et je sais qu'elle va l'adorer. Elle ne peut que l'aimer !

Je suis tellement contente que je lance mon téléphone sur le canapé avant de grimper sur ses genoux et, sans qu'il ait le temps de réfléchir, je colle mes lèvres aux siennes. Mon esprit me demande d'arrêter, mais impossible. Je caresse sa langue avec la mienne et mes mains descendent le long de son torse. Mon bas ventre est tellement enflammé que je n'arrive plus à faire marche arrière.

— Emy, gémit-il.

J'aimerais arrêter et lui prouver qu'il peut me faire confiance, mais je n'y arrive pas. Ses mains qui se baladent dans mon dos me prouvent qu'il en est également incapable. Mais quand ma paume atteint presque son sexe, il m'arrête net.

— Arrête maintenant, m'ordonne-t-il en grimaçant.

Il me pousse sur le côté puis se lève en attrapant sa veste. Et merde !

— Non, ne pars pas ! Je suis désolée…

— Emilie, ça compte pour moi. Et tu ne m'aides pas.

Je m'en veux tellement de l'avoir déçu ! Je me lève à mon tour et m'approche rapidement de lui.

— Ça ne se reproduira plus. Je te le promets.

Il me dépose un baiser sur le front, montrant qu'il n'est pas fâché. Je suis soulagée, mais frustrée à un point qu'il n'imagine même pas.

En arrivant dans l'entrée, il est attiré par un document posé sur le meuble. Je le lui retire des mains, mais c'est trop tard.

— Qu'est-ce que c'est ?

— Ce n'est rien, dis-je en le rangeant dans le tiroir.

Il s'agit d'un tract d'un médecin spécialiste dans les retraits de tatouages, que j'ai trouvé sur internet un soir où j'y pensais.

— Emilie ?!

Les sourcils froncés, il attend que je m'explique.

— C'était censé être une surprise…

— Je ne veux pas que tu fasses ça !

Sa révélation m'étonne.

— Tu m'as pourtant dit être contre ?

— Je sais, mais… Il fait partie de toi et sa signification a fait que je t'ai aimée encore plus. Je ne veux pas que tu te sentes obligée de changer pour moi.

Bon sang ! Cet homme m'étonnera toujours. Je m'approche pour le prendre dans mes bras, mais il recule.

— Vaut mieux éviter, me taquine-t-il.

Je fais la moue et il rigole avant d'accepter mon étreinte.

— Alors on se voit mercredi ?

— À mercredi, réponds-je le cœur palpitant.

Chapitre 19

— On déjeune ?

J'acquiesce, morte de faim. Tout est revenu à la normale avec Anna. Je lui en ai un peu voulu au départ, mais elle a été tellement agréable les jours suivants que ça m'est passé. Et puis au fond, je peux comprendre sa réaction. J'ai bien failli ne pas aller au mariage de ma meilleure amie pour les mêmes raisons ! C'est fou ce que l'ignorance peut nous pousser à faire parfois.

Anna ne m'a pas une seule fois reparlé de Samy ou de mon mariage, ce qui montre clairement ce qu'elle en pense. J'aime beaucoup cette femme et nous partageons le même bureau, donc je fais tout pour éviter le sujet afin de ne pas créer de problèmes entre nous.

Arrivées à table, je lui demande des nouvelles de son fils. Elle réfléchit quelques secondes et je donnerais ma main à couper qu'elle se dit que j'aurais mieux fait de finir avec quelqu'un comme lui.

— Tout va bien dans son nouveau travail, il vient d'évoluer.

— Oh, c'est génial !

— Et… continue-t-elle en souriant. Il sort avec une jolie jeune fille qu'il a rencontrée il y a quelques mois. Il nous l'a présentée ce week-end donc je pense que c'est du sérieux !

— Ça s'est bien passé ? l'interrogé-je sans réfléchir.

— Quoi donc ?

— Votre rencontre ?

— Oui, pourquoi ça ne se passerait pas bien ? demande-t-elle surprise.

— Je ne sais pas pourquoi j'ai dit ça. C'est génial, Anna, je suis contente pour Ethan.

Mon sourire s'efface quand je repense à la réaction de ma mère, mais je continue de positiver. Elle nous a invités Sam et moi ce soir et c'est un très bon début.

Nous continuons de parler de tout et de rien avant de retourner à nos bureaux. Je passe un appel pour confirmer le photographe du mariage auquel j'ai demandé un devis la semaine dernière.

Il y a des dizaines de bons photographes à mon travail, mais j'ai préféré ne pas mêler ma vie professionnelle à ma vie privée. Je voulais surtout éviter de faire parler les collègues. Et puis j'ai flashé sur le site de ce photographe qui proposait un style un peu décalé.

J'attrape ma feuille et raye fièrement ce point de ma liste.

Chapitre 20

L'atmosphère est insupportable et mon cœur bat tellement fort que je me demande s'ils ne l'entendent pas. J'ai besoin d'air, mais nous venons à peine d'arriver, alors j'essaie de me concentrer sur autre chose. Samy fronce les sourcils alors que je mate clairement le paquet de clopes posé sur la table basse. Il a compris que je m'en grillerais bien une.

Je regarde maman, assise sur le canapé en face de nous, boire son thé tout en gardant le silence.

Quand nous sommes arrivés il y a à peine dix minutes, qui me semblent plutôt être des heures, j'ai tout de suite vu à la tête de maman que ça allait être dur. Son visage fermé montrait clairement son désaccord. Samy est resté flegmatique et lui a gentiment dit des phrases comme « ravi de vous rencontrer » et « votre maison est magnifique ». Elle a juste murmuré un simple « bonsoir » sans même m'embrasser.

Ça va faire mal !

Son regard s'est tout de même longuement arrêté sur Sam quand elle l'a aperçu. Je la connais tellement bien que je sais parfaitement ce qu'elle s'est dit : beau garçon pour un Arabe…

— Bon, commence-t-elle.

Maman inspire profondément avant de fixer mon homme.

— Samy, c'est bien ça ?

Elle a posé la question en grimaçant et avec une telle hargne qui me donne envie d'intervenir, mais Samy lui répond en souriant :

— Oui, madame.

— Écoutez-moi jusqu'au bout, s'il vous plaît.

Samy hoche la tête et le regard de ma mère est tellement meurtrier que je comprends soudain qu'on n'aurait pas dû venir.

— Vous avez profité de la faiblesse de ma fille pour entrer dans sa vie, mais sachez que je ne vous laisserai pas faire.

— Maman ! crié-je.

Je me lève d'un bond, mais elle continue sans me prêter attention et Sam ne bouge pas d'un poil en attendant la suite.

— Je ne comprenais pas ce qui avait pu la faire tomber si bas, mais maintenant je vois très bien. Votre belle gueule ne cachera jamais votre race !

— Putain maman, tu ne viens pas de dire ça ?!

Ils ne remarquent même pas mon injure.

Je tourne en rond, je lui crie d'arrêter, mais elle hurle encore plus fort pour couvrir le son de ma voix. Elle se lève désormais et le pointe du doigt.

— Ma fille n'est pas une de ces minettes de quartier auxquelles vous avez l'habitude ! Trouvez donc quelqu'un de votre espèce au lieu de vous en prendre à elle ! Vous devriez avoir honte de manipuler quelqu'un comme ça !

— Ça suffit ! hurlé-je à m'en briser la voix.

Je lui fais face mais elle me repousse pour l'affronter de nouveau.

— Moi vivante, ma fille ne se convertira jamais à votre sale religion !

À son tour, Samy se lève sereinement pour se mettre face à elle. Je tire sur son bras, rouge de rage.

— Allons-nous-en, Sam.

Je lève mes yeux vers lui et je suis surprise d'autant de calme après les horreurs que ma mère lui a dites.

— Carole…

Il s'avance lentement vers elle et ses yeux s'arrondissent, peut-être du fait qu'il l'ait appelée par son prénom ou bien de son sang-froid plus que respectable. Elle reprend son air supérieur et détourne le regard vers la fenêtre du salon.

— Je vous ai écoutée jusqu'au bout, n'est-ce pas ? lui demande-t-il d'une voix douce. Si vous avez un minimum de respect, merci de m'écouter à votre tour.

Il parle tellement paisiblement que ma mère en reste bouche bée. Je sais qu'elle s'attendait à ce qu'il explose. Elle aurait aimé qu'il pète un plomb afin de me prouver qu'elle avait raison.

Elle croise les bras sur sa poitrine et lui fait signe de parler. Son regard assassin me donne des frissons. Je n'ai jamais vu autant de haine dans ses yeux.

— J'imagine que…, commence-t-il. Tout ce que vous avez dit était votre façon maladroite d'exprimer votre désaccord sur le mélange de nos cultures. Je pensais la même chose quand j'ai connu votre fille. J'ai tout fait pour ne pas m'attacher à elle, car comme vous vous en doutez, nous aussi nous préférons nous unir avec quelqu'un qui nous ressemble. Mais nous sommes tombés amoureux. J'aime votre fille le plus profondément et sincèrement possible. Et je l'aimerai jusqu'à la fin de mes jours.

Je suis au bord des larmes. Maman continue de le fixer méchamment, mais je sens qu'elle est déconcertée. Samy met sa veste avant de poursuivre :

— Je ne lui demanderai jamais de se convertir, car tout comme elle m'a accepté comme je suis, je l'accepte comme elle est. J'espère que vous changerez d'attitude, pas pour moi, mais pour elle.

Il jette un œil vers moi et se pince les lèvres en voyant mon visage mouillé par les larmes.

— Dernière chose : votre fille est bien plus forte que vous ne le pensez. Au revoir, Carole.

Ma mère reste silencieuse en regardant Samy quitter la maison.

Quand la porte se ferme, je me tourne vers elle, pleine de rage. J'aurais des milliers de choses à lui dire, une tonne d'insultes ou de reproches qu'elle mériterait sans aucun doute. Mais la seule chose que je lui dis est :

— Adieu, maman.

Car nous savons toutes les deux que, cette fois, je ne reviendrai pas.

Chapitre 21

J'ai du mal à me concentrer sur mon travail tellement je suis épuisée. Fatiguée de repenser à cette horrible soirée. Je n'ai pas dormi de la nuit tellement j'ai ressassé cette conversation dans ma tête.

Quand ma mère m'a envoyé le message pour nous inviter, je savais qu'elle allait être dure, mais pas à ce point-là. Je n'aurais jamais cru qu'elle démontrerait autant de haine. Elle voulait juste vider son sac une bonne fois pour toutes.

Croyait-elle que ça l'éloignerait de moi ?

La façon dont lui a répondu Samy n'a fait qu'accentuer mon amour pour lui. En arrivant chez moi, j'ai insisté pour qu'il rentre, mais il a refusé. Il est resté calme jusqu'au bout, mais j'ai bien senti sa déception.

Je me suis excusée une centaine de fois et même si j'avais besoin de sa présence pour m'apaiser, je n'ai pas insisté.

— Tout va bien, ma belle ? demande Anna, me sortant de mes pensées.

— Oui, ça va.

Je tente de sourire, mais mon regard abattu me trahit. Elle n'insiste pas.

— On va déjeuner ? propose-t-elle alors.

Je bondis de ma chaise en regardant l'heure. Déjà midi.

— Non désolée, je déjeune dehors ce midi. Avec mon père.

J'avais accepté cette invitation il y a plusieurs jours déjà et je n'ai pas eu envie d'annuler. Ça fait longtemps que je ne l'ai pas vu et il faut également qu'il sache.

***

J'arrive avec dix minutes de retard au restaurant auquel nous nous sommes donné rendez-vous, à deux rues de mon travail. Papa est déjà installé à une table.

— Bonjour, désolée du retard, m'excusé-je essoufflée d'avoir couru.

— Pas de problème, ma chérie.

Je lui dépose un bisou sur la joue avant de retirer ma veste et de m'assoir en face de lui.

Comme ça fait longtemps que l'on ne s'est pas vus, je lui raconte mon dernier voyage d'affaires à Athènes ainsi que mon nouveau poste. Je ne me lasserai jamais de parler de mon travail. Son air admiratif me fait beaucoup de bien.

Quand la serveuse arrive pour prendre la commande de nos desserts, je me précipite pour regarder ma montre. Mince, le temps est passé plus vite que je ne pensais et ma pause déjeuner prend presque fin.

— Papa, je suis désolée de changer de sujet comme ça, mais il faut que je te parle de quelque chose avant de retourner travailler.

— Je t'écoute.

— Je vais me marier. Avec un musulman.

Voilà au moins, tout est dit. Pas de fausses joies inutiles. Pas de torture psychologique. Je relève mon visage pour le fixer en attendant une réaction.

— Bien. C'est un peu soudain, mais… si tu es bien sûre de ton choix alors je t'aiderai comme il se doit.

— Attends, attends…

Il m'interroge du regard.

— Pourquoi ai-je l'impression que tu es déjà au courant ?

— Emilie, je…

Il soupire sans finir sa phrase. Alors, je percute.

— Je n'y crois pas ! dis-je en croisant les bras sur ma poitrine.

— S'il te plaît, ne lui en veux pas, ta mère était tellement choquée qu'elle m'a appelé.

— J'hallucine ! m'exclamé-je. Et qu'est-ce qu'elle t'a dit exactement ?

— Que tu étais complètement perdue, que tu prétendais te marier avec un musulman.

— Et toi… que lui as-tu répondu ?

— Je lui ai d'abord demandé de se calmer, car elle criait tellement fort que j'ai bien cru devenir sourd !

Je ne peux m'empêcher de rire malgré l'importance de notre conversation. Puis, il reprend son sérieux :

— Je lui ai répondu que tu étais une adulte qui me semblait plutôt stable. Je lui ai demandé de te faire confiance.

La réponse de papa me laisse sans voix. J'ai envie de le prendre dans mes bras tellement ça me fait plaisir ! Certes, je ne m'attendais pas à une réaction aussi excessive que celle de ma mère, mais tout de même.

— J'imagine que tu connais très bien la difficulté des mariages mixtes, mais il est de mon devoir de te le rappeler.

— Je sais papa, merci.

Il pose sa main sur la mienne.

— Je veux juste… Je… je dois être sûr qu'il ne t'oblige pas à être quelqu'un d'autre.

J'inspire un bon coup pour ne pas m'emporter.

— Qu'est-ce que ça veut dire ?

Quelle question ! Je sais très bien ce que ça veut dire.

— Qu'il ne te force pas à changer de vie ou ta façon de t'habiller par exemple.

— Papa. Tout ce que je fais vient de moi. De ma propre initiative.

Il hoche la tête, mais je vois bien qu'il n'en est pas convaincu.

— Il n'est pas comme ça, papa ! insisté-je. Il ne cherche pas à me manipuler comme tu le penses.

Mon père se sert à nouveau en vin.

— Tu n'en veux toujours pas ? m'interroge-t-il en me jetant un bref regard.

— Non merci, je tiens à mon travail.

Ce n'est pas le moment de lui parler de mes changements, mais j'ai un doute sur le fait qu'il cherche à me tester.

— Tu sais Emy, cela n'excusera en rien ma conduite, mais je sais ce que c'est d'aimer quelqu'un qu'on ne doit pas aimer. C'est plus fort que nous.

— Non en effet, ça n'excusera rien, lui réponds-je sèchement.

Il ne peut pas se comparer à mon histoire ! On ne s'intéresse pas à quelqu'un d'autre quand on a déjà tout ce qu'il nous faut.

— Bon, dit-il vivement en ayant vu mon changement d'expression. Et ce mariage, c'est pour quand ?

— Dans trois mois, grimacé-je presque.

— Trois mois ? Mais tu… tu es enceinte ?

Je secoue la tête en rigolant.

— Non, je ne suis pas enceinte.

— Alors, pourquoi être si pressés ?

Je ne vais pas expliquer à mon père que je ne tiendrai pas plus sans faire l'amour.

— On est pressés d'être unis, expliqué-je.

Je me racle la gorge avant de passer à autre chose :

— Papa, tu… Vous vous parlez toujours, avec maman ?

— Avant oui, c'était le seul moyen d'avoir de tes nouvelles. Mais ça fait plusieurs mois que je n'en ai pas. Enfin, jusqu'à il y a quelques jours.

Je garde le silence et cette fois, c'est lui qui change de sujet :

— Bon, et ton futur mari ? Parle-moi de lui.

— Il s'appelle Samy. Il est vraiment super, je suis sûre que tu vas l'adorer. Et surtout… tu te souviens quand je t'ai dit qu'il y avait une raison pour que je sois revenue vers toi ?

— Euh oui ? dit-il en levant un sourcil.

— C'était lui. C'est Sam qui m'a poussée à reprendre contact.

Je lui raconte cette soirée où il m'a emmenée devant sa boutique et toutes ces fois où il m'a dit que le plus important dans la vie était la famille.

Mon père me fixe, les yeux brillants.

— Eh bien… sache que je l'aime déjà !

Chapitre 22

Voilà une bonne dizaine de minutes que je suis devant la vitrine à admirer la robe de mes rêves : *et si elle ne m'allait pas ?*

Je suis d'abord allée me balader dans d'autres boutiques, histoire de voir autre chose, mais cette robe que j'ai vue dans ce magazine ne quitte pas mon esprit. J'ai même rêvé de mon mariage en la portant ! Aucune robe ne m'ayant donné envie de l'essayer, je suis finalement allée dans cette boutique à l'autre bout de Paris. Cinderella.

La robe est tellement magnifique qu'elle est en vitrine parmi cinq autres. Elle est splendide, mais j'ai du mal à m'imaginer dedans. J'ai également du mal à entrer dans la boutique. Je n'aurais jamais pensé choisir ma robe seule. Sans ma mère, sans Fanny ni Mina.

Tu ne t'étais pas imaginé te marier un jour, et pourtant tu es là ! me crie une voix intérieure.

À peine entrée, deux jeunes femmes superbement bien maquillées me sautent dessus, me demandant si je veux boire quelque chose. Je suis étonnée que l'on me propose carrément une coupe de champagne. *La classe !*

Quand j'avais vu cette robe pour la première fois, j'ai pensé qu'elle était bien trop chère pour moi, mais étant donné que je n'ai rien à payer de ce mariage, je me suis dit, pourquoi pas…

— J'aimerais essayer cette robe en vitrine, s'il vous plaît.

— Oh, Gabriella ? Je vous l'apporte tout de suite, installez-vous.

Je crois d'abord qu'elle appelle l'une de ses collègues, mais je me mords la lèvre pour ne pas rire quand je m'aperçois qu'elle parle de la robe.

Et oui, même les robes ont un prénom ici !

Une fois dans l'immense cabine d'essayage, je patiente jusqu'à ce que la vendeuse ressorte mais elle me surprend en restant à l'intérieur et en tirant le rideau.

— Vous n'arriverez pas à l'enfiler seule, me dit-elle gentiment en remarquant ma gêne.

Je me déshabille timidement puis elle m'aide à passer la robe par-dessus ma tête. Vu le mal que l'on a à deux, je comprends mieux son intrusion dans mon intimité.

Je suis dos au miroir quand elle la réajuste et remonte la fermeture jusqu'en haut, je la sens alors se refermer parfaitement autour de moi.

— Oh. Vous êtes l'une des rares femmes à qui une robe va si bien.

C'est une vendeuse, elle doit dire ça à tout le monde. Mais quand elle me force à me retourner et que j'aperçois mon reflet dans le miroir en pied…

— Waouh !

— Oui, dit-elle en riant. Elle vous va comme un gant, pas besoin de retouche. Vous êtes splendide !

C'est bien la première fois de toute ma vie que j'accepte un compliment. Oh oui, je suis magnifique. Gabriella me rend exceptionnelle.

Elle est assez simple, mais spéciale à la fois. Blanche et légèrement évasée au niveau de la jupe totalement en tulle. La partie haute est en soie couverte de dentelle. Le tissu s'arrête au-dessus de ma poitrine, tel un bustier, mais la dentelle continue jusqu'aux coudes, laissant apparaître ma peau.

— C'est celle-là ! m'écrié-je.

— Sans aucun doute, me répond la vendeuse aussi émue que moi. Je vous laisse quelques minutes.

Elle sort de la cabine, me laissant m'admirer pendant un long moment. Avant de la rappeler pour m'aider à l'enlever, j'attrape la liste de mon sac et raye gaiement le mot *robe* en rajoutant à côté : *Gabriella*.

Chapitre 23

Je commence doucement ma course en m'arrêtant à la boîte aux lettres au bout de ma rue. Nous y voilà. Je suis prête à envoyer nos invitations de mariage et c'est plus difficile que je ne l'aurais imaginé.

Elles sont arrivées hier et je me suis chargée, seule, de toutes les mettre sous pli, ce qui m'a pris la soirée. Sam a refusé de m'aider, car selon lui il s'agit d'un truc de filles. Aussi parce qu'il veut éviter que l'on reste seuls toute une soirée.

La faute à qui, hein ?

Nous les avons choisies il y a une semaine dans cette boutique d'imprimerie. C'est drôle, car il y avait une cinquantaine d'invitations de tout genre, mais nous avons tous les deux été attirés par la même. Comme quoi on n'est pas si différents !

Le papier est agréable au toucher, en forme de cercle en fond noir avec une magnifique écriture blanche. Simple, mais particulière à la fois. Sur le devant, sont uniquement inscrits nos prénoms respectifs : Emilie & Samy. Voir nos noms ensemble me fait frissonner.

Derrière l'invitation est écrit en gros : Nous nous marions. Puis tous les détails liés aux horaires et endroits. Rien de très original, mais je l'adore.

Je souris en postant celle de Fanny, Mina, Mika et ainsi de suite. Il m'en reste deux entre les mains. Celle de mon père et de ma mère.

J'inspire un bon coup et poste celle de mon père. Je sais qu'il viendra, ce n'est pas le problème. Non, mon angoisse vient du fait que sur l'invitation j'ai bien écrit : Philippe Martin. Uniquement son nom, montrant que sa maîtresse n'est pas invitée. Bon, à l'heure actuelle, il ne s'agit plus de sa maîtresse, mais je n'arrive toujours pas à la voir autrement.

Je ne sais pas comment il va le prendre, nous verrons bien !

Le plus dur est d'envoyer celle destinée à ma mère. Je n'ai joint aucune lettre, aucun mot. Juste l'invitation. Malgré tout ce qu'elle a pu dire à Samy, il a insisté pour que je la lui envoie.

Je ferme les yeux et la fais glisser dans la fente de la boîte aux lettres. Hésiter à inviter sa mère à son propre mariage… Il n'y a que moi pour vivre un truc pareil !

Il est temps de m'aérer l'esprit ! Je place mes écouteurs en trifouillant mon portable pour choisir la musique qui me motivera quand je sens une main se poser sur mon épaule. Je relève brusquement le regard : *Oh putain !*

Je recule instinctivement d'au moins deux mètres avec mes poings fermés et prête à hurler de toute mes forces. Ce n'est pas possible, il y a combien de rues dans Paris ? J'ai cru voir une fois dans un reportage qu'il y en avait environ cinq mille… ou peut-être plutôt quatre ? Bref, il y a des milliers de rues, mais il fallait que je le croise ici une nouvelle fois.

Mon ex petit-ami se rapproche doucement en tendant son bras.

— Emy…

Je recule de nouveau de quelques pas et je hurle de façon à ce que les passants nous remarquent :

— Ne t'avise même pas de me toucher !

Il lève ses mains en l'air, tel un innocent. Son visage est terne et je dirais même… meurtri. Malgré tout ce qu'il m'a fait, il arrive encore à me faire de la peine.

— Qu'est-ce que tu veux, Pablo ?

— Je ne sais pas, je t'ai vue et… j'ai eu envie de te parler.

— Ne m'adresse plus jamais la parole, tu m'entends ?

Mon ton s'est radouci, mais je reste ferme.

— Je t'en prie, Emy… tu me manques tellement.

Tout à coup, la peine passe au dégoût. Des souvenirs avec lui me reviennent et je me demande alors comment j'ai pu faire pour rester autant de temps avec lui.

— Tu es encore avec…

— Avec celui qui t'a cassé la gueule et qui n'hésitera pas à recommencer si tu m'approches encore ? Oui !

Il passe sa main dans ses cheveux longs.

— Je suis désolé, Emy, ça m'a rendu dingue que tu me fuis comme ça…

— Écoute… Laisse tomber tu veux bien ?

Je lui tourne le dos et il m'appelle encore une fois, mais je suis bien décidée à ne plus lui répondre. Je continue mon chemin en l'ignorant jusqu'à ce qu'il trouve les bons mots :

— C'est ton Arabe qui te rend aussi prude ?

Je me retourne le visage en feu.

— Qu'est-ce que tu viens de dire ?

— Alors c'est vrai ? demande-t-il, incrédule.

— Qui t'a parlé de ça ?

— À ton avis ?

Je tente de chercher en fouillant dans mon cerveau, mais je ne trouve pas. Ça ne serait pas ma mère par hasard ? Elle aurait été jusqu'au point d'appeler Pablo pour l'aider à me faire changer d'avis ?

— J'ai croisé Mika il y a quelques jours.

Mika ! Quel imbécile celui-là ! Je ressens tout de même un profond soulagement que ça ne vienne pas de maman.

— Mêle-toi de tes affaires !

— Tu te fous de ma gueule, Emy ? Tu pétais un câble quand je t'appelais à trois heures du matin pendant que tu faisais la fête ou je ne sais quoi d'autre et aujourd'hui, tu acceptes de vivre comme une soumise ?

Je sais que je ne devrais pas entrer dans son jeu, je sais qu'il vaudrait mieux que je l'ignore et fasse demi-tour, mais…

— Tu ne sais pas de quoi tu parles, idiot !

Il se rapproche en serrant les dents.

— Fais gaffe à toi, Emilie !

— Tu crois que tu me fais peur ?

Bien sûr qu'il me fait peur ! Mais ma haine est tellement forte que je ne baisse pas les yeux.

— Oh, alors tu es contente, hein ? Tu as trouvé un bad boy et tu crois que tu vas être heureuse, c'est ça ?

Un bad boy ? Qu'il est con ! Il remarque ma surprise en l'appelant ainsi. Les bad boys ne m'ont jamais attirée et Samy est loin d'en être un.

— Un mec qui frappe, qui vole…

— Qui vole ? répété-je surprise.

— Tous des voleurs ces gens-là, sale connc !

Je tente de calmer ma rage, car un homme reste un homme et je ne ferais pas le poids face à lui, même si je me sens capable de lui casser le nez à nouveau, là tout de suite. Je cherche quelque chose à dire, mais il me devance :

— Toi avec un Arabe ? Sérieusement ?

Il secoue la tête en ricanant avant de continuer :

— Tu es tombée bien bas, ma pauvre ! Bientôt convertie, si ce n'est pas déjà fait, et dans quelques années, quand tu n'auras même plus le droit de sortir de chez toi, tu m'appelleras au secours.

Je contiens ma colère au plus profond de moi, car je ne sais pas de quoi il serait capable si je l'insultais. Je repense alors à ce que Sam m'a dit il y a quelques jours : *il y aura toujours des regards ou des paroles sur nous... il faut apprendre à les ignorer.*

Alors je le fixe une dernière fois dans les yeux.

— Ne cherche pas à me suivre ou je te promets que cette fois, c'est la police qui se chargera de ton cas.

Il ricane, mais je vois bien qu'il me prend au sérieux. Je replace mes écouteurs avant de faire demi-tour et de commencer ma course. Bien sûr, je ne mets aucune musique pour bien entendre s'il me suit. Quand j'arrive au bout de la rue, je soupire de soulagement en me retournant.

Il est parti.

Chapitre 24

— Prête pour ce nouveau shooting ?

— Plus que prête ! m'exclamé-je jovialement.

Léon me sourit en me tendant le dossier. Ce matin, c'est la première fois qu'il m'envoie seule faire mon travail. J'ai pu apporter mes preuves à de nombreuses reprises ces derniers temps et ça a porté ses fruits.

J'étais tellement ravie qu'il me fasse à ce point confiance, que je n'ai même pas demandé ce que j'allais photographier sur le coup. Je suis un peu déçue en ouvrant le dossier et découvrant qu'il s'agit d'un shooting pour un mannequin qui veut faire son book. Il sait que je préfère largement travailler dehors plutôt que de m'enfermer dans une pièce à photographier quelqu'un, mais bon, c'est une première pour moi, il faut que j'assure !

— C'est OK pour toi, sûre qu'il n'y a un aucun problème ? insiste-t-il.

— Oui, bien sûr !

Je ferme rapidement le dossier. Il a sûrement dû remarquer ma petite déception que je tente maintenant de dissimuler.

— Alors c'est super, je n'étais pas sûr que ça te convienne, je préférais te demander avant.

Je hoche vivement la tête. Il me teste et je ne compte pas le décevoir.

***

Je pose toutes mes affaires en regardant autour de moi. Un grand divan blanc et rose au milieu d'un fond blanc. Rien de bien charmant, mais je tenterai de faire des effets de lumière. J'installe ma grande toile afin de démarrer avec de simples photos sur un fond neutre.

— Bonjour.

Je sursaute avant de me retourner. Un garçon d'une vingtaine d'années se tient devant moi. Il est blond aux yeux bleus, grand et baraqué. Il n'y a rien qui m'attire chez lui, mais je me sens tout de même rougir. Sûrement la façon qu'il a de me regarder. Il fixe mes jambes nues durant quelques secondes et je regrette alors d'avoir mis cette petite robe rouge très courte. Ça faisait longtemps que je ne m'habillais plus de cette manière, mais sans savoir pourquoi, j'en ai eu envie ce matin.

Après tout, je m'habille comme je veux, non ?

— Bonjour, réponds-je en tournant la tête.

Son regard me met mal à l'aise et de plus, il est en peignoir ! Ses jambes nues laissent à penser qu'il n'a rien en dessous.

— Bien, je vous propose que l'on commence par des photos debout ici devant la toile. Je vous laisse donc… vous préparer ?

Il acquiesce et je le supplie intérieurement d'aller s'habiller. Je règle l'objectif de mon appareil en regardant dans le viseur et je frôle l'arrêt cardiaque quand je le vois totalement… nu ?

Je relève brusquement la tête pour être sûre d'avoir bien vu et c'est bien ça, cet homme est à poil devant moi. Je détourne vivement le visage.

— Qu'est-ce que vous faites ? l'interrogé-je, choquée.

— Vous avez dit qu'on allait démarrer.

— Oui mais pourquoi vous êtes… tout nu ?

Je l'entends rire doucement.

— Car il s'agit d'un book nu !

— Laissez-moi une minute, s'il vous plaît.

J'attrape le dossier pour cacher mon visage et m'isole dans la pièce à côté. J'appelle Léon sans attendre une minute de plus.

— Allo ?

— Léon ! crié-je avant de baisser le ton pour ne pas que le jeune homme m'entende. C'est quoi cette histoire ?

— Comment ça ?

— Le garçon que je dois photographier… il est nu !

— Oui, c'est effectivement écrit dans le dossier et je t'ai demandé si c'était OK pour toi.

Merde !

C'est effectivement ce qu'il y a d'écrit dans l'une des dernières pages. Ça m'apprendra à ne pas lire en entier avant d'accepter.

— Écoute Emilie, il est inscrit dans une grosse agence et c'est un énorme client pour nous. Un bon photographe peut tout photographier donc concentre-toi et fais ton travail.

Je reste silencieuse durant quelques secondes et Léon reprend la parole :

— Emilie, tu es une adulte qui sait ce qu'elle fait. Tu n'as besoin de personne pour te dire comment diriger ta vie.

Hein ? Je réfléchis quelques secondes à ce qu'il vient de me dire, mais il raccroche avant de me répéter : au travail !

Je comprends alors qu'il a voulu faire allusion à Samy et ça me rend folle de rage ! Encore des préjugés ! Samy m'avait prévenue, mais je n'aurais jamais imaginé à quel point ça serait difficile. Ce n'est pas Samy qui cherche à régenter ma vie, mais plutôt les autres qui veulent, je ne sais pourquoi, me prouver que je rentre bien dans une case. Leur case. Celle de la « normalité ».

J'hésite à y retourner et réussir mes photos rien que pour prouver à Léon qu'il se trompe, mais je me mets à penser à Sam. Pourquoi ai-je l'impression de le tromper ? Sans doute parce qu'il me tuerait s'il apprenait ça.

Je décide de lui envoyer un texto, car je sais qu'il est en réunion toute la matinée. Être franche m'aidera sûrement à me calmer, et surtout à moins culpabiliser. Après tout, il a été conciliant sur de nombreux sujets.

Ça te dérange si je prends en photo un homme nu ? C'est totalement professionnel et il n'est même pas beau...

J'attends quelques secondes et mon téléphone sonne.

— Allo ?

— C'est quoi cette histoire, Emilie ? braille Sam au bout du fil.

— Je suis désolée, Léon m'a envoyé à mon premier shooting seule, je ne savais pas que ça serait ce style.

— Alors va-t'en !

— Quoi ? Je ne peux pas, Samy !

— Alors quoi ? Tu vas regarder cet homme à poil et le prendre délibérément en photo ? grogne-t-il.

— Calme-toi, Sam !

— Franchement non, je suis désolé, mais tu exagères. Je ne pourrai pas supporter ça. D'ailleurs... tu l'as déjà vu nu, n'est-ce pas ?

Je reste silencieuse avant qu'il ne se mette à hurler :

— Bordel, Emy !

L'entendre jurer m'angoisse encore plus, c'est tellement rare chez lui.

— C'est bon calme-toi...

Il ne dit plus rien mais je l'entends respirer bruyamment.

— Écoute, reprend-il en tentant de contrôler le timbre de sa voix. Je fais toujours mon maximum pour ne pas te paraître trop excessif mais là, je suis désolé, c'est au-dessus de mes forces.

Il raccroche.

Je tente de le rappeler plusieurs fois de suite, mais je tombe directement sur sa messagerie.

Oh non, ce n'est pas vrai !

— Mademoiselle ?

Le mannequin m'appelle depuis la pièce d'à côté et j'ai envie de lui hurler dessus, mais je me contente de m'excuser et de lui demander d'attendre une seconde.

Je suis dans une réelle impasse : soit je déçois mon futur mari, soit je déçois mon patron, au risque qu'il perde toute confiance en moi.

Je réfléchis avant de prendre ma décision, ce qui est inutile, car je sais déjà ce que je dois faire.

Chapitre 25

Je tente de l'appeler une nouvelle fois, mais il est toujours sur répondeur. Je reste alors plantée devant son travail en tentant de me cacher dès qu'un ancien collègue sort du bâtiment pour ne pas avoir à me justifier.

Je me frotte les bras tellement j'ai froid avec la nuit tombée, mais il est hors de question de partir maintenant. *Il ne peut pas sortir plus tôt pour une fois ?*

Quand je l'aperçois enfin, je me précipite vers lui et il reste figé en me voyant. Sam balaie rapidement mes jambes du regard avant de me demander sèchement :

— Qu'est-ce que tu veux, Emilie ?

— Je m'attendais à un autre accueil… ça fait deux heures que je t'attends !

— Tu t'attendais à quoi exactement ?

— Que tu sois gentil tout comme je l'ai été avec toi quand tu es venu devant mon boulot la dernière fois, tu te souviens ?

Je croise mes bras sur ma poitrine. C'est vrai quoi, je n'ai peut-être pas de roses, mais je suis tout de même là.

— Laisse tomber, Emy, ce soir j'aimerais rester seul, s'il te plaît.

Il continue son chemin sans me prêter attention. *Non mais je rêve ?*

— Attends ! Tu ne crois pas que tu exagères là ?

Il continue sans répondre et je le suis comme une imbécile en criant plus fort :

— C'est si mal que ça de voir un homme à poil franchement ?

Il ne répond toujours pas alors j'accélère le pas et je lâche sans réfléchir :

— Ta religion t'interdit ça aussi ? Alors quoi, tu voudrais que je reste cloîtrée chez moi pour être sûre de ne croiser aucun autre homme ?

Il se retourne, le regard assassin. Et c'est n'est que maintenant que je me rends compte de la nullité de mes propos.

— Emilie, ce n'est même pas qu'une question de religion ! Quel homme accepterait ça franchement ?

— Ce n'est pas si horrible, tu en fais beaucoup trop.

Il se rapproche brusquement de moi.

— Pourquoi tu t'es habillée comme ça ? m'interroge-t-il.

— Comment ? Il me faut également une autorisation pour ma façon de m'habiller ?

Il secoue la tête.

— Pose-toi les bonnes questions, Emy. Pourquoi tu fais tout ça, hein ?

J'ouvre légèrement la bouche, mais il reprend :

— Je suis tellement déçu.

Ses paroles me blessent aussi durement qu'une lame bien aiguisée. Il repart en direction de sa voiture.

— Samy, attends-moi.

Je marche rapidement pour le rattraper, mais il m'ignore en continuant d'avancer.

— Sam ! Je ne l'ai même pas fait ! Je suis partie du shooting.

Il s'arrête enfin et se retourne.

— C'est la vérité, dis-je tout bas.

— Alors pourquoi tu me fais ça ? Pourquoi tu m'as dit tout ça ?

Je réfléchis quelques instants. Pourquoi lui avoir tenu tête alors que moi-même j'étais d'accord avec lui ? Parce que je suis une idiote qui se laisse influencer par les propos racistes et mal venus de ceux qui ne le connaissent pas. Et qui ne ME connaissent pas.

Je m'approche de lui et l'enlace, mais il ne me rend pas mon étreinte. Il reste raide et dur comme de la pierre. *Tiens, ça me rappelle des souvenirs...*

— Emy, je sais que je suis très jaloux et possessif avec toi.

Je ne lui dis pas, mais ça me plaît qu'il le soit.

— J'aimerais que tu me fasses confiance, murmuré-je.

— Emilie…

Il recule doucement pour me faire face.

— Ce n'est pas une question de confiance. Je prends sur moi quand un autre homme te regarde, tu comprends ? C'est horrible pour moi. Mais quand tu m'as appelé tout à l'heure pour me dire que tu allais voir cet homme, je…

Il ne termine pas sa phrase pour serrer les dents. Je me dis alors que j'ai bien fait de ne pas lui parler de ma rencontre avec Pablo.

— Ça n'arrivera plus jamais, je te le promets. Je ne veux que toi dans ma vie, Samy. Je ne veux regarder que toi.

— Il n'y a pas que ça, dit-il grimaçant presque.

— Quoi ?

— Je ne te comprends pas, Emy. Pourquoi cette réaction ? Je ne te reconnais pas.

Je baisse les yeux au sol et je l'entends soupirer. Il a compris.

— Je peux faire des efforts pour toi, continue-t-il. Te laisser aller travailler alors que je gagne suffisamment pour nous deux, je peux le faire. Te laisser partir avec ton chef en voyage d'affaires, j'y arriverai. Mais faire ce genre de choses…

Il secoue la tête en serrant de nouveau les dents et je pose mes mains sur son visage pour le calmer.

— Je ferai des efforts là-dessus.

— Ce n'est pas des efforts que je veux, Emy !

Je le fixe en l'interrogeant du regard.

— Je ne veux pas que tu le fasses. Jamais.

— Alors je ne le ferai pas. Pas seulement pour toi, mais parce que je trouve ça normal moi aussi.

Là je pense avoir trouvé la réponse qu'il attendait. Je continue :

— Tu sais, j'ai voulu faire comme si ce n'était rien, car l'ancienne Emy aurait pensé que ce n'est pas grave. Mais en réfléchissant bien, moi aussi ça me rend dingue quand une autre femme te regarde…

Mon estomac se retourne rien que de repenser à cette fille au stade et il lève un sourcil interrogateur en se demandant sûrement de qui je peux bien parler. Je sais qu'il a raison depuis le début, mais je suis tombée dans le piège du jugement des autres. Ce que m'a dit Pablo et ensuite Léon m'ont blessée, même si je ne crois pas une seconde à leurs propos. Je voulais me prouver en quelque sorte que j'avais le droit de faire ce que je veux.

— Je pensais en être capable, mais je me sentais si mal que j'ai dû t'appeler. Et je dois avouer que tu n'es pas excessif, car moi non plus je ne supporterais pas que tu voies une autre femme de cette manière.

Même s'il n'est pas totalement calmé, un voile de soulagement traverse ses iris. Tout ce que j'ai dit n'est pas seulement pour le rassurer, mais correspond réellement à ce que je pense.

Je tente une nouvelle approche en l'enlaçant de nouveau, et cette fois, il me serre dans ses bras.

Chapitre 26

Samy continue de me fixer sans rien dire et je le connais assez bien pour discerner son état. Il est encore très, très énervé. Sa mâchoire musclée se resserre à chaque mot que je prononce. Mais au moins tout est dit, je lui ai avoué toutes les réflexions que je me suis prises ces derniers jours et à quel point ça m'a affectée sans que je m'en rende compte.

— Tu ne dis rien ?

Nous sommes assis l'un en face de l'autre dans une brasserie près de chez moi. J'ai dû insister pour que l'on dîne ensemble afin de lui expliquer mon comportement.

— Il a osé revenir te parler ? demande-t-il.

— Qui ça ?

— L'Italien voyons, qui d'autre ?

— Quoi, c'est tout ce que tu retiens de tout ça ?

— Excuse-moi, mais oui !

Je soupire, mais je suis tout de même soulagée que ce regard assassin qu'il porte sur moi depuis tout à l'heure concerne Pablo et non ce que j'ai pu faire.

— Je vais le tuer, je te jure que…

— Sam, s'il te plaît. Il ne m'a rien fait, ça se voyait qu'il avait peur.

Je pose ma main sur la sienne et me penche légèrement vers lui.

— Ne pense plus à lui, s'il te plaît, il ne compte pas.

— S'il te reparle un jour je veux que tu me le dises tout de suite, c'est compris ? Pas de mensonge entre nous, Emilie !

J'ai envie de lui dire que ce n'était pas vraiment un mensonge, mais je me ravise et me contente d'acquiescer. J'ai juste évité de lui raconter cette scène pour ne pas le contrarier. On a assez de problèmes comme ça !

Sam retire sa main de la mienne et se rapproche en plongeant son regard dans le mien.

— Emy, j'aimerais qu'à l'avenir tu fasses les choses pour toi et non parce que tu veux prouver quoi que ce soit.

Je ferme les yeux en hochant la tête.

— Je sais, Sam…

— Tu subiras des réflexions toute ta vie et on ne va pas s'en sortir si tu réagis comme ça à chaque fois. Si quelque chose te gêne, tu dois m'en parler sans avoir à me tester comme tu l'as fait.

— J'ai compris, Sam, je t'assure.

— Quant à ta tenue d'aujourd'hui, poursuit-il. Je ne l'accepte pas, je suis désolé.

Je baisse les yeux sur mes cuisses totalement nues et je dois avouer que cette robe est vraiment très courte.

J'aimerais vraiment tout accepter rien que pour me faire pardonner, mais je dois être franche.

— Je ne compte pas m'habiller comme une none non plus.

— Ce n'est pas ce que je te demande.

— Alors quoi ?

— Si ça ne tenait qu'à moi, je cacherais ce qui est attirant chez toi, c'est-à-dire… tout.

Il sourit légèrement et je ne peux m'empêcher de rougir.

— Si on se mettait d'accord tout simplement ? proposé-je.

Il hausse un sourcil.

— OK, cette robe est légèrement courte…

— Légèrement ? répète-t-il en ricanant.

— Bon OK, elle est très courte. Quelle est ta limite ?

Il réfléchit quelques secondes.

— La jupe noire que tu avais la dernière fois… ça peut aller.

— Ça peut aller ? Elle m'arrive aux genoux !

— Voilà ma limite, affirme-t-il.

Je réfléchis à mon tour.

— Pas au-dessus du genou donc ?

Il hoche la tête avant de reprendre la parole :

— Et crois-moi, c'est déjà un énorme effort pour moi.

Je lui souris et lui tends ma main.

— Alors marché conclu ?

Il rit avant de serrer ma main en guise d'accord.

— Marché conclu.

Tandis qu'il me mange du regard, je baisse de nouveau les yeux sur ma tenue.

— C'est dommage, je l'aimais bien cette robe.

— Mais tu pourras la remettre autant de fois que tu veux…

Je l'interroge du regard, mais son air malicieux me fait comprendre où il veut en venir.

— Rien que pour toi, c'est ça ?

Il m'adresse un clin d'œil avant de répondre :

— Même si te voir habillée comme ça me rend fou, je dois avouer que tu es magnifique là-dedans.

Je le remercie et nous nous sourions de nouveau avant que je lui fasse mon air de chien battu.

— Alors tu n'es plus fâché ?

— Non Emy, je ne suis pas fâché. Je savais qu'on aurait de nombreux compromis à faire et honnêtement, c'est beaucoup moins difficile que je ne l'aurais imaginé.

J'opine du chef tandis qu'il poursuit :

— Mais plus de cachoteries, Emy, plus jamais ! Si tu as quelque chose sur le cœur, tu dois m'en parler.

J'acquiesce sincèrement avant de me pencher pour lui déposer un baiser sur le coin de la lèvre.

Il a raison, on s'en sort pas si mal finalement.

Chapitre 27

Léon hoche la tête en analysant mon travail et j'en déduis que ça lui convient. Du moins je l'espère…

Depuis ce shooting raté en début de semaine, mon chef est distant avec moi. Les premiers jours, c'était à peine s'il me disait bonjour ! Mais heureusement, il ne m'en a pas tenu rigueur et m'a juste demandé de bien lire un dossier avant d'accepter une tâche. Je pense qu'au fond, il a compris que la situation était terriblement gênante.

Ce matin, l'expression qu'il affiche quant à mon travail me rassure. Faut dire je n'ai pas chômé ! Le stress dû aux préparatifs commence à diminuer au même rythme que ma liste. Ma bonne humeur est également liée au fait que ce week-end, je retrouve mes amies ! Mina est de retour pour plusieurs jours et je compte bien en profiter. J'ai hâte de savoir ce qu'elles ont à m'annoncer même si j'ai quelques doutes là-dessus.

De retour à mon bureau, un mail de Samy me surprend. Je sais qu'il n'aime pas trop que l'on s'écrive au travail. Il me l'a d'ailleurs bien démontré la dernière fois…

Un sourire m'échappe rien qu'en commençant ma lecture :

*Salut bébé,

Je sais qu'on évite de se voir en semaine, mais je passerai après dîner. Je dois te parler de quelque chose pour le mariage et je pense que ce sera mieux en face (aussi car j'ai envie de te voir).

À ce soir.

Un large sourire aux lèvres, je tape ma réponse à la hâte :

Bonjour, mon amour,

Viens pour dîner, je te promets que je saurai me tenir.

J'ai également très envie de te voir.

À ce soir.

Sa réponse me parvient quelques minutes plus tard :

Je serai là à vingt heures.

Évite le filet mignon...

Anna lève son regard vers moi en m'entendant rire. Sam se moque de moi concernant la première fois où je l'ai invité à dîner. Je voulais tellement l'impressionner que je lui ai cuisiné du porc sans réfléchir. J'étais morte de honte à l'époque, mais aujourd'hui on en rigole souvent.

Après avoir regardé sur internet pour décider ce que j'allais préparer pour dîner, je me remets au travail sur un nouveau dossier. Il s'agit de photos de mariage qu'un de mes collègues s'est chargé de faire ce week-end. Je m'attarde sur un cliché qui représente le thème du mariage : *les anges*. La salle est totalement décorée de blanc et on peut apercevoir des petits anges sur les tables en guise de décoration. Splendide !

Une superbe idée me vient alors à l'esprit, que je me précipite d'écrire sur ma liste.

Je trouve le thème génial, mais il ne nous correspond pas. Non, moi j'aimerais quelque chose qui nous représente. Et tout à coup, alors que ça fait des semaines que je me demande quel sera notre thème, j'ai comme une révélation !

Mais oui ! Comment n'y ai-je pas pensé avant ?

J'écris en gros sur ma liste : Mi-figue mi-raisin.

Chapitre 28

— Mi-figue mi-raisin ?

Sam lève un sourcil perplexe, mais rien que de l'entendre le dire me convainc encore plus que cette idée est géniale ! Je hoche vigoureusement la tête.

— Donc en gros, moi je suis le mauvais et toi la bonne chose ? demande-t-il, moqueur.

— Mais non voyons, pas dans ce sens-là ! Quoique… dis-je en riant avant de lui déposer un baiser sur la joue.

Tout en me resservant de tagliatelles au saumon, Sam m'adresse un sourire en coin.

— Cette expression représente également notre mixité ! m'exclamé-je. La France représentée par le raisin et la Tunisie par la figue.

Il me fixe, le regard interrogateur.

— Mais la figue ne représente pas mon pays ! déclare-t-il en riant encore plus fort.

Je lève les yeux au ciel.

— En gros, j'aimerais représenter nos deux cultures à travers cette expression. Tu vois ?

Il réfléchit quelques secondes et avale ce qu'il a dans la bouche avant de répondre :

— D'accord.

— C'est OK ? demandé-je tout excitée.

— Ça va dépendre… moi aussi, j'ai quelque chose à te demander, tu te souviens ?

Je pose mon visage sur mes mains pour lui montrer que je l'écoute avec attention. Il se sert un verre d'eau et je comprends en voyant sa gêne qu'il ne s'agit pas d'un simple détail comme le thème de notre mariage.

— Je t'ai dit que ma famille t'avait beaucoup appréciée et que pour eux, le plus important est que je sois heureux et que je continue de respecter ma religion sans barrières.

— Oui…

J'attends vivement la suite, ne voyant pas du tout où il veut en venir.

— Malgré tout, il y a des choses importantes qu'ils aimeraient que l'on respecte. Enfin je dis eux, mais ça compte pour moi aussi.

Silencieuse, j'attends qu'il en vienne au fait.

— Tu accepterais que l'on se marie religieusement ? m'interroge-t-il, le regard craintif.

— C'est-à-dire ?

Tout à coup, je regrette de ne pas avoir assisté au premier jour du mariage de Mina. J'aurais su de quoi il s'agit aujourd'hui.

— Un imam qui viendrait donner ses bénédictions. Ça ne sera pas long, tu n'auras rien à faire.

— Ça veut dire que notre mariage durerait plusieurs jours ?

Il rit en voyant la panique sur mon visage. Je stresse déjà à l'idée de vivre cette journée alors la vivre deux ou trois fois…

— Non, Emy. On peut le faire juste avant la mairie par exemple. Un imam viendrait nous réciter quelques sourates devant les invités.

— C'est tout ?

— Oui, c'est tout.

— Alors si ça compte pour toi, je n'y vois pas d'inconvénient.

— Tu es sûre ? demande-t-il, surpris par ma réponse.

— Certaine ! Et puis j'adore les sourates donc…

Il m'attrape la main en se mordant le coin de la lèvre.

— Merci, Emilie, déclare-t-il ému. Ce mariage mi-figue mi-raisin va être parfait !

Excitée, je lui adresse un regard plein d'amour.

J'ai un doute sur le fait qu'il soit parfait étant donné tous les inconvénients que nous allons devoir affronter, mais je lui réponds avec enthousiasme :

— J'ai tellement hâte !

Hâte que tout ça soit fini bizarrement. Deux mois. Dans deux mois, nous ne ferons plus qu'un.

— Moi aussi j'ai hâte.

Il plonge son regard brûlant dans le mien et je comprends alors qu'il ne parle plus du mariage en lui-même.

— Arrête tout de suite ou je te mets dehors ! protesté-je en faisant mine de lever le ton.

— Tiens donc ?

— Oui ! Je t'ai promis de ne plus te tenter et je compte bien m'y tenir.

Enfin, sauf s'il insiste bien sûr…

— J'en suis ravi, Emy… tu ne le regretteras pas.

Nous nous fixons quelques secondes et je me dis que ça va être les deux mois les plus longs de toute ma vie.

— À ce propos, reprend-il. Je me demandais, tu comptes prendre un contraceptif ?

— Euh… je t'avoue que je n'y ai pas pensé.

— Étant donné que tu vas être ma femme et que je veux profiter de toi avant d'avoir des enfants…

Il sourit en me voyant frissonner et pose sa main sur la mienne.

— Je voudrais te sentir autrement. Peau contre peau.

Sa dernière phrase ébouillante mon bas ventre. Je retire vivement ma main et me lève d'un bond.

— OK j'ai compris ! dis-je en débarrassant la table.

Il rit de bon cœur avant de reprendre un air sérieux.

— Je vais prendre rendez-vous avec le gynécologue, annoncé-je.

— Le ?

— Pardon ?

— Je préférerais que ce soit UNE gynécologue.

Mince alors ! Déjà que je ne raffole pas d'y aller, si en plus je dois changer mes habitudes.

— Une femme ne peut pas se faire soigner par un homme ? le questionné-je.

— Si, elle le peut. Mais là tu ne vas pas te faire soigner et j'aimerais être dorénavant le seul à voir tes parties intimes.

Encore une fois, il me sourit de cette manière qui fait que je ne peux qu'accepter.

— Si tu y tiens, alors je prendrai rendez-vous avec une femme.

— Merci, *habibty.*

Je continue de débarrasser la table quand il me surprend en m'apportant son aide. Nous continuons en riant et je me dis que finalement, ce n'est pas si difficile de s'entendre.

Chapitre 29

— Je ne vous dirai plus rien ! déclaré-je en croisant les bras.

Cette fois, nous déjeunons dans un nouveau restaurant près de chez moi. J'ai choisi cet endroit car ensuite, je les emmène dans cette boutique. Là où j'ai acheté Gabriella.

Déjà une heure que nous nous sommes retrouvées et que nous parlons que de moi et de ma vie compliquée du moment. Les préparatifs, Anna, l'annonce à mes parents… J'ai dû tout leur raconter en détail.

— Bon allez, Mina ! insisté-je. Tu commences !

Ça fait trois semaines que j'attends avec impatience ce qu'elles ont à me dire et ces deux pestes font délibérément exprès de prendre leur temps.

— Vous ne devinez pas ? demande finalement Mina en se caressant le ventre.

Sans étonnement, Fanny est déjà dans ses bras pour la féliciter et je me joins à elle. Mina nous raconte que cette deuxième grossesse est arrivée très vite et qu'ils en sont ravis. Adam est un enfant très sage qui leur donne tellement d'amour. Je ne peux tout de même m'empêcher de demander :

— Je sais que c'est un peu tard pour ça, mais… vous êtes sûrs de vous ? Je veux dire, ça va mieux entre vous ?

J'ai une boule au ventre rien que de repenser à ce qu'il s'est passé et j'ai souvent besoin qu'elle me rassure.

— Je vous assure que de ce côté-là tout va beaucoup mieux. Bon, je ne vais pas vous dire que tout est rose, mais ça va mieux. Et Medhi est un père formidable ! C'est une décision mûrement réfléchie.

Je ne vois pas souvent Medhi avec son fils, mais le peu de fois m'a prouvé que ce qu'elle dit est vrai et c'est rassurant.

— Alors c'est tout ce qui compte, dis-je avec le sourire. J'espère que vous serez heureux.

— Merci, les filles, répond-elle en souriant largement.

De voir Mina comme ça me fait du bien. Malgré les difficultés, on peut être heureux avec de la volonté.

Nous rions quelques minutes en l'écoutant se plaindre de la grossesse puis je me tourne vers Fanny en fixant son ventre.

— Et toi alors… ?

Mon amie a toujours dit qu'elle aurait trois enfants, mais depuis sa dernière, la donne a changé. Mais comme je lui dis souvent, je suis sûre que ça arrivera un jour.

— Désolée de vous décevoir, lance-t-elle en nous regardant l'une après l'autre. Mais ce n'est pas aujourd'hui que vous gagnerez votre pari !

— Bon alors qu'est-ce que c'est ? demande Mina, impatiente à son tour.

— Ne me dis pas que tu déménages aussi ? l'interrogé-je, inquiète.

— Non, je ne déménage pas.

— Alors accouche ! râlé-je. Pas toi Mina bien sûr…

Nous rions, mais Fanny quant à elle, reste sérieuse. Elle triture sa serviette en papier. *Ouh là, c'est que c'est du sérieux !*

— D'abord, promettez-moi de ne pas m'en vouloir…

Nous hochons la tête, perplexe.

— Bon alors…, commence-t-elle. Vous savez que j'écris depuis toute petite ?

Nous nous regardons avec Mina en tentant de ne pas éclater de rire, car Fanny est plus que sérieuse. Elle écrit des histoires depuis le collège et son imagination débordante nous a souvent bien fait rire.

Néanmoins, nous lui faisons signe de continuer.

— Et bien cette fois, j'ai écrit un livre ! annonce-t-elle avec crainte.

— Waouh, ce n'est pas vrai ? dis-je impressionnée. Un livre entier ?

— Bravo, chérie ! s'écrie Mina.

— Oui, enfin attendez avant de vous réjouir…

Ne comprenant pas du tout son air inquiet, je lève un sourcil interrogateur.

— J'ai… j'ai écrit sur nous. Enfin, surtout sur toi, Emy, lâche-t-elle en scrutant nos réactions.

— Sur moi ? répété-je surprise. Comment ça ?

— Eh bien, sur ta vie ces deux dernières années.

— Euh… ma vie à moi ?

— Oui, répond-elle gênée.

Pour une surprise, c'est une sacrée surprise !

— Mais ma vie est loin d'être intéressante !

— Mais si, voyons… tu as une vie émouvante et pleine de rebondissements ! Un jour ça m'a pris et je n'ai pas réussi à m'arrêter. Enfin voilà…

Elle se penche pour ramasser son sac de sous la table et y sortir deux gros documents.

— Voilà mon manuscrit.

Fanny nous les tend en nous demandant de bien attendre d'être seules avant de commencer à lire, mais à peine est-il dans nos mains que Mina et moi avons déjà notre nez dedans.

— Mais, c'est génial ! dis-je en parcourant rapidement les pages.

— Je n'arrive pas à croire que tu as écrit tout ça ! s'exclame Mina aussi excitée que moi.

— Oui, enfin attendez, les filles, je crois qu'il y a un truc que vous ne comprenez pas… Les filles ? insiste-t-elle plus fort nous poussant à relever la tête de son manuscrit. J'ai écrit sur vous, sur vos vies privées ! Vous comprenez ?

Je hoche la tête en commençant à lire son histoire, enfin la mienne. Waouh !

— Emy, tu ne m'en veux pas ? me demande Fanny plus que surprise.

— Pourquoi je t'en voudrais ? C'est un honneur ! Je ne comprends pas que tu m'aies choisie moi étant donné ma vie chaotique, mais j'en suis honorée !

Les traits crispés de son visage se détendent et elle lâche un soupir de soulagement.

— Moi qui croyais que tu m'en voudrais à mort ! Enfin je n'en ai rien fait pour l'instant. Dorian me dit de l'envoyer à des éditeurs, mais je voulais vous demander votre avis d'abord.

— C'est quoi cette histoire ? demande Mina les sourcils froncés. Emy, t'as failli ne pas venir à mon mariage ?

Je fixe Fanny, les yeux écarquillés.

— Oui bon, répond Fanny dont les joues commencent à rougir. Elle est venue, c'est le principal, non ?

— Je vous signale que ma belle-mère avait les mains propres ! hurle presque Mina en levant ses yeux du manuscrit.

Nous rions avec Fanny. Elle fait référence au jour de son mariage. J'avais refusé de manger le repas servi à la main par sa belle-mère.

— Bon ça suffit ! s'énerve Fanny en attrapant nos manuscrits pour les refermer et les poser sur le côté de la table. Je vous demande de le lire tranquillement chez vous et on reparle de tout ça ensuite. Je retirerai tout ce qui vous gêne, je vous le promets.

— Bon et pourquoi tu n'as pas écrit sur moi ? l'interroge Mina en faisant la moue. Ma vie n'est pas aussi intéressante que celle d'Emy ?

— Déjà, lis-le et on verra si je n'en ai pas trop dit à ton sujet ! rétorque Fanny.

Mina ouvre grand la bouche ce qui nous fait pouffer de nouveau.

— Je commence ce soir, s'exalte-t-elle, morte d'impatience.

— Pareil pour moi ! m'exclamé-je en luttant pour ne pas rouvrir le document.

Fanny nous dévisage avec un air adorable.

— Je n'aurais jamais cru à une telle réaction… vous êtes géniales.

— C'est toi qui es géniale d'avoir fait ça ! lui dit franchement Mina.

— J'ai tellement hâte ! répété-je en faisant mine d'applaudir.

Je n'arrive pas à croire que ma meilleure amie ait écrit sur nous. Sur moi.

Chapitre 30

— Les filles, moins de bruit ! chuchoté-je à mes amies bruyantes qui manquent totalement de discrétion.

Nous sommes à présent dans la boutique luxueuse ou j'ai acheté ma robe de mariée et les vendeuses sont à mes pieds, même si l'euphorie de Mina et Fanny les gênent clairement.

— Avez-vous les deux robes mises de côté, s'il vous plaît ? demandé-je à l'adorable vendeuse qui m'avait aidée à essayer la mienne.

— Oui bien sûr, je vous les apporte tout de suite.

Fanny et Mina gigotent dans tous les sens, impatientes de voir la surprise que je leur ai réservée. Quand la vendeuse revient, elles ouvrent grand la bouche de stupéfaction.

— C'est une blague ? lâche Mina.

— Euh… je ne compte pas me remarier, lance Fanny en fixant la robe de haut en bas.

Je rigole avant de demander à la vendeuse de les déposer en cabine. Deux magnifiques robes blanches. La jupe est longue en tulle et le bustier est en cœur avec une fine bordure dorée. *Sensationnelles !*

— Vous vous souvenez, quand on était ados… je vous disais souvent que vous étiez mes anges gardiens.

— Arrête ! dit doucement Mina en posant ses mains sur son visage, luttant pour ne pas pleurer.

— Vous êtes mes anges et je veux que vous portiez ça.

— Mais enfin ! s'exclame Fanny. C'est beaucoup trop, Emy ! C'est toi la star ce jour-là, c'est toi qui dois porter une robe pareille !

— Je sais ce que je fais, les filles.

Elles n'ont pas l'air convaincues, mais des étoiles brillent lorsqu'elles posent de nouveau leurs yeux sur les robes.

— Alors, on essaye ? insisté-je.

Perplexes, mes amies entrent en cabine. Au bout de quelques minutes, elles ouvrent leur rideau afin que j'examine le résultat.

— Oh mon Dieu ! m'écrié-je. C'est comme dans mon rêve. Vous êtes parfaites !

Cette image ne me lâche pas l'esprit depuis que j'ai vu ces photos de mariage sur le thème des anges. Elles sont magnifiques et c'est exactement l'effet que je souhaitais. Les filles continuent de se regarder dans le miroir avec un air ahuri.

— Vous n'aimez pas ? demandé-je.

— C'est que… c'est trop ! fait Fanny.

— Vous les aimez ou pas ? insisté-je en levant le ton.

— Bien sûr ! répond Mina. Elles sont magnifiques, mais…

— Alors on les prend ! décidé-je.

Je rigole en les voyant s'admirer dans leur robe de demoiselle d'honneur. Elles leur vont à ravir malgré leur différence de morphologie. Fanny est grande et mince, ce qui la rend encore plus élégante. Mina est plus petite avec une poitrine généreuse qui la rend encore plus pulpeuse. De plus, son petit ventre naissant convient totalement à ce style légèrement évasé en dessous la poitrine.

— Vous essayez la vôtre aujourd'hui ?

La vendeuse nous sort de notre admiration. Les filles se retournent vivement vers moi, le regard interrogateur.

— Vous êtes prêtes à voir la mariée en avant-première ?

Leur regard suffit pour connaître la réponse.

À mon tour, je me rue en cabine avec la vendeuse qui m'aide à enfiler ma robe.

— Et voilà, vous pouvez entrer, déclare-t-elle à mes amies qui attendent impatiemment.

Je fixe à nouveau la plus belle robe qui soit. La retoucheuse l'a uniquement reprise très légèrement au niveau de la poitrine afin qu'elle soit plus cintrée.

J'aperçois dans le miroir les filles entrer et je me retourne vivement. Pas besoin de mots pour savoir ce qu'elles en pensent. Des larmes, des sourires. Elles adorent !

— Finalement, les nôtres ne sont pas « trop », comparées à la mariée. Waouh, Emy ! s'exclame Fanny.

— Je n'ai pas de mot, dit Mina en essuyant ses larmes.

— Tu es parfaite ! souligne Fanny.

— Merci, mes anges…

Chapitre 31

— Allo ?

Je lâche le manuscrit des mains pour répondre à mon père. Je n'ai pas décroché les deux premières fois qu'il m'a appelée, car d'une, je n'avais pas envie de lui parler, sachant pertinemment l'objet de son appel, et de deux, car je suis littéralement plongée dans la lecture du livre de Fanny.

C'est incroyable de lire sa propre vie. J'ai parfois l'impression que ce n'est pas de moi qu'elle parle. Mais c'est bien de moi qu'il s'agit et cette histoire de fou est bien réelle. C'est ma vie qui défile sur ces pages ! Alors je ris, je pleure, j'angoisse comme si j'y étais encore... des milliers d'émotions me transpercent au fil des lignes. Et bien sûr, il y a plein de points que je pourrais approfondir avec elle. Plein de pensées et de réactions dont elle n'a eu vent qu'en partie.

— Emilie, tu m'écoutes ?

Merde ! Je ferme le manuscrit pour ne plus être tentée. J'étais repartie sur un passage avec Samy en me demandant comment Fanny a-t-elle fait pour se souvenir d'autant de détails. Mais surtout pour décrire mon ressenti avec autant de réalisme !

— Oui papa, excuse-moi, tu disais avoir reçu l'invitation, tu l'aimes bien ?

— Oui, oui, elle est très jolie.

Ce n'est sûrement pas pour me dire qu'il a aimé l'invitation qu'il m'appelle et je le sais.

— Ôte-moi d'un doute, Emy… Tu… tu n'invites pas Isabelle ?

— Non, papa.

— Mais Emy, c'est ma compagne ! Nous vivons ensemble.

Il hausse d'un ton, mais se calme immédiatement, mon silence l'inquiétant sûrement.

— Emilie…, reprend-il d'une voix douce. Tu ne peux pas me faire ça. Elle ne t'a rien fait.

— Non, bien sûr que non ! Elle a juste ruiné notre famille, réponds-je pleine de sarcasme.

— Mais… quoi ? Non !

Je l'entends soupirer dans le combiné.

— Emilie… (nouveau soupir). C'est à moi que tu dois en vouloir et rien qu'à moi !

— On ne couche pas avec un homme marié, papa !

Je me concentre pour ne pas crier plus fort, et surtout pour ne pas gaffer en l'appelant « pétasse » comme je fais tout le temps quand je parle d'elle.

— Ce n'est pas elle, Emilie ! Isabelle n'est pas… ce n'est pas elle, chérie.

— Comment ça ?

Je tente de me rappeler de la femme que j'ai croisée il y a plus de dix ans et de celle que j'ai vu le jour des retrouvailles avec mon père dans sa chocolaterie, mais j'ai du mal à me souvenir.

— Elle n'est pas celle que tu crois, j'ai… J'ai changé de compagne depuis.

— Mais… c'était une métisse.

— Oui, elle l'était également, mais ce n'est pas elle.

Putain, mon cerveau va exploser !

— Emilie, je t'en prie, insiste-t-il. J'aimerais que tu la rencontres. Qu'elle soit présente. Et surtout qu'on ne reparle plus jamais du passé. Je t'en prie, ma chérie.

— Papa je… laisse-moi réfléchir, s'il te plaît. Je te rappelle.

— Bien sûr, ma puce. Rappelle-moi. Je… je t'aime.

Je raccroche avant qu'il n'attende une réponse à ces derniers mots. Cela fait des années que papa ne m'a pas dit qu'il m'aimait et la sensation que cela me provoque est plus que bizarre. Surtout que mon esprit emmêlé lutte pour tout remettre au clair.

Alors sa nouvelle « petite amie » ne serait pas celle d'aujourd'hui ? C'est sûr, ça changerait la donne. Isabelle. Impossible de me souvenir du nom de sa pétasse de l'époque. Encore quelque chose que mon esprit a refoulé, comme dirait Fanny.

Est-ce que je peux lui faire confiance ?

Il avait l'air tellement sincère. J'ai vraiment envie de lui laisser cette chance, mais je reste sceptique.

Je décide de réfléchir à tout ça plus tard, car le manuscrit de Fanny m'appelle depuis la table du salon.

Je m'installe sur mon canapé pour poursuivre ma lecture. Je dévore chaque ligne à une vitesse exceptionnelle, impatiente de découvrir la suite comme si je ne la connaissais pas déjà.

Chapitre 32

Ce matin, impossible de travailler plus de cinq minutes d'affilée. Je m'y mets un peu, car ma conscience me hurle que j'ai du travail, puis je rouvre le manuscrit caché sous mes dossiers.

Je me suis endormie à quatre heures du matin, car il m'était impossible d'arrêter ma lecture. J'ai pourtant essayé de lâcher prise deux heures avant, en me promettant que c'était le dernier chapitre que je lirais, mais... c'était le passage où nous étions à Rome et j'avais une folle envie de le revivre.

Bon sang comment se rappelle-t-elle tous ces détails ?!

C'est vrai que je leur raconte tout, mais je n'aurais pas imaginé qu'elle se souviendrait d'autant de choses. Bon, Fanny a toujours eu une mémoire de dingue. Parfois elle nous surprend à se rappeler de petites choses de notre enfance qui me dépassent tellement que j'en viens à me demander si c'est vrai.

Oh putain ! La mémoire de Fanny mais oui, pourquoi n'y ai-je pas pensé avant ?

Je doute quand même qu'elle se souvienne de ça, mais avec elle on ne sait jamais.

J'attrape mon téléphone pour lui écrire à nouveau, car depuis hier nous n'arrêtons pas de nous envoyer des messages. Mina a pu finir le manuscrit ce matin, parfois je l'envie de ne pas travailler !

Je rigole en relisant le dernier message de Mina après avoir fini sa lecture :

Tu penses vraiment que je me plains à longueur de journée quand je suis enceinte ?

Fanny ne nous a effectivement pas menti quand elle nous dit qu'elle a déballé notre vie dans ces feuilles, elle n'y est pas allée de main morte !

Dites, les filles, est-ce que par hasard vous vous souviendriez du prénom de la pétasse ? les questionné-je.

La pétasse, tu veux dire la copine de ton père ? Mais comment tu veux qu'on se souvienne ! répond Mina.

Oui, je parle bien d'elle.

J'attends quelques minutes avant de relancer :

Fanny ? Ça ne te dit rien par hasard ?

Mais pourquoi tu veux savoir ça ? me répond-elle.

Elle sait ! Je suis sûre que ça lui dit quelque chose. Si je lui dis pourquoi, elle fera comme si elle ne s'en rappelait pas pour ne pas causer d'ennui.

Dis-moi, Fanny, j'ai besoin de savoir. S'il te plaît, si tu t'en souviens dis-le-moi.

J'attends quelques secondes en fixant mon téléphone le cœur battant. Quand elle me répond enfin, c'est comme une claque dans la figure ! Mais oui, je me souviens parfaitement maintenant. Je reste bouche bée en relisant plusieurs fois son message.

Elle s'appelait Isabel, avec un seul L.

Isabel, avec un seul L, ça m'avait tellement marqué à l'époque que je ne comprends pas comment j'ai pu l'oublier.

Je tente de me calmer en repensant à ce que mon père m'a dit. Il avait l'air si sincère ! Et des Isabelle, il y en a des tonnes ! Je lui envoie vite un message :

Bonjour, papa, j'ai bien réfléchi, peux-tu me donner le nom de ta compagne pour l'invitation ?

C'est les mains tremblantes que je tente de reprendre mon travail, mais mon père me surprend à me répondre si vite :

Oh chérie, je suis content. Merci ! Tu vas l'adorer.

Merde, il ne m'écrit pas son prénom. Je secoue la tête en me disant que je devrais peut-être passer à autre chose. Papa est heureux et ça me fait plaisir au fond. Je me dis que je dois sûrement mettre toute cette histoire de côté quand il me renvoie un message :

Au fait, c'est Isabel.

L'enfoiré !

Chapitre 33

Je lève les yeux toutes les deux minutes comme si quelqu'un pouvait lire ce que j'ai entre mes mains. La salle d'attente n'est pas bien remplie, mais elle est si petite que j'ai l'impression que les autres patientes ont une vue directe sur ma vie en papier. Je suis comme une gamine de douze ans qui cache sa copie du regard de son voisin.

Il me reste une vingtaine de pages et je crois que je n'ai jamais autant dévoré un livre de toute ma vie. Fanny me répète que je ne suis pas objective, que je suis à fond car il s'agit de ma propre vie. Certes, ça y joue beaucoup, mais je trouve qu'il est très bien écrit. Je lui ai d'ailleurs donné mon accord sans hésiter pour qu'elle l'envoie aux éditeurs. Elle reste négative, mais je suis sûre qu'il va marcher.

— Mademoiselle Emilie Martin ?

Le docteur Cohen me sort de ma lecture enivrante. Je me surprends même à être déçue que l'attente ait été si courte.

Je me lève et passe devant le médecin, une femme d'une cinquantaine d'années ou peut-être moins, mais son visage est marqué par de nombreuses de rides.

— Installez-vous, je vous prie.

Je m'assois en face de son grand bureau en reluquant rapidement la pièce. Mes jambes gigotent maladroitement pendant qu'elle regarde son ordinateur.

— C'est la première fois que vous venez ? m'interroge-t-elle.

— Oui.

— Vous n'avez jamais consulté de gynécologue ou le vôtre est absent ?

— Disons que… mon mari, enfin futur mari, préfère que je consulte une femme.

Elle baisse les lunettes sur son nez pour me fixer.

— Bien, et quel est le motif de votre venue ?

Qu'est-ce que je peux être gourde quand je suis stressée !

Probablement qu'elle n'en a absolument rien à faire que mon copain soit mon futur mari, et surtout qu'il ne veut pas que je consulte d'homme !

— Je voudrais un moyen de contraception, lui indiqué-je.

— Eh bien, nous allons procéder à un examen général puis nous en discuterons afin de déterminer ce qui vous va le mieux et si vous pouvez la garder ou pas. Cela vous convient-il ?

— Oui, parfait.

Mais c'est une façon de parler, car évidemment mon angoisse est plus que palpable et mes jambes tremblent tandis que je place comme elle m'indique mes pieds dans les étriers de chaque côté de la table d'auscultation. Je ferme les yeux en espérant que le temps passe le plus vite possible.

Une fois fait, je pousse un soupir, discret, de soulagement en retournant m'assoir à son bureau. Elle me décrit alors les différents types de contraception auxquels je peux prétendre et j'opte pour le stérilet. La pilule est plus contraignante, j'ai trop peur de l'oublier. Et comme dit si bien Sam, moi aussi j'ai envie de profiter de lui avant d'avoir des enfants.

Mon esprit divague quelques secondes sur lui et moi…

— Bien mademoiselle, je vous ai fait quelques prélèvements pour analyses et j'aimerais que vous fassiez une prise de sang (elle me tend une ordonnance) et qu'on se revoie dans un mois.

— Un mois ? répété-je, surprise.

— Je préfère être sûre à cent pour cent avant de conseiller mes patientes, surtout quand je ne les connais pas.

— OK, mais tout va bien ?

— L'examen vaginal ainsi que l'échographie ne me permettent pas d'établir un diagnostic. On se revoit dans quatre semaines ?

Je réfléchis quelques secondes avant d'acquiescer. Le mariage est dans moins de deux mois donc je n'en ai pas besoin avant, à mon grand désespoir.

Je quitte le cabinet, soulagée que ce soit enfin fini, mais un peu déçue de devoir y revenir si vite.

Chapitre 34

Quand j'arrive devant la vitrine et que je l'aperçois, ma rage ressurgit de plus belle. Car depuis ce matin, depuis que j'ai reçu son message me montrant qu'il était impossible de faire confiance à cet homme, je n'ai qu'une seule idée en tête : lui hurler dessus.

Je comptais passer directement après le boulot, mais j'ai été tellement absorbée par ma lecture que j'ai dû rattraper mon travail en retard tout l'après-midi. Une fois terminé, il était l'heure de mon rendez-vous chez le médecin.

Je me souviens encore de l'état dans lequel j'étais il y a plusieurs mois quand je suis revenue vers lui après tant d'années de silence. J'étais dans un état d'anxiété incroyable, persuadée de pouvoir mettre le passé derrière nous et de lui pardonner.

Ce soir, je suis dans le même état de stress, mais pour d'autres raisons. Je n'arrive pas à regretter d'avoir retrouvé mon père tant c'est agréable qu'il soit dans ma vie, mais je suis en colère.

Comment a-t-il pu me mentir à nouveau après tout ce que l'on a traversé ?

En entendant la cloche de l'entrée quand j'ouvre la porte, il lève son regard vers moi et la joie clairement perceptible sur son visage me calme un peu.

— Emilie ! s'exclame-t-il.

Il s'avance rapidement vers moi pour me faire une bise, mais il comprend alors que je ne passe pas juste pour lui faire un coucou quand je tourne le visage sur le côté.

— Ça ne va pas, ma chérie ?

— Je te laisse une chance de me dire la vérité, dis-je sèchement.

Il recule doucement en posant sa main derrière sa tête.

— Comment ça ? La vérité sur quoi ?

— À toi de me le dire. Te souviens-tu m'avoir menti sur quelque chose ?

— Emy…

Il baisse tristement les yeux au sol tandis que je croise les bras en continuant de le fixer.

— Je vais tout t'expliquer, assieds-toi, on va se prendre un bon chocolat chaud.

Son inquiétude est tangible, mais je ne me laisserai pas avoir aussi facilement.

— Non, explique-moi maintenant et je verrai ensuite si j'ai encore envie de passer du temps avec toi.

Son teint devient encore plus pâle qu'il ne l'est déjà. Il a peur. J'ai été capable de l'ignorer pendant plus de dix ans pour ses mensonges.

Nous nous retournons vers la porte de derrière où elle sort avec un plateau de chocolats.

— Chéri, est-ce qu'on réapprovisionne le chocolat noir de…

Elle s'arrête en m'apercevant et reste figée sur place sans savoir quoi faire.

— Bonjour, Isabel, dis-je sèchement en insistant bien sûr la dernière syllabe en fixant mon père.

— Bonjour, Emilie, répond-elle doucement avant de retourner dans l'arrière-boutique.

Mon père passe sa main dans ses cheveux avant de lâcher un soupir.

— Je sais à quel point tu es rancunière et à quel point tu la détestes. Je voulais repartir sur de bonnes bases, c'est tout.

— Et le mensonge est la bonne solution, selon toi ?

— Je n'ai pas réfléchi sur le coup, je voulais que tu acceptes d'apprendre à la connaître. Je suis désolé.

— Comme quand tu m'as demandé de ne rien dire à maman pour ton aventure, tu pensais que tout s'arrangerait ?

Il écarquille les yeux, mort de honte. Peut-être que je ne devrais pas revenir sur ça, mais je n'ai pas pu m'en empêcher.

— Alors ? insisté-je.

Je le fixe sans ciller, malgré son expression abattue. J'étais une gamine quand il m'a clairement demandé de garder son secret, mais aujourd'hui, son audace a disparu.

Il baisse de nouveau les yeux au sol et je poursuis en levant le ton :

— Tu ne vois pas que tes mensonges détruisent tout ?

— Je promets de…

— Non arrête, s'il te plaît ! le stoppé-je en levant ma main en l'air. Je suis venue pour te dire que non seulement je ne veux pas que ta copine vienne à mon mariage mais en plus, je ne sais même pas si je veux que tu viennes toi aussi.

Dieu ce que l'être humain peut être con parfois ! Je n'ai pas du tout envie qu'il soit absent en ce jour si important, mais j'ai tellement la rage que c'est ce que je viens de lui dire. Le problème avec quelqu'un qui nous a déjà fait du mal, c'est qu'il n'a plus droit à l'erreur. Car quand il nous déçoit de nouveau, tout ce qu'il a pu faire auparavant ressurgit, ne donnant même plus d'importance à l'erreur du moment.

La souffrance que je perçois dans son regard ne m'atteint pas le moins du monde tellement les images de mon passé, celle de ma mère devenue ce qu'elle est par sa faute, me reviennent en pleine figure.

— Salut papa.

Et c'est ainsi que je quitte sa boutique. Le laissant seul dans sa souffrance, et le pire, c'est que je ne ressens aucune culpabilité. Juste de la haine.

Chapitre 35

— Alors, tu ne lui avais pas réellement pardonné ?

— Bien sûr que si, réponds-je agacée.

— Viens t'assoir, m'ordonne gentiment Samy en tapotant le canapé sur lequel il est installé.

Après le terrible échange avec mon père, je suis directement venue le rejoindre chez lui, même s'il n'était pas prévu que l'on se voit ce soir. Je lui ai tout raconté en faisant des allers-retours dans son grand salon, tellement je suis énervée.

Je m'installe enfin près de lui en tâchant bien de laisser une certaine distance afin qu'il ne regrette pas de m'avoir laissée passer la soirée chez lui.

— Pardonner, c'est oublier. Sans jamais revenir dessus.

— Oui, mais…

— Emy, me coupe-t-il. Quand on pardonne quelqu'un, on se libère de toute la haine et toute la rage que l'on ressent.

— Bon et qu'est-ce que ça veut dire ? C'est moi la fautive, c'est ça ?

— Non mais tu n'aurais pas dû lui reprocher des choses du passé.

Je reste silencieuse en faisant la moue. Je sais qu'il a raison et que je n'aurais pas dû, mais quand j'y pense, nous n'avons jamais reparlé de tout ça et peut-être que j'avais besoin de me libérer. De lui montrer que ses mensonges n'avaient pas été sans conséquence.

Je soupire en m'adossant sur le coin du canapé. Je vais bientôt me marier et mes parents ne seront pas là. Le fait que mon père approuve ce mariage m'aidait à oublier l'absence de ma mère, mais maintenant, c'est encore plus dur.

Sam se rapproche de moi en sentant mon désespoir.

— Emilie… Je ne te l'ai jamais dit, car pour moi c'est à toi de gérer seule tes problèmes de famille, mais j'aimerais te donner mon avis si tu veux bien.

— Oui, bien sûr. Dis-moi.

Je me tourne doucement pour être bien face à lui. Je le fixe pleine d'espoir, comme s'il allait me donner la solution à tous mes problèmes.

— Tu te prends trop la tête ! déclare-t-il.

— Quoi ?

— Je sais que ça a dû être dur pour toi à l'époque et encore une fois ce matin quand tu as appris qu'il te mentait, mais… c'est comme ça ! Les hommes mentent et se font du mal. Tu ne peux pas garder autant de rancune, car c'est toi qui souffriras au final.

— Alors quoi ? Je pardonne et on en parle plus ?

— Oui ! répond-il.

Je le fixe les yeux écarquillés et les bras croisés. Il se fout de moi là ?

— Tu lui as dit ce que tu pensais maintenant passe à autre chose au lieu de ruminer. Et ne remets pas en question son invitation au mariage, c'est trop… excessif.

— Excessif ? répété-je comme si je n'avais pas bien étendu.

— Je vais te raconter quelque chose, Emy. Quand j'avais six ans, mes parents m'ont abandonné.

Je m'étrangle de surprise.

— Qu'est-ce que tu racontes, Sam ?!

— Ils m'ont envoyé en Tunisie vivre avec mes grands-parents. Pour eux, c'était pour de bonnes raisons, ça leur permettait de travailler plus pour avoir une vie plus confortable ensuite. Alors que pour moi, ils m'abandonnaient.

— Oh mon Dieu, Sam !

Et maintenant, je suis indignée.

— Au départ ils m'ont dit que c'était provisoire. Juste une année, m'ont-ils répété.

Il détourne le regard quelques secondes avant de reprendre :

— Mais finalement, j'y suis resté quatre ans. Quatre ans sans ma famille.

— Oh, Samy, je…

— Je n'ai jamais été d'accord avec leur façon de penser et encore moins maintenant que je suis adulte. Pour moi, mieux vaut gagner moins et être unis. Mais pour eux, c'était pour notre bien. Donc je fais quoi maintenant ? Je repense à cette douleur que j'ai ressentie durant ces quatre années de ma vie en leur reprochant ce qu'ils m'ont fait ? Ou bien, je passe à autre chose en profitant des bons moments avec les personnes qui comptent le plus pour moi ?

— Pourquoi tu ne m'as jamais parlé de tout ça ?

— Parce que je suis passé à autre chose. Et vraiment ! Je n'y pense quasiment jamais et je t'assure que c'est bien mieux comme ça.

Il s'approche de moi et mon corps frissonne quand il pose sa main sur ma cuisse.

— La vie est courte, Emy. Trop courte pour qu'on perde notre temps à se faire du mal.

Je lui souris tendrement. Tout ce qu'il me dit paraît si logique et si facile. Mais je ne sais pas si j'y arriverai.

— Qu'est-ce que je dois faire ? demandé-je alors.

Il secoue la tête en riant.

— Je n'ai pas réponse à ça, c'est toi qui sais. Mais je pense que tu devrais juste essayer. Tu verras bien.

Je me penche vers lui et j'hésite une seconde avant d'enlacer sa taille et de poser ma tête sur son torse musclé. Rien que d'entendre les battements de son cœur et de sentir son odeur m'apaise. Je respire enfin.

— Tu dînes avec moi ? me propose-t-il.

Dieu merci il me propose de rester. Je n'en peux plus de passer mes soirées sans lui.

— OK, mais… Tu cuisines ?

Il ricane en secouant la tête. La réponse est tellement évidente qu'il n'a pas besoin de me la donner.

***

— Tu me laisses rester un peu ? demandé-je après avoir rangé la cuisine.

Moqueur, il sourit en s'installant sur le canapé et je décide de brancher ma playlist à son lecteur avant de le rejoindre. Nous discutons longuement de tout et de rien et je me dis que la vie va vraiment être agréable à ses côtés.

Quand notre chanson, *Photograph* d'Ed Sheeran démarre, je me souviens d'un point dont il faut que je parle avec lui.

— J'avais pensé à cette chanson pour notre première danse.

— Notre première danse ? répète-t-il un sourcil arqué.

— Oui, pour l'ouverture du bal.

Il me fixe quelques secondes, songeur, avant de déclarer :

— Il n'y a pas ce style de danse chez nous, Emy.

— Comment ça ?

— Des slows, du collé-serré… disons que ce n'est pas bien vu.

— Oh, fais-je en baissant la tête, déçue.

— Je veux juste éviter de faire parler, tu comprends ?

Je nous ai imaginés tellement de fois dans les bras l'un de l'autre le jour de notre mariage… mais ce n'est qu'un détail sans importance.

— De toute façon, elle n'est pas appropriée pour une première danse, souligné-je en souriant au moment où la musique devient plus rythmée.

Il me sourit, soulagé que je n'insiste pas. Peu importe le déroulement de notre mariage, je ne pense qu'à une chose : pouvoir enfin passer toutes mes nuits près de lui, car c'est à contrecœur que je rentre de nouveau chez moi, seule.

Chapitre 36

Je jette ma feuille remplie de ratures dans ma poubelle pleine. Ça fait presque une heure que j'essaie de me concentrer pour trouver les bons mots, mais je n'y arrive pas.

Après avoir mûrement réfléchi, et surtout en voyant le mariage approcher, j'ai décidé d'écrire à ma mère. C'est Sam qui en a eu l'idée quand je lui ai dit qu'avec maman on n'arrivait pas à avoir une discussion sérieuse sans que ça éclate en dispute.

C'est vrai, je n'arrive jamais à lui dire ce que je ressens et je lui ai même caché ma relation avec Sam pendant des mois et des mois. Finalement, je ne l'ai pas préparée à tout ça. Alors aujourd'hui, je joue la carte de la franchise en espérant que ça la fasse changer d'avis, même si j'en doute fort.

Au bout de deux heures à écrire des dizaines de brouillons à la main, je pense enfin avoir trouvé les mots justes. Oui, j'ai préféré l'écrire à la main, c'est plus personnel. J'aurais pu envoyer un mail, mais elle pourra percevoir mes émotions au travers de mon écriture. Je sais que ça peut paraître ridicule, mais je suis sûre qu'elle le ressentira.

J'inspire profondément avant de la relire une dernière fois :

Chère maman,

Je m'étais promis de ne plus jamais t'adresser la parole suite à tes propos envers Samy, mais j'ai changé d'avis. En réalité, c'est l'homme que tu as insulté qui m'a conseillé de revenir vers toi. Je sais que tu es déçue, qu'il n'est pas l'homme que tu souhaitais pour moi, mais tu dois savoir qu'il est la meilleure chose qui me soit arrivée.

C'est lui, qui m'a redonné confiance en moi et m'a aidée à reprendre la photographie. C'est lui qui m'a donné assez de force pour pardonner à papa. Et c'est également lui qui m'a fait croire en l'amour que je croyais impossible.

J'aurais sûrement dû te parler de tout ça bien avant et je regrette de t'avoir menti pendant autant de temps. Je sais que mon annonce a été un réel choc pour toi et je sais que tu penses faire tout ça pour mon bien, mais tu te trompes. Je suis bien qu'avec lui. Il me rend heureuse !

Je l'aime, maman. Vraiment. Et j'aimerais être entourée des gens que j'aime pour célébrer notre union. Je veux que tu sois là. Laisse-nous une chance, je t'en supplie.

Je suis prête à te pardonner pour tout ce que tu as dit. Pardonne-moi en retour de t'avoir caché la vérité.

Je t'aime maman.

Emy.

Je la mets dans une enveloppe prête à envoyer.

Chapitre 37

Dix nouveaux messages ! Quand je récupère mon téléphone à midi, il déborde, ce qui est rare vu que je ne le laisse jamais de côté aussi longtemps. Mais en arrivant au boulot ce matin, je me suis forcée à éloigner toute distraction. Donc mon portable et internet. J'ai pris du retard sur mes dossiers de la semaine dernière à cause du manuscrit de Fanny que j'ai enfin terminé et Léon m'a de nouveau déposé du travail ce matin. Un dossier urgent qui plus est ! J'ai donc coupé internet pour ne pas être tentée de terminer mes derniers préparatifs — et dire que je n'ai pas encore trouvé mes chaussures ! — et j'ai laissé mon téléphone dans mon sac au lieu de le poser sur mon bureau près de moi comme d'habitude. La preuve que j'ai bien fait quand je vois tous ces messages s'afficher.

Je commence à les ouvrir un par un. Il y en a un de mon père :

Merci, Emy, je t'aime aussi et je ferai tout pour ne plus te décevoir. Puis-je t'inviter à déjeuner avant le grand jour ?

Je souris non seulement à la réponse de mon père, mais au fait que Sam avait raison. Finalement, c'est bien mieux de ne pas se prendre la tête et de pardonner pour de vrai.

Avant d'aller me coucher hier soir, ou plutôt en plein milieu de la nuit après avoir terminé la lettre de maman, j'ai envoyé un message à papa en lui disant que je souhaitais qu'il soit présent à mon mariage et que je l'aimais malgré tout. Bon, je lui ai également précisé que sa copine n'était toujours pas invitée. *Faut pas pousser !*

Tous les autres messages sont de Fanny et Mina. Je ressens une légère déception qu'il ne s'agisse pas de ma mère, mais je secoue vivement la tête en me disant qu'elle n'a pas encore reçu ma lettre. Merde la lettre ! J'ai eu tellement de mal à me lever ce matin que j'ai pris du retard et j'ai oublié de la poster.

— Ah super, tu as fini ce dossier, je peux le récupérer ?

Léon me fait sursauter et je range mon téléphone, gênée. Il n'est pas venu me voir de toute la matinée alors que je travaillais comme une acharnée, mais il fallait qu'il débarque quand je décide de faire une petite pause.

— Oui, c'est bon.

— Parfait ! dit-il en balayant le dossier des yeux. Écoute, j'aurais autre chose à te donner, mais si tu penses que c'est compliqué…

— Non, ça ira !

— C'est pour demain matin, Emy, et… il y en a pour un moment.

— Alors je l'emporterai chez moi. Tu l'auras pour demain matin.

Il m'adresse un sourire et me dépose les documents en me remerciant silencieusement. Je lui dois bien ça après avoir passé mes derniers jours à préparer mon mariage ou à lire ! En plus, ce soir Samy est occupé avec son frère, je n'ai donc rien d'autre à faire.

Une fois mon chef sorti du bureau, je récupère mon portable pour lire la conversation des filles. Je vois d'abord des messages de Mina félicitant Fanny et quand je remonte plus haut, je découvre pourquoi.

Oh là là ! Le livre de Fanny a été lu par un éditeur et il va être publié !

Mon cœur s'accélère tout à coup. Non pas seulement car je suis heureuse pour mon amie, mais également car toute ma vie dans les moindres détails va être déballée au grand jour.

Chapitre 38

Mon travail enfin terminé, je ferme mon ordinateur et m'installe sur mon canapé avec une couverture bien chaude. Je suis épuisée de ma journée, mais c'est ce que j'appelle une bonne fatigue. En fait, c'est mon père qui disait toujours ça. Une fatigue due au travail acharné menant à de l'épanouissement est ce qu'on appelle une bonne fatigue. Mes yeux commencent déjà à se fermer alors j'allume la télé sans me préoccuper de la chaîne, consciente que je ne tiendrai pas éveillée plus de dix minutes.

Je me laisse doucement aller au sommeil lorsqu'un bruit assourdissant me fait sursauter. Je me relève d'un coup, le cœur battant.

C'était quoi ça ?

Tout à coup, une multitude de ce même son s'enchaîne, comme des feux d'artifices, ce que je trouve bizarre à cette époque de l'année, et surtout à cette heure. Mais quand j'entends des gens crier, je me demande s'il ne s'agit pas... de coups de feu ?

Je m'élance à la fenêtre de mon salon, intriguée et un peu apeurée, je dois l'avouer. Après tout, les rues de paris sont toujours animées le soir et bien évidemment que quelques jeunes sortant de bars à proximité ou de salles de concert peuvent finir en beuglant ou en se bagarrant mais si violemment, c'est très rare. Alors, la curiosité l'emportant sur ma peur, je soulève légèrement le rideau de ma fenêtre. En apercevant ce qui se trame dans la rue de mon appartement, j'ai du mal à me dire que je suis bien éveillée et pas dans un de mes pires cauchemars !

Des gens hurlent et courent dans tous les sens. Je rapproche mon visage de la vitre et plisse les yeux pour tenter de voir ce qu'il se passe dans la grande avenue près des bars et je crois voir… des corps allongés sur le sol ? Oh, mon Dieu ! Ahurie et abasourdie, je fixe la scène un long moment avant que des cris résonnent de nouveau à mes oreilles et m'oblige à reculer une main sur la bouche. La bile me prend, je suis à deux doigts de vomir.

Serais-je en train d'halluciner ? J'hésite à me pincer tellement je doute que tout ça soit bien réel.

De nouveaux coups de feu suivis de hurlements me font crier si fort que ma voix se brise. Je cours jusqu'à ma chambre pour chercher mon téléphone, mais je suis tellement horrifiée et affolée par ces images que je trébuche plus d'une fois avant d'y arriver. La panique m'empêche de respirer et je suis au bord de l'évanouissement quand je mets enfin la main sur mon portable. Je comptais appeler la police, mais le bruit strident des sirènes prouve qu'ils sont déjà en chemin.

Je constate que j'ai plusieurs appels et messages en absence, mais ce que j'entends à la télé attire bien plus mon attention. Je retourne rapidement dans mon salon et je manque une fois de plus de m'étaler sur le sol pour attraper la télécommande et augmenter le son. Je comprends alors ce qu'il se passe.

Je viens d'assister à la pire scène de toute ma vie et ce n'était pas un rêve, mais bien la triste réalité.

Nous sommes vendredi treize novembre et ce soir, Paris est plongé dans le noir[1].

---

1. Les attentats du 13 novembre 2015 en France, revendiqués par l'organisation terroriste État islamique (Daech), sont une série de fusillades et d'attaques-suicides islamistes perpétrées dans la soirée à Paris et dans sa périphérie par trois commandos distincts. Ces attaques ont fait de nombreuses victimes.

Chapitre 39

— Oh mon Dieu, Sam ! hurlé-je à en perdre la voix.

— Emy, dis-moi que tu es bien enfermée chez toi ?

Sa voix tremble, mais je pense qu'elle n'est pas pire que la mienne tellement je suis terrorisée.

— J'ai si peur, Samy…

— Je sais, chérie, dès que je peux, je viens. En attendant, ne raccroche pas. Je suis là, bébé, je suis là.

— Attends, je dois te laisser. Mon père n'arrête pas de m'appeler.

— Rappelle-moi vite, OK ?

J'acquiesce et me dépêche de raccrocher pour répondre à papa. Il me dit de me calmer en entendant mes pleurs et me demande de bien rester cloîtrée à la maison. J'abrège de nouveau la conversation pour répondre à un autre appel :

— Oh, maman ! haleté-je.

— Mon Dieu, Emy ! crie-t-elle.

Je suis tellement choquée de ce qu'il vient de se passer et soulagée d'entendre ma mère que j'éclate en sanglot. Je la rassure tout de même en lui disant que je suis bien enfermée à la maison et que la police entoure tout l'immeuble.

Après m'avoir répété plusieurs fois de me calmer et de respirer, mes pleurs s'arrêtent enfin.

— Ils conseillent de ne surtout pas sortir de chez soi, dit-elle. Mais je viendrai dès que je peux ma chérie, je te le promets.

— Merci maman.

Je recule mon téléphone pour voir des dizaines de messages des filles auxquels je réponds rapidement pour les rassurer. Les scènes d'horreurs passent en direct à la télé et l'un des attentats s'est déroulé dans la grande avenue qui croise celle de mon appartement.

— C'est bon, maman, tu disais ? demandé-je en envoyant mon message aux filles.

— Est-ce que... ton copain, il...

— Non, il n'est pas là.

— Il sait où tu habites ? m'interroge-t-elle, inquiète.

— Hein ? Comment ça ?

Elle soupire avant de hausser le ton :

— Emy, voyons, tu sais qui sont ces gens ?

— Quoi ? Mais de qui parles-tu ?

— Des terroristes, putain, tu ne vois pas aux infos ! Tu es si aveugle que ça ?

Elle hurle comme une folle et je crois alors comprendre ce qu'elle veut me dire.

— Maman s'il te plaît, ne me dis pas que...

— Ce sont des Arabes, Emilie, tu comprends ? Quand est-ce que tu vas enfin ouvrir les yeux ? Regarde de quoi ils sont capables !

Je pose ma main sur ma bouche pour m'empêcher d'exploser. Elle continue de hurler, mais cette fois, j'ai baissé mon téléphone et je ne l'écoute plus.

Je réussis à lever mon corps tremblant jusqu'à la table du salon pour attraper la lettre de ma mère et la déchirer en mille morceaux.

— Ne m'appelle plus jamais, maman. Cette fois, c'est terminé.

Je me laisse de nouveau tomber par terre et éclate en sanglots.

Chapitre 40

Six heures du matin. Le bruit des sirènes ainsi que les cris des Parisiens ont enfin cessé.

Vingt-quatre heures que je n'ai pas dormi, mais je reste éveillée, allongée sur mon lit, mon portable à la main. J'ai raccroché il y a à peine une demi-heure avec Samy. Nous avons passé la nuit ensemble, au téléphone. Parfois sans rien se dire pendant de longues minutes, mais je pouvais quand même sentir le son de sa respiration, suffisant pour calmer mon angoisse.

J'ai fini par éteindre ma télé tellement je n'en pouvais plus de voir toutes ces horreurs. Il y a eu plusieurs attaques terroristes dans Paris et alentour qui ont fait plusieurs victimes. Tous ces gens innocents. Mon cœur est totalement meurtri.

L'État conseille à tous les habitants de la ville de rester chez soi et Léon m'a envoyé un message ce matin en me demandant de rester à la maison. Car, certes, nous sommes samedi matin, mais je devais exceptionnellement passer au bureau lui apporter les dossiers urgents. Tout ça parait bien moins important aujourd'hui. Futile même.

Quand j'entends frapper à ma porte, je sursaute et pousse un cri de terreur. Oh mon Dieu ! Je n'ai jamais été une peureuse, mais je sens que cette soirée m'a marquée à vie.

— Emilie, c'est moi !

Je me mets à pleurer tellement je suis soulagée et je cours ouvrir à Sam.

— Tu es fou ! dis-je en sautant dans ses bras.

Il me serre de toutes ses forces en me poussant à rentrer pour vite refermer la porte derrière nous.

— Je croyais que tu allais dormir un peu ? demandé-je entre deux sanglots toujours dans ses bras.

— Je n'y arrivais pas. J'avais besoin de te voir.

Il se détache doucement avant de poser ses mains sur mon visage pour essuyer les larmes de mes joues.

— C'est horrible, Sam, tout ce qu'il s'est passé… c'est affreux.

Il me fixe sans rien dire et je peux voir sa peine aux traits de son visage totalement fermé. Quand je vois ses yeux briller avec des larmes naissantes, mes jambes flanchent.

— Emy ! Chérie…

Il me rattrape avant que je ne m'affale sur le sol et me porte jusqu'à mon lit. Il s'allonge près de moi et c'est dans ses bras que je m'endors enfin. Non pas apaisée comme d'habitude, mais le cœur déchiré, totalement brisée par les évènements passés.

Chapitre 41

Amalgame.

« L'amalgame est une confusion volontaire d'idées ou de concepts distincts visant à les discréditer. »

Je hoche tristement la tête en lisant la définition sur internet. C'est exactement ce qu'il se passe en ce moment dans ma vie. Tous autour de moi, ont une opinion à ce sujet et me le font ressentir d'une manière ou d'une autre.

— Bonjour, Emilie, me salue sèchement Anna en arrivant à son bureau.

Je ne lui réponds pas, lui faisant uniquement un léger signe de la tête pour rester polie. Nous nous ignorons depuis plus de deux semaines maintenant. Depuis que nous avons eu cette conversation que je n'arrive toujours pas à croire.

Quand nous sommes revenues au travail la semaine qui a suivi cette horrible soirée, je n'ai pas pu m'empêcher de répondre à Anna cette fois. Après les horreurs que m'a sorties ma mère ainsi que les regards dérangeants de mes voisins sur Samy ou ceux appuyés de mon père, c'en était trop.

— Emilie, tu comptes toujours te marier ? Tu as bien réfléchi ? m'a-t-elle demandé comme si je sortais avec un meurtrier.

Je n'ai pas pu me retenir. J'ai tellement hurlé que Léon, ainsi que d'autres collègues ont dû venir me calmer. Je suis consciente qu'elle a pris pour tous. Elle a subi les effets de la goutte d'eau qui fait déborder le vase, mais tant pis.

Comment peut-on penser de telles choses ?

Nous en parlons très peu avec Sam. Je ressens sa peine profonde quand on aborde le sujet et il dit qu'on n'ira pas de l'avant en ressassant le passé, qu'il faut avancer en vivant avec. Je ne sais pas comment il fait, mais je l'admire encore plus de prendre les choses de cette manière.

***

Quand je rentre chez moi, j'hésite à désobéir à Sam pour aller courir. Il m'a fait promettre de ne plus sortir de chez moi à part pour aller travailler, le temps que ça se tasse. Mais vu le calme qui règne dans les rues ces dernières semaines, je ne suis pas la seule à avoir peur de sortir. Je trouve ça absurde de s'enfermer. Je veux vivre ! Et courir me manque tellement, surtout avec ce qu'il se passe dernièrement dans ma vie.

J'ouvre ma porte d'entrée et quand j'arrive dans le salon, ma respiration se bloque et je frôle l'évanouissement.

J'attrape mon téléphone pour composer le numéro de Samy. Heureusement, il décroche rapidement, avant que mon cœur ne me lâche.

— Salut, bébé.

— Samy… je viens d'être cambriolée.

Chapitre 42

— Putain, je n'y crois pas !

Je fixe Sam, étonnée de l'entendre jurer. Je crois que je ne l'ai jamais entendu dire ce mot.

— Tu viens vraiment de dire ça ? demandé-je, ahurie.

Il se retourne vers moi, le visage déformé par la rage.

— Emilie, tu te rends compte de ce qu'il vient de se passer ?

Je regarde une nouvelle fois autour de moi pour voir mon appartement sens dessus dessous. Toutes mes affaires sont par terre, les tiroirs de mon salon et de la chambre vidés. *Peut-être que non en effet.*

J'ai appelé la police après avoir raccroché avec Sam, mais ils avaient d'autres chats à fouetter que de débarquer dans la minute. « Ce n'est pas vraiment une urgence », m'a dit mon interlocuteur en me demandant de venir porter plainte.

Sam est hors de lui et prend plein de photos des dégâts. Pour l'instant, seul mon ordinateur portable qui était posé sur mon canapé a disparu.

Tout à coup, une panique me submerge.

— Oh non, pitié ! m'écrié-je.

Je fonce dans ma salle de bains et j'inspire profondément avant d'ouvrir le premier tiroir, le cœur palpitant. Un soupir s'échappe de ma bouche en apercevant nos alliances.

— Ouf, elles sont là !

Nous prenons encore de nombreuses photos avant d'aller au commissariat et Samy me demande de me calmer, mais en réalité, c'est lui qui est fou de rage. Moi j'ai l'impression que je ne me rends pas compte de ce qu'il s'est passé. Trop d'évènements surgissent en même temps sans que j'aie le temps de m'en remettre. C'est à ça qu'a toujours ressemblé ma vie ! Faut croire que je suis faite pour vivre ainsi. Les montagnes russes, comme dit Mina. Du bonheur, du malheur, de la peur, de la passion... tout pleins d'émotions qui me transpercent les unes après les autres.

La routine ? Non ça c'est sûr, je ne la connais pas, mais contrairement à beaucoup, j'espère la rencontrer un jour.

Chapitre 43

Samy me fixe en attendant que je prenne ma commande et rien que pour lui faire plaisir je prends un plat bien copieux. J'ai encore perdu quelques kilos ces dernières semaines et même s'il ne le dit pas, je vois très bien que ça l'agace.

Je ne laisserai rien gâcher cette soirée tellement elle me fait du bien. Samy a enfin accepté de sortir ce soir. Je n'aurais jamais cru qu'il serait aussi parano ! Il veut que je l'appelle dès que je suis arrivée au travail chaque matin et pareil pour mon retour à la maison en fin de journée.

La police nous a pourtant rassurés en disant que les cambriolages de ce style étaient courants et que ça n'arrivait jamais une deuxième fois de suite. De toute façon, étant donné la triple serrure qu'a fait installer Sam le lendemain du cambriolage, il est certain que le danger est écarté ! C'est bête étant donné que je déménage dans moins d'un mois, mais bon… j'ai eu beau insister, il n'a rien voulu entendre.

Je ne peux pas dire que je n'ai pas peur, non. Mais disons que j'ai besoin de vivre, de sortir et je suis persuadée que de rester cloîtrée chez soi n'est pas une solution, au contraire.

— J'aimerais te parler de quelque chose, murmure-t-il sérieusement.

— Ah…, je comprends mieux cette soudaine envie de sortir ! dis-je en souriant. Tu sais comment m'amadouer.

Il me rend mon sourire et mon cœur s'emballe. *Dingue !*

— Tu sais chez nous, il y a une rencontre avec les parents de la mariée avant le mariage.

— Oui, Mina m'en avait parlé.

— J'ai bien expliqué à mes parents que cette rencontre ne serait pas possible.

— Évidemment ! m'exclamé-je en ricanant.

— Ils tiennent tout de même à faire les choses correctement et à te donner… ta dot.

Je manque de recracher ma gorgée de coca en entendant ce mot.

— Ma quoi ?

— Ta dot.

— Ça existe encore ce mot ? demandé-je en éclatant de rire. Qu'est-ce que c'est ?

Patient face à mon hilarité, il se contente de répondre :

— C'est quelque chose que l'on se doit de donner à la future mariée. Tu choisis ce que tu veux. Une somme d'argent ou autre.

— C'est une blague ?

— Non, Emy, ce n'est pas une blague.

— Eh bien, non merci ! Je n'ai besoin de rien. Tu remercieras tes parents de ma part mais…

— Emilie, me coupe-t-il. C'est important pour eux. *Al Mahr*, je veux dire, la dot, est clairement indiquée dans le Coran. Mes parents y tiennent absolument.

— Je suis désolée Sam, mais j'ai carrément l'impression d'être achetée ! En gros en échange de ma main, ils me donnent quelque chose ?

Je fais mine de rigoler en attendant qu'il me contredise, mais il hoche la tête en signe d'acquiescement.

— Bon écoute, soufflé-je. Dis-leur de m'offrir ce qu'ils veulent. Je ne sais pas moi, un bouquet de fleurs ou bien… une boîte de chocolat ! C'est très bien ça, j'adore le chocolat.

— Non, Émilie, ce n'est pas ce style de cadeau.

— Alors quoi ?

— Je pensais plutôt à… une parure de bijoux ou une voiture.

Mes yeux sortent presque de leurs orbites et j'ouvre grand la bouche. Heureusement, il poursuit, car je suis à deux doigts de hurler.

— Tu as juste à dire quelque chose qui te ferait plaisir, ce n'est pas la mer à boire, si ?

— Non mais tu rigoles là ?

Il regarde autour de nous me faisant remarquer le niveau sonore de ma question.

— C'est hors de question que je leur demande quoi que ce soit, tu m'entends ? chuchoté-je, mais toujours de manière ferme.

— Très bien, lâche-t-il, déçu.

— Arrête, s'il te plaît.

— J'arrête, tu vois bien là ?

— Sam, comprends-moi. Je me suis toujours débrouillée toute seule, je n'ai jamais rien demandé à mes propres parents. Et là tu veux que je demande une somme pareille aux tiens ? Je trouve ça tellement absurde !

— C'est une sorte de reconnaissance, Emy. Eux ne voient pas les choses de cette manière. Mais si ça te rebute à ce point, alors je leur dirai.

Nos plats arrivent, mais mon appétit est complètement coupé. Je ne peux pas accepter une telle offre, mais ça me tue de le décevoir. J'aimerais faire l'effort pour lui tant il en fait pour moi, mais c'est au-dessus de mes forces.

Nous commençons notre dîner en silence avant que je ne cède.

— Écoute chéri, je ne te promets rien, mais je vais y réfléchir, OK ?

Il peine à contenir un sourire moqueur.

— Tu savais que je céderais, hein ?

— Je savais que le sujet te rendrait folle en tout cas...

Nous nous contemplons amoureusement.

— Mange pendant que c'est chaud, m'ordonne-t-il si tendrement que j'accepterais n'importe quoi juste pour le voir aussi heureux.

Nous continuons le repas dans une agréable ambiance qui me fait oublier tous mes soucis. Une fois la note apportée par le serveur, je sors ma carte de crédit.

— Cette fois je t'invite ! dis-je fièrement.

— Hors de question.

Il attrape fermement la main, m'interdisant le moindre geste.

— On n'est pas encore mariés.

— C'est moi qui paie, point final.

Je soupire en tentant de reprendre mon calme.

— Sam, cette histoire de « c'est toi qui paies tout » va vraiment être compliquée pour moi, tu sais que...

— Tu t'y habitueras, me coupe-t-il.

— Samy ! m'exclamé-je en lui faisant les gros yeux.

Il rigole en tendant sa carte de crédit au serveur.

— Tu n'as pas le choix, *habibty*.

Je cède en croisant les bras sur ma poitrine comme une gamine qui boude.

— Tu sais que tu es un vrai macho ?

— Mais c'est pour ça que tu m'aimes, non ?

Je le fixe quelques secondes en réfléchissant. Pourquoi j'aime cet homme ? Pourquoi tous ces défauts sont presque des qualités à mes yeux ? Je n'ai pas réponse à ces questions mais ce dont je suis sûre c'est que je l'aime plus qu'il ne peut l'imaginer.

***

Je me couche, une fois de plus, seule, dans mon lit. Un vrai calvaire, surtout après une soirée aussi romantique.

Sam m'a déposée chez moi tel un vrai gentleman après avoir bien évidemment insisté pour faire le tour de mon appartement.

Je m'endors presque quand le vibreur de mon téléphone annonçant un message me fait sursauter.

Donc en gros tu dois manger à volonté pour grossir, ton mec te paie tout et en plus tu vas avoir une voiture comme cadeau ? Non mais quelle vie de merde, ma pauvre...

J'éclate de rire à la réponse de Fanny. Je leur ai envoyé un message en rentrant pour leur raconter ma soirée et cette histoire de dot. Je voulais surtout avoir l'avis de Mina à ce sujet. Elle m'a répondu immédiatement qu'il s'agissait de quelque chose d'important pour les musulmans et qu'elle-même avait reçu une multitude de cadeaux.

Je leur souhaite une bonne nuit, n'arrivant plus à lutter contre le sommeil. Je ne sais pas comment je vais faire pour demander une telle chose à ses parents, mais il va falloir que j'y réfléchisse sérieusement.

Chapitre 44

— Rien n'a changé ici ! m'exclamé-je.

Je ressens énormément de sensations en regardant autour de moi. Un mélange de joie en revoyant tous les gens que j'ai côtoyés tous les jours pendant plusieurs années et de la peine, en me rendant compte que tout ça me manque terriblement.

— Nostalgique ? m'interroge Sam en levant un sourcil.

De la nostalgie, c'est exactement ce que je ressens depuis que nous avons mis les pieds dans le hall de mon ancien travail.

— Emilie !

Edward me hèle au loin avant de s'approcher vivement de nous. Samy me lâche rapidement la main. Nous avons décidé de ne pas ébruiter notre relation. On n'a pas besoin de réflexions ou avis de chacun avec tout ce qu'on a déjà subi ces derniers temps.

— Bonjour, Edward, merci encore pour l'invitation !

Mon ancien chef m'a surprise en m'envoyant un mail m'invitant au séminaire qu'organise l'entreprise. J'ai d'abord cru qu'il avait besoin d'une photographe mais non, il a juste gentiment pensé à moi.

— Je suis bien obligé de vous inviter pour que vous pensiez à venir nous voir… me taquine-t-il.

Il est vrai que je n'ai jamais tenu ma promesse de passer les voir lorsque j'ai quitté l'entreprise.

— C'est que…, tenté-je de me justifier.

— Oui, oui, je sais, le travail ! D'ailleurs comment ça se passe ? Racontez-moi tout.

Rapidement, je cherche Samy du regard mais étant donné qu'il est aussi en grande discussion avec un collègue, je profite pour parler de mon métier de photographe assistante avec Edward.

— Emy !

Je me retourne à peine que Mika est déjà dans mes bras. Edward s'éloigne pour me laisser avec mon meilleur ami et ancien collègue.

— Salut Mika !

Je souris largement, très contente de le revoir.

— Waouh ! Ça fait bizarre de te voir ici... Comme au bon vieux temps !

— C'est clair ! réponds-je en souriant.

— On sort s'en griller une ? propose-t-il en sortant son paquet de clopes de sa poche.

Je détourne les yeux, gênée.

— T'inquiète, je n'ai pas oublié ! Tu m'accompagnes dehors ? Ça nous rappellera de bons souvenirs.

J'accepte presque lorsque je remarque que Samy m'assassine du regard.

— Plus tard, tu veux bien ? Je vais me prendre un verre.

— Bien sûr !

Comme à son habitude, Mika ne remarque pas mon embarras et me suit jusqu'au bar. Mais quand je le vois rougir et faire demi-tour, je me demande ce qu'il se passe. Jusqu'à ce que je la voie. Stella est assise près du bar, une coupe de champagne à la main.

Absolument rien n'a changé ici !

— Tiens, une revenante ! me lance-t-elle avant que je n'aie le temps de faire demi-tour, moi aussi.

— Salut Stella, réponds-je sèchement.

Elle comprend immédiatement que je n'ai pas envie de lui parler. J'avais déjà du mal avec le fait qu'elle ait tenté de détruire mon couple, mais encore plus depuis que je sais qu'elle a trompé mon meilleur ami.

— Dis, comment tu vas ? m'interroge-t-elle.

— Très bien merci.

Je tente de l'ignorer de nouveau en commandant un verre, mais elle insiste.

— Tu es sûre que tout va bien ?

Elle fait mine d'être triste pour moi et je fronce les sourcils.

— Je veux dire…, continue-t-elle. L'attentat juste à une rue de chez toi, complètement bouleversant, non ?

Les coins de ses lèvres se retroussent légèrement ce qui me donne envie de hurler : *mais qu'est-ce qui te fait rire putain !?*

— Oui, dis-je en attrapant mon verre de coca prête à partir.

— Pas trop… dur ? insiste-t-elle.

Son air mi-moqueur, mi-inquiet m'interpelle. *Qu'est-ce qu'elle veut à la fin ?*

— Ça a été dur pour tout le monde, clarifié-je.

— Non, mais toi… J'imagine que c'est beaucoup plus compliqué, vu ta situation.

Elle jette un rapide regard vers Samy et tout s'éclaire alors.

La garce ! Je fais mine de ne pas comprendre et quand je me retourne pour le regarder à mon tour, il est en grande discussion avec Mika. *Tiens ?!*

— Tous ces jugements… dit-elle en grimaçant. Ça doit être vraiment affreux ! Moi je ne supporterais pas.

Nous nous dévisageons en chien de faïence. Que faire maintenant ? Je lui hurle dessus au risque de passer pour une folle ? Pourquoi pas ! Je ne travaille plus ici maintenant.

— Excuse-moi je dois te laisser, me contenté-je de dire en serrant les dents. Je dois retrouver mon fiancé.

Ma voix dégouline tellement de sarcasme que c'en est ridicule.

— Ton… quoi ? hoquète-t-elle, incrédule.

— Tu n'es pas au courant ? Samy et moi allons nous marier.

Je lui tends fièrement ma main et sa mâchoire se déboîte presque à la vue du diamant. *Et toc ! Elle l'a bien mérité.*

— Et toi alors ? demandé-je faussement intéressée.

Nous n'avons peut-être jamais été de grandes amies, mais assez pour qu'elle me confie sa crainte de finir seule.

— Rien, répond-elle déçue, toute confiance en elle disparue.

Merde !

C'est pour ça que je déteste la méchanceté gratuite. Elle n'apporte rien et finit par me faire de la peine à moi, au final. Malgré tout ce qu'elle a pu faire, son regard de chien battu me fait regretter ce que je viens de dire.

— Ton tour viendra, la rassuré-je aussitôt. J'en suis sûre !

Son regard surpris prouve qu'elle ne s'attendait pas à ça. Elle secoue la tête en souriant.

— Tu n'as pas changé, Emy, lâche-t-elle sincèrement.

Toute la rage qu'elle contenait envers moi semble disparue. Ella s'apprête à me dire autre chose, mais je lui fais signe que je dois la laisser. Je suis peut-être gentille, mais pas naïve au point de renouer avec elle.

Je me retourne afin de retrouver Samy et Mika en me demandant ce qu'ils ont bien à se dire, mais ils ne sont plus ensemble. Samy est désormais avec David, son boss, et Mika est sorti fumer sa clope. Je décide de le rejoindre afin de laisser Sam un peu tranquille.

Une fois dehors, je regarde de nouveau autour de moi en repensant à toutes ces pauses cigarette que j'ai pu faire ici.

— Ça caille ! déclaré-je en me frottant les bras.

— Alors vaut mieux que tu rentres, répond sèchement mon ancien collègue.

— Qu'est-ce qu'il y a, Mika ? Écoute, c'est elle qui est venue me parler et…

— Qui ? Stella ? Arrête, ça n'a rien à voir !

— Quoi alors ?

Il tire sur sa clope et souffle toute sa fumée vers moi que je balaye en grimaçant. Pas que l'odeur de la cigarette me dégoûte, mais au contraire je serais bien tentée par une toute petite tafe…

— Ton petit ami vient clairement de me dire de ne plus m'approcher de toi ! m'informe-t-il.

— Je te demande pardon ? hurlé-je presque.

— Il dit qu'il n'accepte pas qu'on embrasse sa femme de cette manière.

Non, il n'a pas osé ?!

Mika hoche la tête pour confirmer ses dires. Je regarde une nouvelle fois sa cigarette et j'hésite deux secondes avant de secouer la tête. *C'est ridicule !*

Je me précipite à l'intérieur, bien décidée à toucher deux mots à Sam, mais au même moment, Melissa s'approche de lui. La fameuse blonde de la compta qui n'a jamais caché son attirance pour Samy.

Je l'avais complètement oubliée celle-là !

Ses longues et minces jambes sont mises en avant par une mini-jupe noire. Je frôle la crise cardiaque quand elle pose sa main sur le bras de Samy afin de le saluer. À deux doigts de virer au rouge, la réaction de mon fiancé me calme immédiatement.

Dans un réflexe, il se dégage de son emprise et recule d'un pas pour laisser une distance respectable entre eux. Il l'a fait de manière automatique sans même voir que j'étais là. Mon soulagement est si profond que ma rage s'envole.

Je me déteste d'être aussi jalouse !

Jamais autant de possessivité n'a fait de moi une personne si peu rationnelle qu'elle ne supporte pas qu'on adresse la parole à son mec. Mais avec Samy — et c'est le cas de le dire — la raison n'arrive pas à prendre le pas sur les sentiments. Rien qu'une serveuse qui le regarde me met en rogne.

Essayant de ne pas faire de scène ici, je décide de parler de tout ça calmement plus tard.

Je regarde un peu partout : Mika est dehors, Stella est au bar et Mélissa traîne autour de mon homme. Je décide alors de monter voir mon ancien bureau, histoire de penser à autre chose. Le simple fait d'entrer dans l'ascenseur me rend mélancolique.

Mais quand j'arrive à mon poste, c'est la douche froide. Mon bureau, plutôt ancien bureau, qui avait l'habitude d'être sobre et aéré est dorénavant rempli de décorations de toutes sortes : des cadres photos, des fleurs… Je ne peux m'empêcher de regarder les photos qui y sont posées, juste par curiosité.

— Le travail aussi te manque ?

Je sursaute en apercevant Samy me fixant, l'épaule collée à l'encadrement de la porte.

— Qu'est-ce que tu fais là ? demande-t-il.

— Rien qui puisse t'intéresser.

Son sourire s'efface et ses traits durcissent. Ça y est, il remarque enfin que je suis énervée.

— Qu'est-ce qu'il y a, bébé ?

Parce qu'il attire le regard malgré lui et que je suis une idiote de jalouse compulsive, ou parce qu'il a dit à Mika de ne plus m'approcher ?

— Pourquoi tu as dit à Mika de ne pas m'approcher ?

Évidemment, je ne veux pas lui faire peur avec ma soudaine jalousie incontrôlable.

Il soupire en s'appuyant sur le bureau d'en face et je me rappelle alors toutes ces fois où je le voyais ainsi et que ma seule envie était de lui sauter dessus. Les raisons sont différentes aujourd'hui, mais je ne peux toujours pas le faire. Quelle injustice !

— Emy, je ne supporte pas qu'un autre homme te touche, je suis navré.

Je pense tout à coup à la blonde aux mains baladeuses et je m'apprête à lui dire que je comprends ce qu'il veut dire, mais il poursuit :

— Je sais que je t'en demande beaucoup et que tu n'es pas habituée à tout ça, mais… j'aimerais être le seul à te prendre dans mes bras.

— Mais, Mika est mon meilleur ami ! Il ne me touche pas comme tu l'entends.

Il secoue la tête.

— Peu importe. Et puis, je ne veux pas que tu aies de meilleur ami. Je veux être ton meilleur ami, Emy.

La vache !

Habituellement j'aurais fui comme une voleuse, mais alors pourquoi j'ai envie de l'embrasser comme s'il venait de me faire une déclaration d'amour ? Je peux tout accepter quand il m'explique sa façon de voir les choses. Tout ce qu'il dit semble si… cohérent !

Ou est-ce que c'est son regard plus que sexy ?

Je ne peux pas adhérer à ça quand même ? Mais pourtant… j'ai bien compris aujourd'hui que moi non plus je ne supporterais pas que quelqu'un enlace mon Samy comme ça. Ou pire, qu'il ait une meilleure amie. La bile me monte à la gorge rien que de l'imaginer rire ou raconter sa vie à une autre femme.

— Très bien, dis-je. Je ferai attention.

Surpris, il hausse les sourcils.

— Tu es sûre ? Tu ne m'en veux pas ?

— Eh non !

J'avais envie de hurler quand Mika m'a dit ça, mais toute ma haine a disparu dorénavant. *L'effet Sam.*

Il me sourit et je m'approche doucement. Il reste à moitié assis sur le bureau et je me place entre ses jambes en passant mes bras autour de son cou.

— Tu me surprendras toujours, *habibty.*

— Arrête de m'appeler comme ça !

— Sinon quoi ?

Il hausse un sourcil et je pose mes lèvres sur les siennes en appuyant ma main derrière sa tête. Quand il introduit sa langue dans ma bouche, je suis au bord de l'explosion. Il évite de m'embrasser comme ça dernièrement et je comprends maintenant pourquoi.

Ma langue s'enroule langoureusement autour de la sienne et mon sang s'enflamme dans mes veines. Une douce chaleur nait dans mon bas ventre et je suis prêt à m'abandonner à lui s'il ne m'arrête pas. Mon fiancé pose ses mains sur mes hanches pour me rapprocher de lui et je sens son impatience et sa virilité qui me coupe le souffle.

Oh mon dieu ! Alors, il n'arrête pas ?

Prise de vertige, je le repousse et recule en ouvrant les paupières.

— Stop ! dis-je à bout de souffle.

— Sans rire ? se moque-t-il en s'essuyant le coin de la lèvre.

Je reprends mon souffle en l'interrogeant du regard.

— J'ai tenu jusqu'à maintenant, ce n'est sûrement pas dans cet affreux bureau que je craquerai, déclare-t-il sûr de lui.

Abasourdie, je ne sais quoi dire.

— Plus qu'un mois, Emy… dans un mois on fera ça où tu voudras quand tu voudras.

Je gémis rien que de l'entendre, ce qui le fait rire de nouveau.

— Fais gaffe, le préviens-je. Un jour je débarquerai ici dans ton bureau.

— Alors là, même pas en rêve ! s'écrit-il en se redressant.

J'esquisse un sourire en m'imaginant entrer dans son bureau. Il s'approcherait de moi et ne pourrait pas tenir en voyant que je suis complètement nue sous mon manteau. J'ai vu ça un jour dans un film et j'ai toujours rêvé de le faire !

— Qu'est-ce qui te fait rire ?

— Tu verras, réponds-je en souriant fièrement.

Je regarde une dernière fois mon ancien bureau, avec un peu moins de nostalgie qu'en arrivant, avant de sortir bras dessus, bras dessous avec cet homme qui me bouleverse chaque jour.

Chapitre 45

*Alerte générale !

Je ris encore au message de Mina. Elle est à peine à trois mois de grossesse et c'est sûrement pour se plaindre que Fanny et moi sommes convoquées ce soir.

J'allume mon nouvel ordinateur et branche ma webcam intégrée.

— Tu es en retard ! crie Mina.

— À peine d'une minute ! dis-je en riant. Comment vous allez, les filles ?

— Mal ! répond immédiatement Mina.

— Qu'est-ce qu'il se passe ? demande Fanny, inquiète.

— J'ai un souci avec ma sœur.

— Anissa ? demandé-je.

— Non ma petite sœur, Neyla.

— Oh…

On n'a pas l'habitude de parler de sa petite sœur qui n'était qu'une enfant quand nous étions ados. Mais aujourd'hui, c'est elle l'ado ! Quel coup de vieux…

— Oui, elle ne va pas bien, nous informe-t-elle. Je ne sais pas ce qui lui arrive, elle s'isole, elle s'énerve pour un rien. Elle ne me dit plus rien ! Et ça me rend dingue d'être si loin et de ne pas pouvoir l'aider.

— Tu lui as demandé clairement ce qui n'allait pas ? demande Fanny à moitié concentrée sur ses enfants qui braillent.

— Oui, à plusieurs reprises ! J'ai essayé de lui tirer les vers du nez ce matin, mais elle m'a carrément raccroché au nez !

— Oh, ne t'inquiète pas, elle a quoi, quinze ans ? l'interrogé-je.

— Seize ! répond Mina, exaspérée.

— C'est la crise de l'adolescence ! Ça va passer.

— Non vous ne comprenez pas, j'ai des doutes…

— Des doutes sur quoi ? demandé-je.

Je m'installe confortablement sur mon canapé en rapprochant l'ordinateur de moi, intriguée. Mina semble vraiment inquiète.

Elle hésite une seconde avant de se rapprocher de sa caméra pour murmurer :

— Je ne sais pas, je me pose tellement de questions… et si elle déprimait ? Ou qu'elle se droguait ? Il se passe tellement de choses de nos jours. En plus elle traîne toujours avec ces filles bizarres… l'une d'entre elles est carrément contre la religion musulmane !

Je ne peux m'empêcher de rire.

— Tiens… ça ne te rappelle personne ?

— Ça n'a rien à voir, Emy ! Moi j'ai toujours été sûre de moi concernant la religion. Elle, elle est perdue ! Elle n'a même pas fait le ramadan cette année et elle a carrément dit à ma mère qu'elle n'était pas certaine que Dieu existe.

J'ouvre grand la bouche de surprise. Non pas que ça me choque, mais je me dis que ça doit être dur pour elle.

— Je me demande si elle n'a pas de petit copain qui lui bourre le crâne ! Ou si elle prend des cachets. Je ne sais pas, elle n'est plus comme avant !

— Pourquoi tu penses que quelqu'un ou quelque chose la pousse à être comme ça ? demandé-je. Elle se pose peut-être des questions. C'est normal…

— Je ne sais pas, soupire-t-elle. Avec tous les évènements passés, j'imagine qu'elle a peut-être honte de ce qu'elle est vraiment.

Je pense alors à toutes les réflexions que l'on m'a faites et me mets à sa place. Ça doit vraiment être très dur de l'assumer, surtout pour une jeune fille.

— C'est vrai, dis-je. Mais la religion est un sujet personnel. Ce n'est pas parce qu'elle est d'une famille musulmane qu'elle est obligée de l'être aussi.

— Bien sûr que si ! répond-elle du tac au tac comme si j'avais dit la plus grosse connerie du monde. Avec tout ce qu'il s'est passé, peut-être qu'elle ne sait plus où elle en est et ça lui passera sûrement, enfin j'espère !

— Mina, sois objective, s'il te plaît. Beaucoup de personnes ne veulent pas de religion et préfèrent choisir un autre chemin. Chacun est libre de faire ce qu'il veut !

— Emilie ! s'écrit-elle. La seule chose qui me rassure dans toute notre conversation est le fait que je me trompe sûrement.

— Plus têtue tu meurs ! grimacé-je en croisant les bras. Bon, et toi Fanny, tu ne dis rien ?

— Elle prend sûrement des notes pour son livre ! se moque Mina.

Fanny se replace devant la caméra.

— J'ai tout entendu ! braille-t-elle. Non je ne prends pas de notes, bande de folles ! J'ai des enfants à gérer moi !

Elle tente de se recoiffer devant son écran.

— Tu devrais parler tranquillement avec ta sœur, conseille-t-elle à notre amie. Lui demander de venir passer quelques jours chez toi. Par contre, Emy a raison… tu ne peux pas l'empêcher de faire ses propres choix.

— Huumm, fait Mina en grimaçant.

— Écoute, on peut peut-être essayer de lui parler ? Voir si tout va bien pour elle, demande Fanny.

— Vous feriez ça ?

On perçoit une pointe de soulagement dans le regard de Mina et je rajoute spontanément :

— Bien sûr qu'on va le faire !

— Merci, les filles… je n'aurais jamais tenu le coup jusqu'à mon retour.

— Allez, ne te prends plus la tête ! Ce n'est pas bon dans ton état, dit Fanny tout en donnant à manger à sa fille.

— Bon et si vous me montriez vos petits monstres ? demandé-je pleine d'enthousiasme pour détendre l'atmosphère.

Mina sourit légèrement avant d'aller chercher son fils et son inquiétude finit par disparaître quand leurs bambins se joignent à notre discussion. Le miracle des enfants !

Chapitre 46

— Dis donc ça paie bien le chocolat...

Je ris doucement en donnant un petit coup de coude sur les côtes de mon fiancé. C'est vrai que la maison de papa est magnifique. Son salon est énorme, et surtout, la hauteur sous plafond est plus que démesurée, ce qui donne un côté encore plus luxueux. Les murs sont ornés de blanc, à l'ancienne, et l'immense tapis du salon est immonde, mais doit valoir une fortune.

J'ai finalement accepté l'invitation de mon père à dîner pour lui présenter Samy. Je sais qu'il va être agréable malgré ses préjugés, mais ce qui m'inquiète, ou plutôt ce qui m'irrite malgré moi, c'est elle. Isabel. J'ai carrément l'impression de trahir ma mère en venant dîner ici, dans leur maison. Même si maman et moi nous sommes en froid, je me sens tout de même mal de lui faire ça.

Je grimace en apercevant des photos d'eux deux accrochés aux murs.

— Hé, chuchote Samy en posant ses douces lèvres sur ma tempe. Ça va aller, bébé.

J'ai beaucoup hésité à venir et Samy ne m'a pas vraiment aidée à prendre ma décision. Il m'a juste dit qu'il m'accompagnerait avec plaisir, mais que c'était à moi de voir si j'en étais capable.

— Et voilà, l'apéro est prêt !

Papa débarque avec un plateau d'amuse-bouche faits maison et des coupes de champagne. Isabel le suit et s'assoit en face de nous en tentant de cacher sa gêne.

— Servez-vous ! nous dit-il.

— C'est que… on ne boit pas d'alcool, l'informé-je.

Papa jette un œil vers sa maîtresse, conjointe, copine ? Je ne sais même pas comment l'appeler, mais j'ai décidé d'arrêter « pétasse », ce qui est en soi un gros effort de ma part. Du moins, j'ai promis à Sam d'essayer…

— Pas de problème, dit Isabel assez gaiement pour briser la glace, clairement installée.

Même s'il fait le papa cool, je sais qu'il n'en pense pas moins et qu'il se demande comme beaucoup d'autres, si cet homme ne m'a pas bourré le crâne. Il n'a peut-être pas eu la même réaction que maman, mais je me souviens bien de ce qu'il pensait de la religion à l'époque où il vivait avec nous.

J'écoute avec peu d'attention Samy répondre aux questions d'Isabel à propos de son travail et quand il lui demande à son tour ce qu'elle fait dans la vie je la fixe, curieuse d'entendre sa réponse. Je ne sais même pas ce que cette femme fait comme travail ! Un peu normal, je n'ai jamais posé aucune question à son sujet et je me suis toujours énervée rien que d'entendre parler d'elle.

— Eh bien, je suis assistante de direction depuis vingt ans maintenant. Mais je travaille à mi-temps depuis quelques années pour aider Philipe dans sa boutique.

Elle lui sourit chaleureusement ce qui me donne la nausée.

— Dans quelle entreprise travaillez-vous ? l'interroge Samy.

Pourquoi cette question semble embarrasser tout le monde ? Papa toussote et Isabel gigote maladroitement sur sa chaise.

— Chez Sony, répond-elle timidement.

Samy hoche gentiment la tête et son air aimable disparaît en nous regardant les uns après les autres. Il s'arrête sur ma bouche grande ouverte qui s'apprêtait à engloutir un petit four.

— Tout va bien ? me demande-t-il, les sourcils froncés.

— Oui, c'était la boîte où travaillait papa.

L'atmosphère est encore plus glaciale qu'il y a deux minutes. Je me retiens de toutes mes forces pour ne pas dire tout haut ce que je pense, mais c'est trop dur.

— Le patron et sa secrétaire, lâché-je finalement en ricanant.

Isabel s'excuse et se lève, rouge de honte, en lissant sa jupe avant de retourner en cuisine. Mon père reste silencieux, mais la déception se lit clairement sur son visage.

Je regrette tout à coup ce que je viens de dire, mais c'était plus fort que moi.

Samy rattrape merveilleusement bien le coup en parlant business avec papa. Je respire profondément avant de rejoindre Isabel en cuisine.

— Vous… vous avez besoin d'aide ?

— Non, ça va, merci, répond-elle doucement en s'essuyant le visage.

Oh non, ne me dites pas qu'elle pleure ? Car si elle s'attend à ce que je la prenne dans mes bras elle peut se foutre le doigt dans l'œil ! Impossible de ressentir de la peine ou quoi que ce soit d'autre. J'ai bien trop de haine envers elle pour ça. On voit pourtant que c'est une femme douce et agréable. Mais peu importe, je ne pourrai jamais la voir autrement.

Elle sort le plat du four et se tourne vers moi.

— Poulet aux olives hallal. J'espère que ça ira.

Et merde ! J'aurais préféré moins de gentillesse.

— C'est parfait. Merci pour l'effort.

— Merci à toi pour le tien.

Elle me fixe en souriant et je détourne le regard.

— Emilie...

Isabel se rapproche de moi et hésite une seconde avant de poursuivre :

— J'aurais tellement aimé que ça se passe autrement. Tu sais, ça a été tellement dur de voir ton père souffrir durant toutes ces années. Ton retour a été inespéré et... merveilleux.

— Merci, dis-je sèchement sans la regarder.

— Tu sais, à l'époque je...

— Oh non, s'il vous plaît ! Épargnez-moi vos « je ne voulais pas », « ça s'est fait comme ça »... Je n'ai pas besoin d'excuses.

Elle continue de me dévisager tristement.

— Je n'ai en effet aucune excuse, Emilie, mais sache juste que parfois quand on aime vraiment, notre cœur écrase notre raison.

Je relève rapidement le regard sur elle, mais je remarque qu'elle n'a même pas fait exprès de dire ça. Pourtant, ce qu'elle vient de dire correspond totalement à ma relation avec Samy. Notre amour a été bien plus fort que notre raison. Mais est-ce qu'à sa place j'aurais été capable de briser une famille par amour ? Je ne suis pas objective tellement cette histoire m'écœure, mais au fond de moi je sais que j'aurais été capable de tout pour lui.

Elle reste songeuse pendant quelques secondes, le regard dans le vide avant de secouer la tête en attrapant son plat.

— Bon et si on passait à table ? me propose-t-elle.

J'acquiesce et je crois voir de l'étonnement dans son regard quand elle aperçoit mon léger sourire en coin.

Le dîner se passe très bien et on serait sûrement tous d'accord pour dire que c'est grâce à Samy. Il sait dire ce qu'il faut dès qu'une gêne s'installe, c'est-à-dire la majeure partie du temps, et il dégage quelque chose de spécial qui a tendance à nous faire sentir plus à l'aise. En fait, ce soir, il me fait penser à Fanny. En sa compagnie, on est toujours sûr qu'il n'y aura pas de blanc ni d'ambiance pourrie.

En tout cas, j'adore la façon dont mon père le regarde, il l'apprécie, c'est sûr !

Et encore, tu n'as pas tout vu papa !

On voit clairement qu'il est totalement surpris par l'homme qu'est Sam. Papa généralise tellement qu'il ne s'attendait pas à quelqu'un d'aussi intelligent, avec la tête sur les épaules.

Je ne peux pas nier les efforts d'Isabel qui s'intéresse sincèrement à lui, mais malheureusement, cela ne m'atteint pas. Impossible de ne pas repenser à toutes ces années de souffrances à cause d'elle.

En sortant de table, papa m'attrape doucement par le bras.

— Emy… j'aimerais te montrer quelque chose.

Je jette un regard vers Samy qui me fait signe d'y aller en s'installant dans le salon auprès de ma belle-mère.

Après réflexion, non, je ne compte pas l'appeler comme ça !

Je suis papa jusqu'au fond du couloir et nous entrons dans un bureau magnifiquement décoré. Quand je tourne mon visage sur ma droite, j'aperçois un grand mur rempli de photos. Je pose ma main sur ma bouche. Ce sont des photos de moi, de nous.

— Oh papa.

Je m'approche pour regarder de plus près. Pas difficile d'imaginer que je suis déjà au bord des larmes. Des photos de moi bébé, petite, adolescente… Une photo de lui et moi, juste avant qu'il ne parte, me brise le cœur. C'était le jour de Noël. Notre dernier Noël. Papa nous avait joué un morceau de guitare avant de m'inviter à danser en plein milieu du salon. Maman avait pris mon appareil photo, qui ne me lâchait pas déjà à l'époque, pour prendre ce magnifique cliché. Moi, dans les bras de papa en riant.

— Elle est magnifique, dis-je en la caressant du bout des doigts.

— C'est également celle que je préfère.

Il s'assoit sur sa chaise de bureau en me demandant de faire de même sur le petit fauteuil en face de lui.

— Emy… chérie. Je sais que tu n'as jamais voulu que je te parle de tout ça, mais j'aimerais que tu m'écoutes, s'il te plaît.

J'inspire profondément en fermant les yeux avant de m'installer en face de lui.

— Je t'écoute.

— Je t'aimais, j'aimais ta mère et j'aimais notre famille de tout mon cœur.

Je ne dis rien, car il m'a demandé de l'écouter jusqu'au bout et j'aimerais m'y tenir, mais je pense qu'il peut m'entendre hurler « stop » au fond de moi.

— Mais voilà, j'ai pris des décisions que j'ai regrettées ensuite et quand je m'en suis rendu compte… c'était trop tard.

Alors quoi ? Dois-je comprendre qu'il regrette d'être avec elle ?

— Tout ça pour dire que je vous aime ta mère et toi et je m'en veux de vous avoir fait souffrir.

Je lâche un ricanement nerveux avant de demander :

— Qu'est-ce que ça veut dire ?

— Je vais me rattraper et je ferai tout pour que tu sois heureuse, ma chérie.

— Non je veux dire, tu as dit que tu aimais maman, c'est absurde.

Il me fixe sérieusement.

— Non, je l'aimerai toujours. C'est la première femme que j'ai aimée et c'est elle qui m'a fait le plus beau cadeau qu'un homme puisse avoir.

Je ne peux pas cacher que ce qu'il vient de dire est beau, mais mon cœur se transforme en pierre en sa présence, je ne le contrôle pas.

— Alors tu l'aimais encore plus, elle ?

— C'est bien plus compliqué que tu ne le penses, répond-il en baissant les yeux, gêné.

— Pour moi, tu l'aimais plus que nous.

Il secoue vivement la tête avant de se mettre debout.

— Personne, tu entends, je n'aimerai jamais personne autant que je t'aime toi. Jamais !

Ses magnifiques yeux bleus fixent les miens d'une telle intensité qu'ils prouvent à eux seuls qu'il ne ment pas.

— Et ça tu le comprendras quand toi aussi tu auras des enfants.

Je lui souris tendrement. Je n'aurais pas imaginé que ça me ferait autant de bien d'entendre tout ça.

Quand nous retournons dans le salon, Isabel rigole avec Samy pendant qu'elle remplit nos tasses de café. Je m'assois près de lui et il m'attrape la main pour y enrouler ses doigts.

— Je suis fier de toi, chuchote-t-il à mon oreille.

Je le regarde quelques secondes en pensant que si j'en suis là aujourd'hui, c'est grâce à lui et je ne l'en remercierai jamais assez.

Chapitre 47

Neyla s'installe silencieusement en face de Fanny et moi. On voit qu'elle est carrément gênée et je peux la comprendre.

La petite sœur de Mina n'a sûrement pas dû comprendre notre invitation soudaine à passer la soirée avec nous, mais j'ai été surprise qu'elle accepte avec plaisir. On la connaît depuis toute petite mais on n'a jamais été vraiment proche. Quand on allait chez Mina, elle l'envoyait dans sa chambre pour qu'elle nous laisse tranquilles.

— La séance commence dans trente minutes ! lance Fanny pour rompre le silence qu'elle déteste.

Aussi pour me faire comprendre qu'il nous reste peu de temps pour parler !

Nous lui avons proposé de manger une glace avant d'aller au cinéma pour que la soirée ne fasse pas trop « interrogatoire » commandité par la grande sœur. Car, certes, elle est peut-être jeune, mais pas bête ! Je suis quasi certaine qu'elle se doute que c'est Mina qui nous envoie.

Elle continue de siroter son milkshake à la fraise tout en nous regardant sans rien dire. Ses grands yeux marron me déstabilisent.

— C'est fou ce que tu ressembles à ta sœur, lâché-je.

Elle est moins blanche que Mina et ses cheveux sont plus clairs, mais elles ont exactement les mêmes traits et le même regard. Elle sourit timidement sans dire un mot. Ça va être compliqué !

Je lance un regard complice à Fanny qui me fait les gros yeux l'air de dire « Qu'est-ce que tu veux que je dise ? ». Nous lui avons déjà demandé comment elle allait, comment se passait le lycée… toutes les questions banales ont déjà été posées et ses réponses aussi évasives les unes que les autres ne nous ont rien apporté.

— Mina revient bientôt, tu dois être contente ! Nous, on a hâte de la voir, lance finalement Fanny.

— Oui, répond-elle rapidement avant de baisser le regard sur sa glace.

On n'arrivera à rien comme ça ! Elle sait pertinemment pourquoi on est là et elle ne compte pas nous en dire plus alors je décide d'être direct :

— Tu sais, ta sœur s'inquiète beaucoup pour toi.

— Je sais.

— Est-ce que tout va bien dans ta vie ? rajoute Fanny.

Elle lâche enfin son gobelet pour nous regarder l'une après l'autre.

— C'est compliqué…

— Qu'est ce qui est compliqué ? demandé-je. On peut t'aider, Neyla ! Tu peux tout nous dire.

Elle hoche doucement la tête. Cette fille ne nous connaît pas profondément mais elle sait qu'elle peut nous faire confiance. Elle connaît la relation que l'on a avec sa sœur et qu'on ferait tout pour elle et sa famille.

— Je ne crois pas que vous pourrez faire quoi que ce soit. C'est que… Mina est si… bornée !

Nous nous regardons avec Fanny avant de rire doucement. Elle ne croit pas si bien dire !

— Je ne peux pas lui en parler, poursuit-elle. Elle ne comprendrait pas. D'ailleurs personne ne peut comprendre.

— Écoute, dit Fanny. On sait que ta sœur peut paraître dure parfois, mais c'est parce qu'elle t'aime et qu'elle veut ton bonheur.

— Mon bonheur à moi ne correspond pas à ce qu'elle envisage pour moi !

— C'est-à-dire ? l'interrogé-je, curieuse.

— Je... je ne vais pas dans la direction qu'elle souhaite.

— Ah...

Nous commençons à comprendre.

— Vous savez, reprend-elle en secouant la tête. Dans une famille comme la mienne, c'est dur de ne pas respecter les règles. Mais c'est plus fort que moi.

— Qu'est-ce que tu veux dire par là ? demande Fanny.

Elle joint ses mains nerveusement.

— Vous me promettez de ne jamais lui en parler ?

Nous restons figées quelques secondes sans rien dire. J'hésite à accepter quand Fanny prend la parole :

— Non ma puce, on ne peut pas te promettre une chose pareille.

J'acquiesce immédiatement sans réfléchir. On ne doit surtout pas se mettre dans une impasse. Jamais on ne pourrait cacher ça à Mina qui nous en voudrait si elle l'apprenait. Et nous ne voulons pas non plus trahir sa petite sœur complètement perdue et apeurée.

Je hoche la tête en regardant Fanny pour lui montrer qu'elle a bien fait et je poursuis :

— En revanche, on te conseille de lui en parler. Peut-être qu'elle réagira mal sur le coup, mais elle finira par l'accepter.

— Non ! lance-t-elle. Jamais elle ne l'acceptera.

Sa voix tremblante et ses larmes naissantes m'attristent. Je ne sais pas ce qu'il se passe dans sa vie, mais j'ai très peur.

— Promets-nous d'essayer ! lui demande Fanny.

Elle hoche silencieusement la tête en signe d'accord et son air malheureux me brise le cœur. Fanny se lève vivement.

— Bon, c'est parti pour le film ? J'ai entendu dire qu'il était génial.

Neyla acquiesce en souriant, mais on peut voir sa souffrance dans son regard. Je ne sais pas pourquoi, mais elle me fait penser à moi. Perdue entre la raison qui nous oblige à être ce que l'on veut qu'on soit, et cette passion qui, elle, nous pousse à être ce que l'on est vraiment.

Chapitre 48

Mina soupire une nouvelle fois devant sa caméra. Après nous avoir harcelées toute la soirée avec ses dizaines de textos nous demandant comment ça se passait, nous avons dû éteindre notre téléphone pour profiter du film.

Nous avons ensuite ramené Neyla chez elle avant de rentrer à la maison pour faire un compte rendu à sa grande sœur morte d'impatience. Je suis fatiguée et je me lève tôt demain, mais impossible de repousser notre réunion qualifiée d'urgente par celle-ci.

— Donc elle ne vous a rien dit ? insiste-t-elle.

— Non ! répète Fanny.

— Pas de petit copain ? Pas de drogue ?

— On ne sait pas, dis-je un peu gênée.

On ne peut pas non plus lui mentir ! On a bien vu qu'il y avait quelque chose.

— Ce n'est pas vrai ? Vous ne m'aidez pas là !

— Écoute, dis-je calmement, elle avait l'air bien, stable. Mais selon nous, tu dois lui parler…

— Mais sans t'énerver ! rajoute Fanny.

— Comment ça ?

— Elle doit se sentir en confiance. Montre-lui qu'elle peut tout te dire ! Et tu dois vraiment prendre sur toi et essayer de la comprendre.

— Hum… vous êtes sûres qu'elle ne vous a rien dit… ?

— Elle nous a juste promis qu'elle essaierait de te parler, l'informé-je. Donc à toi de jouer maintenant.

— OK, souffle-t-elle. Bon et vous êtes allées voir quoi comme film ?

— Cinquante nuances de Grey en avant-première ! répond vivement Fanny sans réfléchir.

Mina se rapproche de l'écran, les yeux noirs de colère.

— Pardon ?

Fanny me jette un coup d'œil confus et je me mords la lèvre pour ne pas rire.

— Vous avez emmené ma petite sœur voir un film de cul ? nous interroge-t-elle, choquée.

Cette fois, nous éclatons de rire.

— Ce n'est pas un film de cul ! Et puis ce n'était pas son premier… répond Fanny pour se justifier.

— Quoi ?! crie Mina en posant ses mains sur sa tête.

— Mina ! m'exclamé-je. Ta sœur à bientôt dix-sept ans, ce n'est plus une gamine ! Et elle est bien plus mûre que tu ne le penses.

Notre amie fronce les sourcils.

— Je ne sais pas encore laquelle de vous deux je prendrai pour taper sur l'autre, mais j'improviserai à mon retour !

Croisant les bras sur sa poitrine, elle secoue la tête tandis que nous nous esclaffons.

— Sérieusement, Mina, considère-la comme une adulte ! lui conseillé-je. Essaie d'être compréhensive sans trop la materner.

— Vous trouvez que je suis excessive ?

Nous acquiesçons l'une après l'autre.

— C'est ma petite sœur ! se justifie-t-elle. Je ne veux pas qu'elle dérape.

— Oui, mais ta petite sœur est une femme maintenant. Une femme qui a besoin d'être écoutée ! dit Fanny.

Mina hoche la tête en réfléchissant.

— Bon je vais essayer. J'arrive dans trois semaines, quelques jours avant ton mariage, Emy. J'en profiterai pour lui parler.

— Génial, dis-je le cœur battant en me rappelant que je me marie dans moins d'un mois.

— Bon, reprend Mina. Rien d'autre à rajouter sur cette soirée ?

Fanny se penche vers mon ordinateur l'air très sérieux.

— Tu devrais vraiment aller voir ce film, c'est une tuerie !

Mina se force à froncer les sourcils pour avoir l'air méchant, mais finit par éclater de rire avec nous.

Chapitre 49

J-25

Je compte les jours ! Ça me fait du bien de cocher une case de mon calendrier chaque matin.

Le temps apaise la douleur, c'est sûr, mais malgré qu'elle ait diminué, l'angoisse et la peur sont toujours présentes. Seule l'idée de ce mariage me fait du bien. J'ai tellement hâte de quitter cet appartement ! Je n'aurais jamais pensé ça un jour, mais avec les derniers évènements, il me fait limite horreur.

Quand je regarde par la fenêtre de mon salon, c'est comme si j'y étais encore, ce soir-là. Impossible d'admirer tranquillement le coucher de soleil sans revoir ces images terrifiantes.

À chaque fois que je rentre chez moi, mon cœur bat un peu plus en me demandant si je vais le retrouver comme je l'ai laissé. Certaines personnes ressentent l'intrusion chez eux comme une sorte de viol mais moi, je n'ai pas du tout ressenti ça. Je ne m'y sens plus bien, c'est tout. De toute façon, ça va avec ma façon de vivre dernièrement, je ne suis bien qu'avec Samy.

La police ne m'a toujours pas fait de retour au sujet de ma plainte et j'ai dû envoyer la facture de mon ordinateur portable à mon assurance. C'est la seule chose que l'on m'ait volée. *C'est quand même fou !*

On ne peut pas dire que j'ai des trésors ou beaucoup d'affaires de valeur, mais j'ai tout de même pas mal de bijoux et quelques sacs de marques.

Je me demande souvent si je n'ai pas surpris le cambrioleur en ouvrant la porte de l'immeuble et qu'il soit parti précipitamment. Mais bizarre qu'il ait eu le temps de tout vider sans rien emporter. Bref ! J'ai beau retourner cette histoire dans tous les sens, je ne trouverai sans doute jamais de réponse à mes questions. Et puis pas besoin de repenser à tout ça, dans très peu de temps je plie bagage et c'est tout ce qui compte.

J'arrive de bonne heure au travail, comme je fais souvent ces derniers jours. Ça me permet de quitter plus tôt pour terminer mes derniers préparatifs. Ce soir, je dois passer au restaurant pour régler les derniers détails.

Quand j'ouvre la porte, je suis surprise de voir des croissants posés sur mon bureau. Je me tourne vers Anna, étonnée qu'elle soit déjà là, elle aussi. Elle lève ses yeux de son ordinateur pour me fixer, gênée, avec un demi-sourire.

— Bonjour Emy...

Tiens, elle me désigne de nouveau par mon surnom.

— Bonjour, la salué-je en m'installant derrière mon bureau.

Elle se lève pour se planter en face de moi.

— J'ai apporté le petit déjeuner... pour me faire pardonner.

J'écarquille les yeux.

— Je suis comme tous ces imbéciles dont la colère a été plus forte. J'ai été meurtrie par ce qu'il s'est passé et me suis fait avoir par....

— L'amalgame, la coupé-je en souriant.

— C'est ça.

— Merci, Anna.

Je lui souris sincèrement. Le fait qu'elle m'avoue tout ça est comme un coup d'éponge passé sur tout ce qu'elle a pu me dire auparavant.

Nous nous installons à mon bureau pour savourer notre petit déjeuner en rattrapant le temps perdu. C'est comme si rien ne s'était passé ! Elle me raconte que son fils Ethan adore son nouveau boulot et elle me fait rire en m'expliquant les raisons pour lesquelles elle déteste sa future belle-fille.

— J'aurais tellement aimé que ce soit toi ! s'exclame-t-elle en riant.

Je secoue la tête en continuant de lui sourire, car cette phrase n'avait rien de méchant, au contraire.

— C'est sûr que les choses auraient été plus simples, dis-je tristement.

Je me surprends à lui raconter ce qu'il s'est passé avec ma mère.

— Tu sais, ma belle, ces derniers évènements étaient tellement choquants que notre esprit a tout confondu. Ta mère a juste très peur pour toi.

— Je sais, mais…

Je repense à cette lettre que je ne lui ai jamais envoyée. Peut-être que les choses auraient été différentes si elle l'avait lue ?

— Nom de Dieu ! dit Anna en regardant sa montre. Il est déjà dix heures !

Nous rions avant de manger un dernier croissant et de nous mettre au travail.

— Anna ! l'interpellé-je.

Elle se tourne vers moi avant de s'assoir et j'attrape une invitation de mon sac avant de la lui tendre.

— Oh Emy !

— Je sais que c'est un peu au dernier moment, mais... j'aimerais que tu sois là.

Elle se précipite pour l'ouvrir et se met à lire son contenu en posant sa main sur sa bouche, totalement émue.

— Eh bien, ça sera avec plaisir, ma belle.

Elle hésite une seconde puis range l'invitation avant de venir me prendre dans ses bras.

***

Je me rends compte que j'avance beaucoup moins quand je ne suis plus fâchée avec ma collègue. Mine de rien on perd du temps à papoter toutes les dix minutes.

Mais qu'est-ce que ça fait du bien !

— Emilie ?

Anna sursaute à l'arrivée de Léon, ce qui nous provoque un petit rire étouffé. Il nous regarde l'une après l'autre avec un léger sourire en coin. Il ne dit rien, mais on voit qu'il est agréablement surpris de notre réconciliation.

— Pour Londres, je me demandais quand vous reveniez de congés ? Afin que je planifie tout ça.

Mince, j'avoue que ça m'était complètement sorti de la tête ! Et quand est-ce que je reviens de congés ? Bonne question ! Je ne sais même pas si nous partons en voyage de noces, j'ai complètement oublié de demander à Sam, même si je pense déjà connaître sa réponse.

— Dans l'idéal, pas après mi-janvier afin de profiter des décorations de Noël, poursuit-il en plongeant sa tête dans son planning.

— Je te dis ça dès que je peux.

Il acquiesce, déçu que je ne lui apporte pas de réponse immédiate. Je décide d'écrire à Sam, consciente de prendre le risque de l'énerver. Mais après tout, c'est mieux par mail ce genre de sujet.

Bonjour chéri.

Léon me propose d'aller à Londres pour un shooting photo. Donc j'ai deux questions :

1 - Veux-tu qu'on parte un peu après notre mariage ?

2 - J'espère que mon mari acceptera que je parte une nouvelle fois avec mon chef dans un autre pays...

Je t'aime.

Emy.

Il me répond une heure plus tard et comme d'habitude, mon cœur se resserre en voyant son nom apparaître dans ma liste d'emails.

*Emilie,

1 - On ne part pas un peu, on part deux semaines. Le voyage est déjà réservé.

2 - Ce n'est pas vraiment une question mais... OK pour moi si ce n'est que quelques jours (passer une nuit sans moi en tant que jeune mariée va être dur, penses-y...).

Bonne journée habibty.

Oh mon Dieu ! Deux semaines ? Je ne sais pas si je dois lui en vouloir de me prévenir que maintenant ou si au contraire je suis excitée. Étant donné mon sourire idiot, j'imagine qu'il s'agit de la deuxième option !

Son deuxième point m'a fait frissonner de désir. Quelle ordure ! Il adore me torturer avec ça.

Je me laisse aller à quelques images de lui et moi en voyage. Je me demande où il peut bien m'emmener. Peut-être à Rome à nouveau ? Je nous imagine plutôt sur une plage de sable fin, mais ça m'irait totalement de revivre ce voyage en tant que jeunes mariés.

Je me mets à nous imaginer dans notre chambre d'hôtel et je sens le rouge me monter aux joues rien que d'y penser. J'ai tellement hâte d'être « peau contre peau » comme il dit si bien…

Oh misère ! Mon rendez-vous chez la gynécologue !

Chapitre 50

J-20

À peine dix minutes que je cours et je suis déjà totalement essoufflée. Il va vraiment falloir que je me remette au sport !

Je rentre en trombe dans la salle d'attente, ce qui me vaut le regard des cinq patientes attendant tranquillement.

Génial, je ne suis pas sortie de sitôt !

Mais bon, je ne vais pas me plaindre, j'ai déjà eu beaucoup de chance que le médecin ait accepté de me prendre entre deux rendez-vous. J'ai dû bien évidemment insister comme une folle auprès de sa secrétaire qui a fini par me passer le docteur en direct. Elle a tout de suite accepté de me revoir. *Quelle chance !*

N'ayant pas de lecture cette fois, je regarde les patientes autour de moi et je m'attarde sur une femme enceinte de quelques mois avec son mari qui lui tient la main. Je ne peux m'empêcher de sourire en nous imaginant Sam et moi, dans quelque temps. Je n'avais jamais pensé me marier un jour, mais avoir un enfant, qu'est-ce que j'ai pu en rêver !

— Mademoiselle Martin.

J'hésite à me lever tellement je suis étonnée qu'elle me prenne en premier alors que je n'avais pas de rendez-vous et que je suis en retard qui plus est. Je remarque l'agacement de quelques patientes et m'avance lentement vers le cabinet, un peu gênée.

Le docteur Cohen sort des documents d'un dossier et attend que je sois installée avant de commencer. Je m'imaginais qu'elle me ferait une réflexion pour avoir oublié de prendre rendez-vous, mais elle n'en fait rien.

— J'ai reçu vos analyses et elles confirment mon diagnostic.

Le regard compatissant du docteur ne me dit rien qui vaille. Même si je ne la connais pas assez pour déterminer de son jugement, je me dis que si elle me fait ses yeux là, c'est que ça craint pour moi.

— Emilie.

Ça alors, jamais un médecin ne m'a appelée par mon prénom !

— Vous souffrez d'une sorte de stérilité. Elle n'est pas définitive, il faudra plus d'examens avant d'être sûrs, mais les analyses et l'examen de l'échographie montrent clairement…

Et bla bla bla et bla bla bla. Je sais que je devrais écouter son explication, mais impossible. Mon cerveau s'est arrêté en même temps que le mot *stérilité*. Et mon cœur avec.

— Emilie ?

Sa douce voix me réveille de cet état que je ne saurais décrire. Je lève mon regard vers elle, qui attend patiemment que je reprenne mes esprits.

— Je… ça veut dire que je ne peux pas avoir d'enfants ?

Ma voix se brise à la fin de ma phrase et les larmes me montent aux yeux. Elle tente de garder son professionnalisme mais le regard de compassion et de pitié qu'elle m'adresse m'achève.

— Comme je vous disais, il faut faire d'autres examens pour approfondir, mais si vous décidez d'en avoir un jour il vous faudra beaucoup de patience et il se peut que vous luttiez durant des années… Et que ça n'arrive jamais.

Mon cœur éclate en mille morceaux. Cette fois, je n'ai plus aucune honte à pleurer devant elle. Je ne tente même pas de retenir mes larmes qui dévalent sur mon visage.

— Je vous propose donc de faire les examens indiqués et nous reparlerons au moment venu de…

— Non ! la coupé-je. Combien je vous dois, s'il vous plaît ?

Elle hésite une seconde puis finit par acquiescer en voyant mon état. Je détourne le visage pour ne plus avoir affaire à son regard compatissant qui me donne la nausée. Il faut que je sorte d'ici ! J'ai l'impression que les murs se rapprochent de moi et que la pièce s'est rétrécie. Je manque d'air !

Docteur Cohen se rapproche de moi et je crois entendre « crise d'angoisse », mais je n'en suis pas sûre. Quand elle pose sa main sur mon épaule, je me lève vivement en ravalant mes larmes.

Une fois sortie de son cabinet, je suffoque presque en aspirant l'air comme si je venais de sortir d'apnée. Cette fois, j'ai vraiment touché le fond. J'ai déjà souffert, mais jamais de cette façon. J'ai mal à l'intérieur, comme si les particules de mon corps se délitaient une à une.

M'installant derrière mon volant j'essaie de souffler et de ne pas paniquer en démarrant mais c'est quasiment impossible. Je ne peux pas conduire dans cet état ! Bien sûr, les crises d'angoisse sont courantes chez beaucoup de gens mais on n'en imagine pas la sensation ni l'ampleur tant qu'on ne l'a pas vécu. J'ai carrément l'impression que je vais mourir étouffée !

Au lieu de canaliser mes nerfs en essayant de positiver, je me mets à faire ce que je ne devrais pas : regarder sur internet. Je sais pourtant que ce n'est pas l'idéal. Fanny me l'a tellement répété ! Dès que l'un de ses enfants est malade, elle y découvre le pire et se met à angoisser pour rien. Mais voilà, c'est plus fort que moi.

C'est la main tremblante que je fais défiler les nombreux témoignages de femmes en ressentant leur douleur. L'une d'entre elles parle carrément de deuil.

J'ouvre un dernier témoignage et rien que les premières lignes m'empêchent de nouveau de respirer :

« *Tout allait bien dans ma vie. Tout allait bien jusqu'à il y a cinq ans. Nous vivions heureux avec mon mari jusqu'à ce que l'envie d'avoir un bébé arrive. Au départ on est juste un peu déçus. Chaque mois qui passe, on se dit que ça finira par arriver. Puis la simple envie devient une véritable obsession. Je consulte le gynécologue est là le verdict tombe : endométriose aiguë. Je peux essayer d'avoir des enfants sans jamais y arriver.*

Si vous avez eu la chance de tomber enceinte rapidement, vous ne pouvez pas savoir ce que c'est et vraiment, je vous ne le souhaite pas. Si vous êtes comme moi, une femme infertile, qui depuis plus de trois ans essaye de faire un bébé, vous le savez : plus le temps passe, plus une simple journée peut être un véritable calvaire...

Après plusieurs années de tentatives et de désespoir, nous avons commencé une procédure d'adoption. Mais là, mon mari se rend soudainement compte que notre couple a trop souffert, que j'ai changé. Il se rend compte que maintenant je suis une femme meurtrie et aigrie. Il finit même par m'avouer sous la colère qu'il voudrait un enfant biologique. Je ne peux pas lui en vouloir, qui voudrait d'une femme comme moi incapable de donner un enfant ? Voilà comment je me retrouve seule et stérile à trente-sept ans. Aujourd'hui je ne vois rien d'autre dans mon avenir proche ou lointain qu'une immense solitude. »

J'essuie toutes les larmes qui ont envahi mon visage en tentant une nouvelle fois de retrouver une respiration normale. Je me suis vue dans ce témoignage comme si c'était moi qui parlais. Je ne veux pas vivre comme ça, je ne veux pas en faire une obsession, et surtout… je ne veux pas lui faire subir ça, à lui.

Je suis carrément obligée de poser ma main sur ma poitrine pour empêcher mon cœur d'exploser quand je m'imagine annoncer cette terrible nouvelle à Samy.

J'éteins mon téléphone. J'ai besoin de réfléchir, mais je sais déjà au fond de moi ce que je dois faire.

Chapitre 51

J'attends depuis plus de trente minutes devant sa porte, les cheveux dégoulinants.

Je suis d'abord allée courir pendant une heure, histoire d'assimiler tout ça et d'être sûre de ma décision. Des tonnes d'idées me sont passées par la tête pendant ma course. J'ai même pensé au fait d'en finir pendant une fraction de seconde. Puis j'ai pensé à tous ces gens qui ont perdu la vie sans le vouloir durant cette soirée et je me suis dit que je n'avais pas le droit de m'apitoyer comme ça sur mon sort.

J'ai ensuite pensé à Sam et son envie folle de fonder une famille avec plusieurs enfants. Il a même négocié pour qu'on en ait minimum trois, alors comment lui dire maintenant qu'il n'en aura même pas un ? Qu'il ne ressentira jamais ce bonheur de tenir son bébé dans ses bras ? Et que nous ne vivrons jamais tous ces moments merveilleux que nous avons tant imaginés en observant des familles dans le parc.

Quand le médecin m'a parlé de stérilité, j'ai ressenti une tristesse profonde, mais surtout une honte insupportable. C'est ça. J'ai honte de ne pas pouvoir faire ce que toute femme qui se respecte fait. J'ai honte de devoir annoncer une telle chose à Samy et de subir son regard humiliant sur moi. Mais je sais que je ne pourrai jamais faire endurer cette souffrance à l'homme que j'aime.

Je suis donc rentrée prendre une douche, si brûlante que ma peau me fait encore mal. Et me voilà maintenant devant chez lui, prête à en finir le plus rapidement possible.

Quand il arrive, ses yeux s'arrondissent d'étonnement de me trouver sur le pas de sa porte.

— Emy… ?

Arrive ensuite la colère.

— Qu'est-ce que tu fais là ? Pourquoi tu as les cheveux mouillés tu es folle ou quoi, il ne fait pas plus de deux degrés dehors !

Vient ensuite la peur.

— Emy… tout va bien ? insiste-t-il en se rapprochant de moi.

Pour finir avec la pitié.

— Viens par là…

— Non !

Je me détache en reculant un maximum possible. Je ne veux surtout pas de pitié ! Je lui demande si nous pouvons entrer cinq minutes avec ma voix tremblante et il acquiesce.

— Tu ne veux pas t'assoir ? propose-t-il, inquiet.

Je reste silencieuse une minute pendant laquelle il me scrute en tentant de comprendre ce qu'il se passe. Je regarde le sol en me répétant en boucle ce discours que j'ai préparé durant ma course.

Je lève mon regard vers le sien. Il se tient debout à un mètre de moi.

— Samy… je suis désolée…

Ma voix se brise avec un sanglot que je n'ai pu retenir. Il se rapproche de moi, mais je pose ma main sur son torse pour l'en empêcher et je recule d'un pas. Je dois être forte.

— C'est fini, Sam.

Ses yeux s'écarquillent et sans que j'aie le temps de le repousser de nouveau, il s'approche de moi pour m'attraper par les bras.

— Emilie, qu'est-ce qui se passe ? J'ai fait quelque chose qui…

— Non ! hurlé-je. Non tu n'as rien fait ! C'est moi, Sam, je suis désolée, c'est trop pour moi.

— Mais qu'est-ce qui est trop ? De quoi tu parles ? demande-t-il en haussant le ton.

Je tente de retirer mes bras qu'il entoure de ses mains, mais il m'en empêche en serrant plus fort.

— Trop de pression. Le regard des gens, de mes parents…

La déception et la douleur qui se lisent clairement sur son visage me fendent le cœur.

— Mais je croyais que tu t'en foutais du regard des gens ! On a déjà parlé de tout ça, tu sais que tu peux tout me dire…

— Non, je ne peux plus, Sam !

Il me lâche enfin et me tourne le dos en posant ses mains sur sa tête. Je ne vais pas supporter ça longtemps.

— Je dois y aller, dis-je à bout de souffle, mes paroles se noyant dans mes larmes.

Il se retourne pour me faire de nouveau face et ses épaules s'affaissent lorsqu'il me voit retirer ma bague pour la lui tendre.

Il se rapproche vivement de ma personne et sans que j'aie le temps de l'en empêcher, il se jette littéralement devant moi, à genoux.

— Non, Sam ne fais pas ça, je t'en supplie.

— C'est moi qui te supplie, Emy. Je t'aime. Je sais que je ne te le dis pas souvent, mais laisse-moi du temps…

— Non Samy, ça n'a rien à voir !

Je hurle en tournant le visage pour ne plus le voir ainsi, me suppliant. C'est pire que tout ce que j'ai pu subir dans ma vie.

Lorsque les larmes se mettent aussi à dévaler ses joues, je sais que j'ai atteint un point de non-retour. Mon cœur va sortir de ma poitrine tellement c'est insupportable. Je suis à deux doigts de revenir sur ma parole, mais je ne peux pas. Il ne sera pas heureux avec une femme comme moi. Si on peut encore considérer que j'en suis une.

Je sais que mon hésitation est palpable et que si je ne suis pas ferme, il ne me lâchera pas. J'ai préparé cette phrase durant des heures, mais c'est avec difficulté que je réussis à la lui dire :

— Je pensais être capable d'accepter tout ça, mais… je ne veux pas de cette vie.

Il me dévisage totalement choqué pendant que je lui ouvre sa main pour y déposer le solitaire. Son regard quitte désormais le mien pour fixer l'anneau entre ses doigts. Son corps se relâche en arrière et ses larmes continuent de couler sur son magnifique visage.

Je profite de son silence pour m'éclipser et quand je me retourne une dernière fois et que je le vois ainsi par terre, la tête baissée vers le sol, un trou se forme dans mon cœur. Un trou que je ne reboucherai sans doute jamais.

Chapitre 52

J-17

Je ne sais pas pourquoi je compte encore, étant donné que tout est désormais terminé. Je parle maintenant d'un rêve en pensant à mon mariage. Un rêve irréalisable, car la seule personne avec qui j'aurais pu m'unir ne veut pas d'une femme comme moi.

J'ai préféré lui mentir sur la raison de la rupture. Pourquoi ? D'abord, car j'avais honte. Trop honte de lui avouer que je suis incapable de lui donner ce dont il a toujours rêvé. Et aussi, car je ne voulais pas qu'il accepte de rester avec moi, par pitié ou autre. Et qu'il le regrette ensuite. Car c'est sûr, il l'aurait regretté.

Je suis allongée sur mon lit, avec un mal de crâne qui ne me quitte pas depuis trois jours. Dû à la fatigue, mais surtout à mes larmes incessantes.

La vie est tellement injuste ! Après tout ce que nous avons traversé, après toute cette lutte pour notre amour, voilà qu'au dernier moment notre union n'est finalement pas possible. Je repense à toutes ces fois où Sam m'a quittée pour sa raison. Quelle ironie du sort : cette fois c'est la mienne qui m'a obligée à le faire.

Je ne peux m'empêcher de me demander si ce n'est pas Dieu qui aurait créé toutes ces barrières lui-même pour nous séparer.

Je n'avais jamais pensé à toutes ces femmes qui ne peuvent pas avoir d'enfants. Jamais je n'aurais imaginé que la souffrance était aussi intense. Et l'humiliation que l'on ressent est totalement hors de contrôle.

Je sors de mes pensées en entendant frapper à la porte. Je m'y approche doucement en attendant de savoir de qui il s'agit. Je ne pourrais pas supporter de le voir encore une fois. Même si je meurs d'envie d'avoir de ses nouvelles, de le voir, de le sentir… Son silence de ces trois derniers jours montre clairement sa déception. J'ai tellement mal.

— Emilie… ?

Ma mère ? Ce n'est pas possible…

Je la laisse cogner encore sans ouvrir. Je n'ai pas envie de supporter sa joie en lui annonçant ma séparation avec Samy. Et je n'ai envie de parler à personne ! C'est d'ailleurs la raison pour laquelle j'ai répondu aux filles que tout allait bien à leur message de ce matin.

J'entends mon téléphone vibrer, heureusement qu'il n'est pas en sonnerie. Un message de ma mère qui me demande où je suis et qu'elle m'attend devant chez moi. Et merde !

Je décide finalement de lui ouvrir, sans même prendre la peine de ranger, ce qui est rare quand elle débarque.

— Qu'est-ce que tu veux ?

Elle ne répond même pas et fonce dans mon salon en grimaçant quand elle aperçoit le bazar.

— J'imagine que je mérite cet accueil…

Son air autoritaire s'efface pour laisser place à autre chose : de la tristesse ?

— Tu me manques, Emy.

Cette seule phrase suffit pour que ma rage à son égard s'évapore. Aussi car je n'ai plus la force de lutter.

— Oh maman !

Ses yeux s'arrondissent en me voyant éclater en sanglots devant elle. Elle ne s'y attendait pas à celle-là ! Le pire, c'est que moi non plus.

— Chérie ? demande-t-elle en se rapprochant.

— Je vis un vrai cauchemar maman, aide-moi, je t'en supplie.

— Oh mon Dieu, ma puce !

Elle lâche toutes ses affaires sur le sol pour venir me prendre dans ses bras. Dieu ce que ça fait du bien. Mon âme est toujours aussi détruite, mais ça fait du bien.

Elle me caresse la moitié du visage, l'autre étant collé au-dessus de sa poitrine. Je pleure tellement bruyamment que j'ai l'impression de laisser échapper toute ma rage. Et pour une fois, elle ne me déçoit pas en me posant des milliers de questions. Non, elle reste là sans rien dire, en me laissant exprimer ma douleur.

***

Plus tard, je dépose nos deux thés sur la table basse avant de m'installer en face d'elle.

— Merci, ma chérie.

La seule chose que maman ait dite depuis mon spectacle. Je lui ai tout raconté en détail et j'ai apprécié le fait qu'elle ne me coupe pas et m'écoute avec attention.

— Alors, tu l'aimes vraiment hein ? demande-t-elle.

— Ça a peu d'importance maintenant.

J'ai envie de lui balancer « tu dois être contente » ou un truc du genre, mais je laisse tomber. Elle n'est pas venue déclarer la guerre, ça ne sert à rien de repousser l'une des seules personnes qui puissent m'aider. Jamais je n'aurais pensé avoir besoin d'aide de la part de ma mère, mais j'en suis persuadée aujourd'hui. Je suis à la limite de lui demander de rester dormir.

— Oh putain ! dis-je en posant ma main sur la bouche.

— Quoi ?

— Mon appartement ! J'ai donné mon préavis et je dois le quitter dans trois semaines !

Finalement, ce n'est pas plus mal. Il faut que je me ressaisisse et que je change de vie. Et puis il me faisait horreur ces derniers temps et je doute que ça change vu la tournure de ma vie.

— Tu sais, chérie, ne désespère pas. On m'avait signalé un problème de fertilité quand j'étais jeune et… tu es bel et bien là.

Elle me sourit affectueusement. Mais oui, je me souviens que maman m'avait raconté qu'ils avaient mis des années à m'avoir et que j'avais été un véritable miracle. Elle me raconte alors avoir mis trois ans avant de tomber enceinte. Ils ont ensuite essayé d'avoir un autre enfant, mais ça ne venait pas et ils ont décidé de laisser tomber.

— Ce n'est pas un problème de fertilité, maman. Le médecin m'a clairement parlé de stérilité. Tu sais ce que ça veut dire…

— Tu n'as pas tes analyses ? m'interroge-t-elle.

— Non, comme je t'ai dit je les ai oubliées chez le docteur, mais peut-être que je devrais regarder dans ma boîte à lettres si elle me les a envoyées.

— Ah, j'ai pris ton courrier !

Je la fusille du regard.

— Ta boîte aux lettres débordait ! se justifie-t-elle en me désignant la table du salon avec une énorme pile.

Je prends conscience que j'hiberne depuis trois jours. Avec difficulté, je me lève pour aller faire le tri. Quand je retrouve la lettre du gynécologue, je la lui tends et mon geste l'étonne.

— Merci de me laisser rentrer de nouveau dans ta vie, ma chérie.

— C'est facile maintenant qu'il n'est plus là ! ne puis-je m'empêcher de balancer.

— Arrête, je suis venue sans savoir tout ça.

— Et tu comptais me dire quoi ?

— Je comptais te dire que je n'approuvais pas ce mariage…

Je soupire, mais elle poursuit :

— Mais que j'acceptais ta décision et que je serais bien présente.

Les larmes reviennent en me rappelant que tout est fini. Alors que maman accepte enfin, une autre nouvelle vient tout gâcher.

— Je sais que j'étais excessive, mais tu sais, j'ai eu peur.

Je l'écoute en mettant de côté toute la pub pour la mettre à la poubelle.

— De te voir changer comme ça… tu n'étais plus la même ! Et d'un coup, tu m'annonces que tu te maries ! Je me suis dit que tu t'étais fait embobiner. Et puis cette publicité de l'état comme quoi il faut surveiller ses enfants…

— De quoi tu parles ? demandé-je intriguée.

— Tu sais, le gouvernement a mis un numéro d'alerte en place si on soupçonne quoi que ce soit de la part de quelqu'un.

Sa voix s'est adoucie et son regard dévie vers le sol. Je sais de quoi elle parle. Tout le monde eut peur après les attentats. Peur que ça recommence. Peur des voisins, musulman et pratiquant. Peur du boulanger marocain en bas de la rue. De la femme voilée qui emmenait ses enfants à l'école. Peur du barbu qui attend lui aussi à l'arrêt de bus. Alors, tout le monde s'est méfié de tout le monde. Et les numéros d'alerte de l'état ont été submergés par les appels de gens qui avaient peur. Qui ont fait l'amalgame. Comme elle. Ma mère.

— Maman ?

Elle lève les yeux vers moi sachant déjà ce que je vais lui demander.

— Ne me dis pas que tu as appelé ce numéro ?

Ma mère se lève brusquement et se rapproche de moi.

— Pardon, ma chérie, je suis désolée, j'étais tellement terrorisée quand il y a eu cet attentat tout près de chez toi, je ne savais plus quoi faire…

— Bordel de merde ! hurlé-je. Mais tu es complètement folle ?

Tout à coup, je pars dans mes pensées, n'écoutant même plus les excuses et explications de ma mère et j'ouvre grand la bouche. Elle m'a dénoncée aux flics en pensant que Samy m'enrôlait dans une espèce de guerre de religions et d'idée.2

— Le cambriolage ! m'exclamé-je en la coupant.

— Pardon ?

— Je me suis fait cambrioler, maman ! Enfin je pensais que c'était un cambriolage, mais… quand as-tu appelé pour me dénoncer ?

— Euh… environ deux semaines après l'attentat.

Oh putain ! Ça correspond.

— Tu es inconsciente ou quoi ? Tu pensais qu'ils n'allaient rien faire ?

---

2. Après les attentats parisiens, l'état d'alerte général a été déclaré par le gouvernement français et se faisant de nombreuses personnes ont été arrêtées et fichées « s » pour avoir déclaré un lien avec les djihadistes terroristes « Daesh » et être clairement déclaré ou soupçonnés être radicalisés islamiste.

— Comment ça ?

— Mais, maman ! Des gens ont été tués ! Ils ont fouillé mon appartement, ce n'est pas clair pour toi ?

Elle pose sa main sur sa bouche en comprenant enfin. Quelle gourde !

— Oh non, Emy, je suis tellement désolée, je ne savais plus quoi faire…

Je ne l'écoute même plus déblatérer les raisons qui l'ont poussée à faire cette connerie. Bizarrement, je suis soulagée que ce ne soit pas Pablo ou un autre dingue qui soit rentré chez moi juste pour renifler mes petites culottes.

Je suis à bout de forces, totalement épuisée de tout ça ! Je m'apprête à demander à ma mère de quitter l'appartement quand j'aperçois une lettre avec uniquement mon prénom écrit dessus. Je reconnais tout de suite son écriture. C'est lui ! Sam m'aurait-il écrit une lettre ? J'en doute, ce n'est pas son style. Peut-être m'envoie-t-il la facture de tout ce qu'il a dû avancer pour le mariage ? Ce n'est pas non plus son genre…

— Attends, maman, s'il te plaît, dis-je en levant la main pour qu'elle se taise.

Sans attendre une seconde de plus, je déchire l'enveloppe et je m'assois en découvrant une longue lettre manuscrite. Je frissonne rien qu'en commençant à lire, je sais que ça va être dur mais en même temps, je me sens apaisée de le sentir me parler. Ma mère comprend immédiatement en s'écartant pour me laisser tranquille. Je respire profondément et commence ma lecture.

« *Emilie. Emy. Habibty.*

Quand je t'ai connue il y a presque deux ans, jamais je n'aurais imaginé éprouver autant d'amour. De toute ma vie, je n'aurais jamais pensé aimer autant quelqu'un tout court.

J'avais un idéal en tête qui était totalement erroné, car en réalité, ce que j'ai toujours voulu c'est un amour sincère et profond. De la complicité et des concessions. Tu m'as toujours apporté toutes ces choses sans jamais me décevoir.

Non tu ne m'as pas déçu. J'ai repensé à tout ce que tu m'as dit et j'ai du mal à croire que ce soit la vraie raison. S'il y a autre chose, Emy, je t'en supplie dis-le-moi. Tu peux tout me dire.

Je ne peux pas croire que tu aies changé d'avis à cause du regard des gens, je sais que tu es plus forte que ça. Mais si telle est réellement la raison alors, laisse-nous du temps. Reportons le mariage, mais donne-nous une chance.

Je me sens minable d'insister comme ça, mais je me devais d'essayer avant de te laisser tranquille. Car si c'est réellement ce que tu veux, une vie sans moi, alors je l'accepterai. Tu mérites d'être heureuse et d'avoir la vie que tu souhaites. Ça me rend terriblement triste de me dire que je ne suis pas l'homme qui te rendra heureuse, mais comme je te l'ai toujours dit, pour moi, la priorité est ton bonheur et non le mien.

J'aimerais te demander une dernière chose. Écoute une chanson pour moi.

Dès que j'entendais ce que tu appelles « notre chanson », je ne pouvais m'empêcher de penser à toi, de t'imaginer prendre des photos comme tu sais si bien faire. J'admire tellement cette passion devenue réelle pour toi. Tu n'imagines pas comme j'aime te voir prendre des photos.

Aujourd'hui, en jouant plusieurs morceaux de guitare pour tenter de tenir bon après que tu sois partie, une nouvelle chanson m'a fait penser à toi. Les paroles reflètent ce que je ressens pour toi. Ce que je n'ai jamais su te dire.

Écoute-la, maintenant. Kodaline - All I want.

Je t'aime pour toujours et même si nos chemins se séparent, tu resteras à jamais gravée dans mon cœur.

Samy.

J'essuie les larmes de mon visage avant de refermer la lettre et j'attrape mon téléphone pour taper la chanson que je ne connais pas. Je la lance sur YouTube et je mets mes écouteurs. Je regarde ma mère qui, dans l'incompréhension, se dirige vers la table du salon pour attraper la lettre. Elle hésite une seconde, mais je lui fais un signe de la tête et elle commence à la lire. Je ferme les yeux pour me concentrer sur ce que j'écoute et je souris en entendant l'instrument. De la guitare bien évidemment. Je l'imagine jouer pour moi et je fonds en écoutant les paroles…

All I want is nothing more
Tout ce que je veux ce n'est rien d'autre
To hear you knocking at my door
Que de t'entendre frapper à ma porte
'Cause if I could see your face once more
Parce que si je pouvais voir ton visage une fois encore
I could die as a happy man I'm sure
Je pourrais mourir heureux, c'est sûr
When you said your last goodbye
Quand tu as prononcé ton dernier au revoir
I died a little bit inside
Je suis un peu mort à l'intérieur
I lay in tears in bed all night
Je m'allonge en pleurs toute la nuit
Alone without you by my side
Seul sans toi à mes côtés
But If you loved me
Mais si tu m'aimais
Why did you leave me?
Pourquoi m'as-tu quitté ?

Take my body
Prends mon corps
All I want is
Tout ce que je veux
Like you
Comme toi
'Cause you brought out the best of me
Parce que tu as fait ressortir le meilleur de moi
A part of me I'd never seen
Une part de moi que je n'avais jamais vue
You took my soul and wiped it clean
Tu as pris mon âme et tu l'as purifiée
Our love was made for movie screens
Notre amour était fait pour des écrans de cinéma

C'est encore plus beau qu'une déclaration d'amour. Samy a toujours su me parler à travers la musique, mais celle-là est de loin la plus belle qu'il m'ait faite écouter.

Maman, totalement émue de sa lecture, tente une nouvelle fois de me parler, mais je relance la chanson en l'ignorant. Elle m'apaise.

Je me laisse aller en m'allongeant sur mon canapé et je ferme les yeux une fois de plus en me concentrant sur cette image de lui en train de jouer de la guitare. Les paroles me font vibrer. « Mais si tu m'aimais, pourquoi m'as-tu quitté ? ». Car contrairement à ce qu'il pense, je suis trop lâche pour lui avouer la vérité. Et tout comme lui, ma priorité est son bonheur.

Quand la musique se termine et que j'ouvre les yeux, ma mère est carrément près de moi, un peu paniquée. Je me relève agacée en retirant mes écouteurs. Je crois que je vais lui dire de rentrer pour pouvoir l'écouter tranquillement encore et encore.

— Quoi maman ? demandé-je dans un soupir.

— Je suis désolée, ça a frappé à la porte et...

— Bonjour Emy.

Mon cœur s'arrête au son de sa voix. Je me lève rapidement pour lui faire face. Son visage est marqué par la fatigue et sa barbe beaucoup plus longue que d'habitude. Je ne l'ai jamais vu aussi débraillé ! Il reste beau à en faire mal aux yeux.

— Je suis désolé, je voulais juste savoir si tu allais bien, mais je ne savais pas que tu étais occupée...

— Je viens de lire ta lettre, annoncé-je.

— Oh, dit-il en baissant son regard au sol. Je ne comprenais pas que tu ne me répondes pas. C'est pour ça que je suis venu.

— Sam...

Je prends une profonde inspiration avant de continuer :

— Je n'ai jamais douté de ton amour. Ne pense pas que c'est ta faute, je t'en prie.

Il se rapproche, une lueur d'espoir dans ses yeux.

— Alors quoi ?

Il se tourne vers ma mère, croyant enfin comprendre et sans que j'aie le temps de le retenir, il fonce vers elle.

— Madame, je vous en prie, je vous en conjure, laissez-moi une chance...

— Samy, non ! dis-je en me plaçant à côté de ma mère qui décide de prendre la parole :

— Ma fille ne m'a jamais écoutée, vous savez. Je ne suis pas la cause de tout ça, mon garçon.

Mon garçon ? Je me tourne vers elle tellement étonnée que ma mâchoire est à deux doigts de toucher le sol.

— Mais alors quoi, Emy, dis-moi. J'ai le droit de savoir. Ne me laisse pas comme ça, je t'en prie, je ferai tout ce qu'il faudra.

Sans que je dise quoi que ce soit, maman s'éloigne pour nous laisser un peu d'intimité. Je baisse les yeux au sol, gênée.

— Je suis stérile, dis-je de but en blanc sans réfléchir.

Il me fixe silencieusement et je poursuis pour lui éviter d'avoir à dire quoi que ce soit.

— Tu peux partir maintenant, je ne te demande rien, Sam. C'est normal que tu ne veuilles plus de moi.

— Emy…

En se rapprochant, il se frotte le menton de la main mais curieusement aucune pitié n'apparaît dans ses beaux yeux bruns.

— C'est toi que je veux plus que tout au monde. Avec toutes les concessions que j'ai faites, comment peux-tu croire que je ne veuille plus de toi ?

— Sam, tu veux tellement avoir des enfants, je ne peux pas te faire ça !

— Ça serait te mentir de dire que je n'en veux pas. Mais ma priorité, c'est toi. Je préfère m'imaginer sans enfants que sans toi.

— Arrête, Sam, tu dis ça maintenant ! dis-je en détournant le visage.

— Écoute, Emy. Si je te dis que d'une manière ou d'une autre nous aurons des enfants ?

— Non, tu ne comprends pas, je…

— Euh, excusez-moi, nous coupe ma mère.

Elle se rapproche de nous avec mes analyses dans les mains.

— Tu as le même problème que moi, Emilie, et pourtant, tu es là.

— Tu es sûre que c'est le même problème ? l'interrogé-je agacée.

— Oh oui, comment oublier une chose pareille ?!

— Ça veut dire qu'elle pourrait avoir des enfants ? demande Samy plein d'espoir.

Je ne laisse pas ma mère lui répondre. Je ne veux pas lui faire de fausses joies.

— Oui, mais c'est beaucoup de travail pour peut-être ne jamais y arriver ! Sam, j'ai regardé sur internet, des milliers de femmes ayant la même chose que moi n'ont jamais réussi à en avoir, même après des années de lutte !

— Et beaucoup d'autres comme moi ont pu en avoir, déclare ma mère.

— Maman ! la grondé-je.

— Emilie…, murmure Sam en se rapprochant encore plus.

Doucement, il attrape ma main pour la placer entre les siennes. Ma peau brûle à son contact, c'est si bon de le sentir.

— Si tu m'aimes et que tu veux de moi, la décision m'appartient.

— Mais… et si…

— Et si rien du tout. Car je te fais la promesse que si tu m'épouses, nous aurons des enfants. Peu importe comment, on en aura.

Un soulagement m'envahit rien que de l'entendre me dire toutes ces choses. Je lui ai toujours fait confiance et il m'a toujours prouvé que l'impossible était possible.

Samy me lâche la main pour sortir ma bague de sa poche et il me fixe intensément en attendant une réaction de ma part. Son regard est suppliant et débordant d'amour.

Je lui tends alors ma main et il remet la bague à sa place avant que je me précipite dans ses bras. Ses bras musclés qui m'enveloppent, mélangés à son odeur enivrante, me ramènent au pays des vivants.

Ce n'est que lorsque nous entendons ma mère tousser nerveusement, quelques minutes plus tard, que nous nous relâchons.

— Je vais vous laisser, lâche-t-elle.

Je hoche la tête, mais Samy la retient.

— Non restez. S'il vous plaît.

Ma mère le fixe d'un air plus que surpris.

— Non je ne veux pas… je ne sais pas… bégaie-t-elle en secouant la tête.

— Reprenons tout simplement depuis le début, vous voulez bien ?

Elle continue de le fixer de ses grands yeux ahuris.

— Enchanté, moi, c'est Samy, dit-il en s'approchant d'elle la main tendue.

Maman hésite avant de la lui prendre.

— Enchantée, Samy. Moi, c'est Carole.

Chapitre 53

J-14

C'est reparti. Le décompte des jours, le stress, mais surtout, la joie de me dire qu'il ne reste plus beaucoup de temps maintenant. Finalement, je suis heureuse que l'on n'ait pas décidé d'attendre plus longtemps pour se marier. Le mauvais sort s'est joué de nous et la vie ne nous a pas épargnés, mais malgré tout ce qu'on a pu affronter ces derniers mois, on est restés unis et plus forts que jamais. Je suis les conseils de Samy pour ne plus penser à tout ça et ce n'est pas trop difficile étant donné toutes les choses que j'ai à faire avant le grand jour.

Je l'appelle avant de frapper à sa porte.

— Oui, bébé ? décroche-t-il.

— Je suis devant chez toi, mais attends, s'il te plaît.

— Qu'est-ce qu'il y a, Emilie ?

Je sens de l'inquiétude dans sa voix et mon cœur me fait mal en repensant à ce que je lui ai fait subir ces derniers jours.

— Tout va bien. J'ai une surprise et j'aimerais que tu ne la voies pas tout de suite. Promets-moi de fermer les yeux en m'ouvrant la porte et attends-moi dans ton salon.

— Tu es sérieuse ?

Au son de sa voix, je détecte un sourire.

— Oui, joue le jeu, s'il te plaît !

J'entends la clé dans la serrure et plus rien. J'entre alors et je souris en voyant qu'il a fait ce que je lui ai demandé. Il est face à la fenêtre du salon, dos à moi.

— Ne te retourne pas encore, lui ordonné-je.

— Pitié, dis-moi que tu n'es pas toute nue au milieu de mon salon.

Je glousse et j'avoue ressentir de drôles de sensations au ventre en imaginant la scène. Mon rire finit par l'inquiéter.

— Emy, si c'est ça, rhabille-toi immédiatement, car je ne tiendrais pas et on se marie dans à peine…

— Ce n'est pas ça, chéri.

— OK, lâche-t-il rassuré.

Je m'installe rapidement et je ne peux m'empêcher de l'admirer. Il porte un pantalon beige qui met incroyablement ses jolies fesses en valeur, surtout quand il a les mains dans ses poches comme ça. Son t-shirt blanc laisse entrevoir son dos musclé.

— C'est bon, tu peux regarder.

Il se retourne doucement et son léger sourire en coin s'efface quand il aperçoit mon cadeau. Une magnifique guitare marron.

— Emy !

— Tu m'as dit que tu jouerais pour moi autant que je te le demanderais donc j'ai pensé que ça serait plus sympa avec ta guitare à toi.

— Non, tu n'aurais pas dû.

Il s'approche pour l'admirer sans s'empêcher de la caresser malgré son air désapprobateur. Je le sens émerveillé.

— Mais… pourquoi tu as fait ça ?

— Pour plusieurs raisons.

Il lâche enfin son cadeau des yeux pour me fixer afin que j'en dise plus.

— Déjà, parce qu'il est hors de question que mon salaire ne serve qu'à moi et que tu paies tout.

Il ouvre la bouche, mais je pose mon doigt sur ses lèvres.

— Étant donné que je sais que ce n'est pas négociable, je trouverai d'autres moyens pour que tu en profites aussi.

— Emy…

— C'est aussi pour te remercier. Pour tout ce que tu fais pour moi. Tout ce que tu acceptes pour moi. J'ai de la chance de t'avoir.

— C'est moi qui ai de la chance, dit-il en caressant la guitare une nouvelle fois.

— Et aussi, car j'aime te faire plaisir et que… malgré que tu ne me le montres pas, je sais que ce cadeau te plaît.

Sam ne me contredit pas, il se contente de rester silencieux.

— Tu joues pour moi ? lui demandé-je en clignant des yeux.

Il hoche la tête et je m'installe pendant qu'il la règle. Je ne lui dis pas encore, mais je compte bien le pousser à jouer plus souvent, et pas que devant moi. Je suis persuadée que sa famille serait fière de le voir jouer aussi bien, contrairement à ce qu'il pense. Mais bon, chaque chose en son temps…

— Prête ?

Je secoue vivement la tête et il démarre doucement. À peine les premiers sons résonnent que ma poitrine me brûle. Je le dévore des yeux pendant qu'il gratte les cordes de son nouvel instrument. Une fois bien habitué à sa nouvelle guitare, il continue de jouer en la lâchant des yeux pour planter son regard dans le mien. Je fonds complètement ! Je ne me lasserai jamais de le voir jouer.

Puis il s'arrête, appuie son visage sur l'instrument et me dévore du regard si amoureusement que je me sens à deux doigts de m'évanouir.

— Merci, bébé.

Mon esprit divague encore une fois vers des pensées que je ne devrais pas avoir.

— Ça tombe bien, moi aussi j'ai une surprise pour toi…

Je croise les bras sur ma poitrine.

— Ben voyons ! Mauvais joueur !

Il hausse un sourcil.

— Mauvais joueur ? Parce que tu crois avoir gagné une partie en m'offrant une guitare hors de prix ?

— Oui ! réponds-je fièrement.

Il rit en me faisant signe d'aller dans sa chambre.

— Hum… ?

— Le cadeau est là-bas, m'informe-t-il.

Je fais mine de bouder, mais je suis en réalité impatiente de voir la surprise qu'il m'a réservée.

En ouvrant la porte, je balaie la pièce du regard et aperçois un sac noir au pied du lit. Sam me rejoint avant que je n'aie eu le temps de m'en approcher et entoure ma taille de ses bras avant de coller mon dos à son torse et de parler dans mon oreille de façon très intime :

— Avec tout ce qu'on a traversé ces derniers temps, je me suis dit qu'un petit week-end ne nous ferait pas de mal.

— Un week-end ? Deux semaines avant notre mariage ?

— Oui.

Je me retourne pour lui faire face.

— Impossible !

— On ne part que deux jours, bébé. On a besoin de se retrouver. Rien que toi et moi.

J'hésite une seconde. Il n'a pas tort, surtout après ce que nous avons subi cette semaine. Je grimace rien que de l'imaginer à genoux me suppliant de ne pas le quitter. Cette image m'est insupportable !

— J'allais passer te prendre dans une heure avant que tu ne débarques ici.

J'essaie de lister dans ma tête tout ce que j'avais prévu de faire ce week-end, mais partir avec lui reste bien plus tentant…

— Et… où va-t-on dormir ?

Il sourit.

— J'ai loué quelque chose.

— Mais…

— On est deux adultes responsables, on sait se tenir, non ?

Je hoche la tête et il s'esclaffe, car il sait pertinemment que je mens.

Chapitre 54

— Un week-end à la montagne ? m'exclamé-je.

Je n'ai pas vraiment essayé de trouver où il m'emmenait tellement ça n'avait pas d'importance. Samy m'a juste demandé de prendre mon appareil photo en récupérant mes affaires chez moi donc j'avais plutôt pensé à la visite d'une grande ville que je ne connais pas.

Peu importe l'endroit, me retrouver avec lui pendant deux jours me rend si heureuse.

Il n'y a que maintenant que je vois les grosses montagnes enneigées au loin que je pense avoir compris.

J'ai dormi plus de la moitié du trajet tant j'avais du retard de sommeil à rattraper et nous avons discuté planification mariage le reste du temps. Enfin, *j'ai* parlé planification du mariage. Samy lui s'est contenté de hocher la tête.

— J'adore la montagne, ça fait des années que je n'y suis pas allée.

— Je sais, dit-il en continuant de regarder la route.

— Et toi ?

— L'année dernière. Et j'espère qu'on ira au moins une fois par an.

— Avec plaisir.

Où n'irais-je pas avec lui ? Je pose ma main sur sa cuisse et il gigote, mal à l'aise.

— Tout va bien ?

— Oui, *habibty*, je suis juste fatigué, je n'ai pas dormi tout le trajet, moi.

Il pose sa main sur la mienne en m'adressant un sourire en coin.

***

C'est en sentant la voiture s'arrêter que je me réveille doucement. Comme un chat paresseux, je me frotte les yeux puis les plisse face aux rayons brillants du soleil tout en essayant de deviner les contours du site où nous nous trouvons. Je finis par apercevoir un petit chalet au milieu d'un magnifique paysage enneigé.

— J'espère que l'endroit te plaît, marmotte.

Je sors rapidement de la voiture et mon premier réflexe est de remplir mes poumons de cet air frais si agréable. Je tourne en rond pour admirer tout ce qu'il y a autour. Pas grand-chose, mais énormément à la fois.

Quand je relève le visage vers l'horizon, une multitude de montagnes de différentes tailles nous surplombent. *Époustouflant !*

En bas, on aperçoit une immense prairie avec au milieu, une petite colline.

— On s'installe ? me propose Sam. On ira se balader après.

— Oh oui, dis-je en sautillant.

En rentrant dans le chalet, ma surprise ne diminue pas. Ce n'est pas très grand, mais d'un cachet hors du commun. Un style ancien tout en bois avec une énorme cheminée en plein milieu du salon.

— Waouh, Sam !

Il sourit en posant nos sacs dans l'entrée.

— C'est dommage qu'on y reste qu'une seule nuit…, avoué-je en retroussant ma lèvre inférieure.

— On reviendra quand on pourra profiter de ça.

Il me montre l'énorme tapis en fourrure blanche et ma déception en imaginant ce qu'on aurait pu y faire tous les deux est plus que perceptible. *Quel gâchis !* Venir dans un endroit pareil et ne pas pouvoir s'en donner à cœur joie…

En arrivant dans la chambre pour me changer, je hurle presque de surprise et d'horreur.

— Euh… Samy ?

— Oui ?

— C'est quoi tout ça ?

Je lui désigne deux combinaisons ainsi qu'une planche de surf et des skis.

— Tu m'as dit que tu savais skier…

— Quoi ? Non, attends, je t'ai dit que je skiais quand j'étais ado ! Je n'y suis plus allée depuis… tu sais bien !

Je me souviens alors avoir dit à Sam à quel point les vacances au ski avec mes parents me manquaient, mais j'ai peut-être oublié de lui préciser que ce sont les vacances en famille qui me manquaient et pas ce sport en lui-même. À vrai dire, je n'ai jamais été très douée, c'est mon père qui adorait surtout ça, et avec maman, on passait la majeure partie de notre temps au spa.

— Le ski, c'est comme le sexe, ça ne s'oublie pas… même après plusieurs mois.

Son sourire coquin et le fait qu'il retire son t-shirt en le passant par-dessus sa tête et contractant par la même occasion ses abdos me font oublier momentanément le sujet de notre conversation. Comme il me rend dingue ! Une douce chaleur me colore les joues et je souffle comme un ballon de baudruche qui se dégonflerait.

De quoi on parlait déjà ?

Tandis que Sam se rhabille en enfilant sa combinaison, tout me revient d'un coup.

— Et puis franchement, skier deux semaines avant notre mariage ? Avec la poisse qu'on a eue ces derniers temps…

— Allez, bébé, calme-toi. Ce moment est fait pour nous déstresser, profiter. On ira doucement. Tu vas aimer, fais-moi confiance.

— OK, l'imité-je fièrement sans hésiter.

Sans qu'il n'ait le temps de réagir, j'ôte mon pull que je laisse tomber au sol et me retrouve en soutien-gorge devant lui. Si j'avais su qu'il me verrait ainsi aujourd'hui j'aurais opté pour une jolie lingerie ce matin plutôt que ce soutien-gorge en coton blanc. Mais vu comment il me regarde, ça n'a pas l'air d'avoir d'importance.

Il est tellement choqué qu'il me fixe pendant quelques secondes sans rien dire avant de déglutir. Je souris, fière de moi, avant d'enfiler une polaire posée sur le lit.

Mon fiancé secoue la tête en soupirant fortement avant de sortir de la chambre l'air désespéré. Je suis tellement contente de moi que je ne peux m'empêcher de rire, même si son regard enflammé m'a sûrement bien plus excitée que lui.

***

Comme je m'en doutais, j'ai l'air d'une vraie empotée sur mes skis. Je reste dans ma position chasse-neige tout en regardant les autres défiler devant moi.

Samy, lui, a grimpé comme un pro sur son snowboard comme s'il avait fait ça toute sa vie. Il zigzague comme un vrai maître dans la neige à une vitesse incroyable.

Évidemment, ce corps de sportif ne sert pas juste à être admiré !

— Quand vas-tu arrêter de me surprendre comme ça ? demandé-je une fois revenu vers moi après m'avoir fièrement montré ce qu'il savait faire.

Il s'approche vivement en dérapage pour m'éclabousser de neige et, alors que je crois qu'il va me donner sa main pour m'aider, il me pousse carrément et je me retrouve assise comme une gourde avec mes skis.

Je pousse un cri avant qu'il se laisse tomber près de moi.

— Ça, c'est pour m'avoir délibérément montré tes jolis seins.

Il pose un baiser sur le coin de ma lèvre et je le pousse en arrière en riant.

— Écoute, bébé. Le ski, c'est un peu comme quand tu cours. Tu dois te faire confiance, te lâcher ! Si tu n'as pas peur, tu y arriveras.

— Bien sûr que j'ai peur ! Si je me casse la gueule, je suis bonne à venir plâtrée à mon propre mariage !

— Je te promets que cela n'arrivera pas.

Pourquoi j'ai envie de lui faire confiance comme si Dieu lui-même me disait ça ?

— Ne pense plus à tous tes problèmes, profite, évade-toi l'esprit !

Il se lève et me tend ses bras pour m'aider à me relever.

— Ça devrait t'aider…

Il sort des écouteurs de sa poche. Bien sûr ! La musique, j'aurais dû y penser avant. Il glisse doucement devant moi en me demandant de le suivre.

Nous rions à quelques chutes désastreuses, mais je prends assez vite le pli. Une fois un peu plus à l'aise, il me tend son téléphone.

— Écoute ça maintenant et suis-moi.

Je place les écouteurs dans mes oreilles et la musique qu'il adore de One republic - *I lived* (j'ai vécu) démarre. La dernière fois qu'il me l'a fait écouter, nous étions à Rome et de magnifiques images me reviennent alors en tête. Mais aujourd'hui, ça ne pouvait pas mieux tomber, il a su encore une fois trouver celle qu'il fallait.

Hope when you take that jump
J'espère que quand tu fais ce saut

You don't fear the fall
Tu ne crains pas la chute

Hope when the water rises
J'espère que lorsque l'eau monte

You build a wall
Tu construis un mur

Il me fait alors signe de le suivre, et comme si la musique avait des effets miraculeux, j'avance lentement, mais beaucoup plus confiante cette fois. Je commence calmement en ouvrant peu à peu mes skis et mon envie d'accélérer augmente au rythme de la musique, mais aussi de voir Samy me regarder, fier de moi.

Quand le refrain démarre, je me sens pousser des ailes et mes skis glissent maintenant à une vitesse plus soutenue. Mon cœur s'accélère avec la peur de chuter, mais c'est encore plus dû à l'excitation que cela me procure. Je ferme parfois les yeux pour me concentrer sur la musique ainsi que sur l'air frais que je respire et qui frappe agréablement mon visage.

I, I did it all
Moi, j'ai tout fait
I owned every second
J'ai possédé chaque seconde

J'écoute une nouvelle fois le refrain en suivant Sam de plus en plus près. C'est dingue, je me rends compte que maintenant de la signification des paroles ! Je repense à toutes ces fois où il la passait et c'était toujours pour me faire penser à autre chose en profitant du moment présent. Devant le Colisée pour ne pas penser à notre future séparation ou aujourd'hui pour profiter de ce moment intense au lieu de stresser pour notre mariage.

Encore une fois, mon cœur déborde d'émotions et je me demande alors si toute ma vie sera comme ça avec lui. Des milliers de sensations puissantes à la moindre occasion.

Quand nous arrivons au bas des pistes, je retire mes écouteurs, totalement essoufflée, pour pouvoir l'entendre.

— Qui a dit que tu ne savais pas skier ? Tu as été super, Emy !

Il est si enthousiaste et fier que mes tripes se retournent de plus belle. Je lui souris et replace mes écouteurs en lui criant :

— On y retourne ?

***

J'enveloppe l'énorme serviette autour de mon corps en sortant de ma bonne douche chaude. Mes jambes tremblent encore de cet après-midi intense et je sens que les courbatures ne vont pas tarder à se manifester.

Je me précipite dans le salon avec l'envie de faire tomber accidentellement ma serviette devant Samy, histoire de continuer notre petit jeu, mais je reste figée en le voyant endormi sur le canapé en face de la cheminée.

Il a beaucoup conduit et après notre après-midi sportif, je décide de le laisser se reposer avant de dîner. Nous avons continué sur les pistes jusqu'à ce que la nuit tombe, mais j'aurais pu y rester encore des heures et des heures.

Une fois habillée et les cheveux secs, mon beau prince est toujours endormi, mais je décide de le réveiller, cette fois. Je m'allonge près de lui en lui embrassant doucement la joue jusqu'à ce qu'il ouvre les yeux. Il se lève brusquement.

— Tu es prête ? Allons dîner.

***

De retour au chalet, je n'arrête pas de me toucher le ventre tellement je suis pleine. Nous avons commandé une fondue et j'avais tellement faim que j'ai mangé bien plus que ce que mon petit estomac ne prévoyait.

Notre repas a été très silencieux tellement nous avons dévoré notre assiette, mais surtout tant la fatigue était présente. Malgré sa petite sieste, Samy a l'air épuisé alors je l'ai laissé tranquille. Je dois admettre que j'ai réussi à mettre de côté tous les petits tracas liés au mariage, ce qui me fait un bien fou.

Je rajoute une buche dans la cheminée avant de m'installer en face du feu avec une couverture.

— Je vais aller me coucher, m'apprend-il. Je suis épuisé.

— OK.

Je ne cache pas ma déception, mais je n'ai pas envie d'insister. Il part alors chercher un oreiller dans la chambre pour s'installer sur le canapé.

— Tu comptes dormir ici ? demandé-je surprise.

— Oui, je te laisse le lit, c'est plus confortable.

J'ouvre grand la bouche, choquée, mais il ne le voit même pas, car ses yeux sont déjà fermés.

— Non, j'ai envie de dormir près de la cheminée moi aussi !

En soupirant, il se lève et attrape l'oreiller.

— OK, alors je prends la chambre.

Il s'apprête à quitter le salon quand je me lève précipitamment.

— Non attends !

— Quoi encore ? demande-t-il en se retournant, exaspéré.

— Tu es toujours comme ça quand tu es fatigué ?

— Comment ?

— Grognon !

Il rit doucement.

— Je ne suis pas grognon, Emy…

— Si ! En plus tu m'esquives !

Il soupire une nouvelle fois en lâchant son oreiller au sol et se rapproche vivement de moi. Puis, il pose ses mains sur le bas de mon dos pour coller mon corps au sien. *Nom de Dieu !*

— Tu comprends, ou plutôt tu sens pourquoi je t'évite ?

Je le fixe en déglutissant, ne sachant plus quoi dire tellement je bous de l'intérieur.

Il me relâche en repartant vers la chambre. Je suis comme une cocotte-minute au bord de l'explosion !

— Sam, attends…

Il s'arrête sans se retourner.

— On a déjà dormi ensemble sans rien faire… on peut y arriver.

— Non, je ne crois pas.

— Mais si !

Il se retourne, le visage complètement fermé.

— Emy… on ne dirait peut-être pas, mais c'est très dur pour moi. Dans la voiture, quand tu as posé ta main sur moi, je me suis demandé si j'avais bien fait de t'emmener ici. Et quand tu t'es déshabillée devant moi tout à l'heure, j'étais à deux doigts de craquer.

Je le fixe ahurie et il poursuit :

— Je reste un homme et là… je ne peux plus, je t'assure.

Je réfléchis quelques secondes avant de lui lâcher :

— Alors, fais-moi confiance.

Non mais qu'est-ce que je dis ? Je perds tous mes sens dès qu'il me touche !

Il me fixe avec hésitation et je tente de reprendre le contrôle de mon esprit. J'ai envie de faire ça pour lui, il doit pouvoir me faire confiance autant que je lui fais confiance.

— Allez, viens mon amour…

Il s'approche doucement de moi et je m'allonge sur le tapis en lui faisant signe de se coucher près de moi. Je pose ma tête sur son torse en faisant mon maximum pour ne pas le toucher. *Une torture !*

— La dernière fois que je suis venue skier, papa avait appris à surfer. C'était à en mourir de rire. Il n'arrêtait pas de trébucher !

Il rit avant de me déposer un bisou sur le haut de mon crâne.

— Mais maman l'a tellement soutenu et poussé à continuer qu'il est devenu un vrai pro en seulement quelques jours.

Je m'allonge maintenant sur le côté et il fait de même pour me faire face. Son visage fermé a laissé place à un sourire en coin adorable. Je couvre nos corps avec la couverture malgré la chaleur qui émane de la cheminée.

— Je passais mes journées à l'admirer en faire, ajouté-je. À zigzaguer dans la neige sans aucune peur. Comme toi aujourd'hui.

Il m'écoute avec attention et je continue de lui raconter mon histoire, mais pas très longtemps, car c'est très vite que nous sombrons tous les deux dans un sommeil profond.

Chapitre 55

J-12

— Aïe.

Anna rit en m'entendant me plaindre encore une fois. J'ai tellement de courbatures que chaque mouvement me fait souffrir.

— Partir au ski deux semaines avant son mariage, faut être complètement barge !

Je ris, bien d'accord avec elle. Mais c'était tellement génial que je ne le regrette pas le moins du monde.

Après cette agréable nuit blottie dans ses bras, nous sommes retournés skier jusqu'à la fin de l'après-midi. On s'est juste arrêté pour grignoter quelque chose à midi, autant dire que la journée a été plus qu'intense.

Bon, le réveil a tout de même été… compliqué. Comme il dit, un homme reste un homme et j'ai bien cru qu'on allait céder quand je l'ai malencontreusement chevauché pour lui dire bonjour. Aucun de nous n'arrivait à se détacher de l'autre avant que je me souvienne de ma promesse de la veille. Et surtout, en pensant à sa déception si on craquait, si près du but.

Il m'a remercié toute la journée en m'assurant qu'il n'aurait pas réussi sans moi.

— C'est bien beau de partir en vacances, mais tout est prêt ? m'interroge Anna.

— Si tu savais…

J'énumère une nouvelle fois les tâches qu'il me reste à faire, mais sans angoisser cette fois. Samy avait raison, ce week-end m'a complètement déstressée et m'a fait prendre conscience qu'il fallait profiter « sans se prendre la tête », comme il dit si bien.

— Tu sais, Emy, je me demandais si…

Je lève mes yeux de mon clavier pour la regarder.

— Non, laisse tomber ! dit-elle en secouant la tête.

— Non, dis-moi !

Elle hésite encore, mais je l'encourage.

— Je me demandais si… si sa religion t'obligeait à faire certains changements.

Son visage se crispe de peur de m'avoir froissée.

— Disons que j'ai dû faire pas mal de changements pour lui, mais il en a fait énormément aussi.

Elle me sourit sans rien dire et je rajoute :

— Tu sais, quand on y réfléchit bien, l'amour est fait de concessions, non ? Même pour deux mêmes cultures, la vie de couple est difficile et chacun doit y mettre du sien.

— C'est sûr, Emy, mais tes concessions à toi ne demandent-elles pas beaucoup plus d'efforts ?

Je la fixe en réfléchissant. En réalité, ce sont les gens autour qui rendent notre relation difficile et non les concessions en elles-mêmes.

— Mais je t'avoue que quand je te vois si heureuse et quand tu me racontes tout ce qu'il fait pour toi, poursuit-elle, je me dis que je l'ai vraiment mal jugé.

C'est évident. Personne ne peut imaginer à quel point le mot concession est une banalité, voire un plaisir pour nous. On aime tellement se faire plaisir l'un à l'autre que c'en est devenu facile.

— En tout cas, j'ai hâte de le rencontrer !

Elle me sourit et je me joins à elle. C'est sûr, quand elle le connaîtra, elle changera d'avis, elle aussi.

Chapitre 56

J-10

Si on m'avait dit que je serais là aujourd'hui avec elle, je n'y aurais pas cru le moins du monde. J'en viens même parfois à me demander si je ne rêve pas.

— Non, tout ça est bien réel, me chuchote Sam à mon oreille avant d'avaler un loukoum.

Je fixe ma mère, abasourdie, en train de boire le thé et de rire avec ma future belle-mère. Malgré son gros accent, elle sait se faire comprendre et apparemment son humour ne laisse pas ma mère indifférente.

Mon futur beau-père, lui, reste assez froid, fidèle à son habitude. Il nous interrompt en disant quelque chose en arabe et Samy nous traduit en fixant maman :

— Il dit que l'on peut commencer, si vous voulez bien ?

Je suis persuadée qu'il ne l'a pas demandé aussi gentiment et que le traducteur a su mettre les formes. Mohamed continue de parler arabe et Samy traduit à chaque phrase.

— En gros, mon père demande si vous acceptez de nous donner la main de votre fille et quelle sera la dot.

Ma mère ne peut s'empêcher de rire à nouveau, mais elle se calme en voyant le sérieux de tous.

J'ai dû lui expliquer le déroulement des choses quand Samy lui a délibérément demandé si elle accepterait d'y participer.

J'avais déjà du mal à croire qu'elle ait invité Sam à dîner quelques jours après nos retrouvailles dans mon appartement. La soirée se passait merveilleusement bien quand Samy lui a fait cette demande. Je l'ai d'abord fusillé du regard en disant à ma mère qu'elle n'était bien évidemment pas obligée, mais contre toute attente, elle a immédiatement accepté.

Et voilà que nous sommes là aujourd'hui, les parents de Samy demandant ma main à ma mère et cette dot insensée.

— Dis-lui que je n'ai pas le choix concernant la main de ma fille, répond fièrement ma mère à Samy. Mais que je donne mon accord et ma bénédiction.

Elle sourit malgré son ton ferme. Je lui serre la main et elle se tourne vers moi en souriant encore plus largement.

Samy traduit à son père et mon ventre papillonne en l'entendant parler sa langue.

— Concernant la dot, poursuit-elle. Je laisse à ma fille le soin de choisir.

Je remercie ma mère du regard et me tourne vers Samy.

— Traduis ça pour moi, s'il te plaît : la dot que j'ai choisie, si vous le voulez bien, sera notre voyage de noces.

Le sourire de Sam s'évanouit.

— Quoi ? Mais non, attends, j'ai déjà tout payé !

Je lui souris fièrement en haussant les épaules.

— Tu as bien dit que je pouvais demander n'importe quoi, non ? Il me semblait qu'il s'agissait d'une bonne idée… ?

Je regarde désormais sa mère, le regard innocent. Fatima acquiesce en se précipitant de traduire à son mari. Samy me fusille du regard et je lui souris, fière de moi.

Le voyage de noces engendrait des frais supplémentaires pour lui et étant donné qu'il s'agit d'un cadeau pour nous deux, j'ai imaginé l'idée intéressante et moins gênante que de demander une voiture ou autre. J'avoue que je n'aurais jamais réussi à profiter de quelque chose d'aussi cher pour moi.

Fatima se lève pour embrasser ma mère, révélant que l'accord est conclu et les frères et sœurs de Samy se joignent à nous pour le thé.

Samy profite du brouhaha pour se pencher sur moi :

— Tu vas me le payer...

— Très cher j'espère ?

Je me mords la lèvre et il fait mine d'être choqué avant de secouer la tête en riant.

Nous restons une petite heure tous ensemble et quand je vois ma mère sourire en voyant l'animation chez les Belaoui, je ne peux m'empêcher de dire qu'un jour, elle changera d'avis, tout comme moi.

Chapitre 57

J-7

C'est tout excitée que je coche le dernier samedi avant le jour J. Dans une semaine, je serai une femme mariée à l'homme le plus extraordinaire qui soit.

Parfois, les pensées sur ma stérilité prennent le pas sur le reste mais heureusement Samy trouve toujours les mots pour me rassurer. Même si ça me déchire le cœur de me dire que je ne porterai peut-être jamais le fruit de notre amour, je sais que je pourrai toujours compter sur lui.

Aujourd'hui, je me fais belle. Je me suis impeccablement bien lissé les cheveux et j'ai accentué un peu plus le maquillage.

J'ai d'abord rendez-vous avec maman pour dîner, et ensuite, c'est mon enterrement de vie de jeune fille avec mes amies. Fanny, Mina, et c'est tout.

Après avoir longuement réfléchi à une liste de filles potentielles avec qui passer cette dernière soirée en tant que célibataire, j'ai préféré que ça finisse comme ça. Je ne veux pas autre chose.

Elles ont prévu de m'emmener boire un verre et j'ai bien insisté : pas de strip-teaseur ! Ce n'était pas négociable selon Sam et étant donné l'Apollon que je vais bientôt épouser, je n'en ai pas besoin.

J'avoue que j'aurais préféré qu'on reste tranquilles chez moi ce soir. Même une soirée au Napoly m'aurait suffi ! Mais je n'ai pas voulu gâcher leur plan et les connaissant, je suis sûre qu'on passera un bon moment.

Maman était elle-même étonnée que je ne fasse pas de grosse soirée avec plein de copines. Mais quand je lui ai dit que deux vraies amies valaient mieux qu'une dizaine de copines réunies, elle a souri.

On s'appelle quasiment tous les jours depuis cet après-midi chez moi et bizarrement, ça ne me dérange pas le moins du monde. Elle souhaite rattraper le temps perdu de ces derniers mois, m'a-t-elle dit. Elle m'aide beaucoup dans les derniers préparatifs et j'ai parfois du mal à croire qu'elle soit aussi investie. Elle a un peu râlé quand je lui ai dit qu'il n'y aurait pas d'alcool à mon mariage, mais à part ça, elle prend étonnamment tout très bien.

Elle fait beaucoup pour se faire pardonner, mais en réalité, je suis déjà passée à autre chose. Ça a été tellement beau de la voir discuter avec Samy. Bon, je ne vais pas dire qu'elle l'adore, mais… elle a fait des efforts pour s'intéresser à lui et ça me suffit.

J'arrive un peu en avance chez maman et elle ne s'y attendait sûrement pas, car elle met une éternité à m'ouvrir. Je voulais passer un max de temps avec elle étant donné que je dois la quitter en milieu de soirée pour rejoindre les filles.

— Ah enfin ! dis-je en la prenant dans mes bras quand elle m'ouvre.

— Entre, chérie.

Je lui souris en la voyant sur son trente et un. Une jolie robe pailletée qui lui va à ravir. Je m'avance vers le salon en riant.

— Waouh, maman, dis donc ! Que me vaut cet….

Je m'arrête net en voyant la pièce, transformée en un véritable salon oriental. Un grand tapis coloré au sol, un buffet avec pâtisseries locales et sur la table basse, toute la panoplie de thé.

— Maman ! C'est trop beau.

Mais en apercevant Fanny et Mina près du buffet, mon émotion est décuplée et je sens les larmes humidifier mes yeux.

Je pose mes mains sur mon visage comme pour cacher ma gêne et elles se précipitent toutes les trois sur moi pour m'enlacer. L'émotion s'empare de moi.

***

Le dîner terminé, maman nous demande de nous installer sur les coussins posés au sol pour prendre le thé. Je prends une jolie tasse dorée.

— Où est-ce que tu as eu tout ça, maman ?

Je pense à une location ou au pire un achat, mais sa réponse me laisse sans voix :

— Oh, j'ai appelé Samy et il est passé m'apporter tout ça ! Sa mère me les a gentiment prêtés pour la soirée.

Elle sourit en nous servant notre thé à la menthe sans remarquer les regards plus que surpris de mes amies et moi.

— Maman…, lui dis-je une fois installée près de nous. Merci, vraiment.

Plus tard dans la soirée, nous rions tellement aux blagues de Mina que je me tords de douleurs abdominales. Je passe mon temps à me dire que je n'aurais pas pu rêver mieux comme enterrement de vie de jeune fille. Une soirée orientale, prouvant clairement les efforts de maman. Et la présence des trois femmes les plus importantes de ma vie.

Nous parlons de tout et de rien, et maman me surprend à discuter avec nous comme si elle faisait partie de notre bande de copines.

Quelqu'un sonne à la porte et maman s'excuse pour aller ouvrir. Je n'aurais rien remarqué si je n'avais pas vu le petit regard complice entre Mina et Fanny. Bon OK, il y a quelque chose pour moi. Je suis soulagée que ma mère soit là, elles n'auraient pas osé le strip-teaseur. *Quoique... ?*

Maman fait un signe aux filles et elles se lèvent en me tendant la main pour m'aider à me lever.

— Qu'est-ce que vous manigancez ? demandé-je.

Elles me bandent les yeux en riant et je me demande bien ce qu'elles m'ont préparé. La théorie de l'homme à poil commence à me faire de plus en plus flipper.

Elles ôtent mon pull pour me passer quelque chose d'autre : une robe ? J'entends également une sorte de ceinture bruyante, comme des milliers de clochettes, autour de la taille.

Après avoir fini de m'habiller, elles me font patienter quelques secondes et je m'imagine déjà dans un déguisement ridicule que l'on fait subir aux futures mariées.

Quand elles me retirent enfin mon bandeau, je mets quelques secondes avant de me réhabituer à la lumière et d'y voir plus clair.

— C'est génial ! m'exclamé-je pleine d'enthousiasme.

Comment n'y ai-je pas pensé ?

Les filles ont respecté jusqu'au bout le thème de la soirée, car ce n'est pas un déguisement ridicule que je porte, mais une magnifique robe de danseuse orientale marron avec une ceinture jaune. La ceinture de Fanny est rose et celle de Mina, qui met magnifiquement son ventre rond en valeur, est verte. Même ma mère en a une ! Jaune comme la mienne.

— Emilie ?

Une jolie femme d'une trentaine d'années se tient derrière moi. Elle porte une robe beaucoup plus colorée avec la même ceinture scintillante que les nôtres. Sa peau mate et ses cheveux noirs ondulés prouvent clairement ses origines maghrébines. *Magnifique !*

— J'ai entendu dire que vous aimeriez en apprendre plus sur la culture de votre mari…

Je regarde mes amies en souriant. Elles ont vendu la mèche ! Je leur ai effectivement dit à plusieurs reprises que je souhaitais apprendre à parler arabe, faire à manger… tout ce qui peut me rapprocher de sa culture.

— Eh bien moi, je vais vous apprendre la danse orientale ! s'écrit-elle joyeusement.

— Pour le plus grand plaisir de son mari, dit Fanny en pouffant.

Nous éclatons toutes de rire et sans perdre une minute de plus, Sonia commence par un peu de théorie.

Elle nous explique que la "danse orientale" est une appellation au sens large comme on pourrait dire la danse européenne, américaine, asiatique… Qu'il existe différents styles de danse orientale selon les pays, les régions, les époques et les musiques.

— XXIe siècle oblige, les styles ruraux et traditionnels se perdent et les fusions émergent ! s'exalte-t-elle.

Elle n'a aucun accent, j'imagine donc qu'elle est née en France, de parents maghrébins.

— Moi je pratique le *raqs al sharqi*, qui veut dire : danse de l'orient.

Sa jolie prononciation me laisse sans voix. L'arabe à l'air d'être une langue si difficile…

— La danse orientale est traditionnellement dansée par les femmes qui expriment, par cet art, leur féminité, leur vitalité et leurs sentiments, joies et peines.

Alors cette danse est faite pour moi ! Toutes ces émotions me traversent à longueur de temps, les unes après les autres.

— On pense que l'origine de cette danse remonte aux anciens rites de fertilité, continue-t-elle. Associés à la fois à la religion et à l'ésotérisme.

— Fertilité ? répété-je sans réfléchir.

Les filles perdent leur sourire et me regardent toutes en même temps. J'ai bien évidemment raconté à mes amies cette épreuve de ma vie.

— C'est une légende très ancienne, reprend la danseuse. On disait que cette danse favorisait la fécondité.

Un silence s'est installé et je tape dans mes mains histoire de ramener de la gaieté et de ne pas m'appesantir sur tout ceci.

— Eh bien, cette danse est vraiment faite pour moi ! déclaré-je.

Je ris pleine d'enthousiasme et les filles se joignent à moi, rassurées.

Sonia termine son introduction passionnante en nous laissant sa carte si jamais l'envie nous donnait d'en apprendre plus.

Elle installe alors sa musique dans le lecteur de ma mère et une jolie chanson rythmée démarre.

Pour commencer, elle nous apprendre les bases en nous demandant de "dessiner" de petits cercles avec nos hanches puis en essayant de faire des formes de huit, des arcs de cercle, des tournoiements...

Elle nous demande également d'écarter les bras en avançant la poitrine. Facile tous ces exercices pour Mina qui semble avoir fait ça toute sa vie ! Quant à moi ? Je me sens ridicule ! Mes gestes ne sont pas fluides, mais je me rassure en voyant ceux de Fanny.

— Vous dansez comme une Latine ! lui dit gaiement Sonia.

Nous éclatons toutes de rire en voyant Fanny se trémousser. Sonia se rapproche d'elle pour poser ses mains sur ses hanches.

— Ici on ne bouge pas le popotin, mademoiselle ! Juste les hanches et les bras.

Nous rions tellement que nous avons du mal à garder notre sérieux.

Nous apprenons ensuite une chorégraphie entière et nous nous défoulons comme des folles au rythme de la musique. Sonia nous reprend gentiment quand nous déviions dans des mouvements inappropriés et nous prenons toutes un réel plaisir à suivre son déhanché. Elle danse si bien que nous nous arrêtons souvent pour l'admirer.

Après une heure et demie de danse et de fous rires, Sonia nous quitte en nous laissant dans une bonne humeur incroyable.

Je passe le reste de la soirée à les remercier, car c'était de loin le plus bel enterrement de vie de jeune fille que l'on puisse avoir.

Chapitre 58

J-1

Je dois l'admettre, le stress monte. J'ai pourtant répété de nombreuses fois cette semaine que j'étais zen, mais aujourd'hui, c'est différent. Je me marie demain !

Faut dire que la semaine est passée à une vitesse incroyable. J'ai dû revoir les derniers détails avec le restaurateur, acheter mes chaussures, essayer ma robe avec les chaussures, stresser à mort en voyant ma robe flotter tellement j'ai maigri, respirer de nouveau une fois ma robe retouchée… Chacune de mes soirées a été tellement occupée que je n'ai pu voir Sam qu'une seule fois. Il dit que ça rend notre mariage encore plus magique de ne pas nous voir plusieurs jours avant, mais il me manque tellement…

Léon me sort de mes pensées en me déposant un dossier sur mon bureau. Il m'a également demandé de prendre mon après-midi, mais j'ai refusé. De toute façon, tout est prêt.

Je dois être l'une des seules futures mariées à travailler la veille de son mariage, mais Léon a failli faire une syncope quand je lui ai dit que je prenais trois semaines de vacances. J'ai donc décidé que je ne prendrais pas de jours la semaine précédant le mariage. Et vu l'angoisse qui m'accapare dès que je ne fais rien, je suis bien contente de m'occuper l'esprit. C'est sûr, je ne suis pas à fond dans le boulot et j'avance à pas d'escargot, mais j'avance quand même.

Je travaille, ou du moins je tente de travailler sur mon dernier dossier de l'année quand je reçois un mail qui me fait frissonner. C'est lui, bien évidemment.

Bonjour,

comment vas-tu ?

J'ai hâte de taper Emilie Belaoui en t'écrivant...

Je souris en tapant ma réponse :

Salut toi,

Que dis-tu d'Emilie Martin Belaoui ? Mon nom reflètera notre mixité et tout ce qu'elle représente.

Sa réponse me fait vibrer :

Madame Emilie, peu importe ton nom,

demain tu m'appartiendras, c'est tout ce qui compte...

Je souris en encore et encore jusqu'à ce qu'il m'envoie un autre mail :

Dis chérie,

Je sais que tu voulais te coucher tôt ce soir, mais... ma mère a organisé un petit quelque chose pour toi... ça ne sera pas long.

Nbrik

Quoi ? Non mais il se fout de moi là ? Et s'il croit m'amadouer avec son « je t'aime » en arabe ! Bon, j'avoue que ça m'a provoqué un léger frisson, mais peu importe !

Je suis tellement furax que j'attrape mon téléphone et sors du bureau en m'excusant auprès d'Anna qui rit. Sûrement car je venais de lui dire cinq minutes avant que je n'étais pas du tout stressée.

— Oui, bébé ? répond-il amusé.

— Et tu as le culot de rire en plus ?

— Calme-toi, *habibty*, c'est juste une petite heure.

— Arrête avec tes petits noms, espèce de manipulateur !

Il rit encore plus fort.

— Mais, Sam ! crié-je. On se marie demain ! Tu ne crois pas que j'ai mieux à faire que d'aller chez ta mère ? Et c'est quoi cette soirée au juste ?

— Ma mère a prévu des pâtisseries et…

— Des pâtisseries, sans déconner ?

J'aurais juré qu'il allait dire ça ! Il y a toujours des pâtisseries, à croire qu'elle passe sa vie à en faire.

— Tu es bien plus stressée que tu ne veux l'admettre, j'ai l'impression…

Il continue de parler calmement et je tente de ne pas perdre mon sang-froid. J'inspire profondément avant de répondre :

— Samy, ce soir je n'irai nulle part.

— OK.

— Quoi OK ?

— Bah… tu n'iras pas.

— Tu es fâché, c'est ça ?

— Bien sûr que non.

— Ah bon ? Pourquoi tu ne m'appelles plus bébé ou *habibty* ?

— Parce que tu n'arrêtes pas de me crier dessus !

— OK, excuse-moi.

— C'est rien, ma chérie.

Mon cœur s'emballe, mais d'une autre manière. Pourquoi je suis prête à tout pour lui quand il me parle ainsi ?

— Bon, c'est bon, t'as gagné ! cédé-je. C'est à quelle heure chez ta mère ?

— Vingt et une heures.

Je sens qu'il sourit rien qu'au son de sa voix.

— Une heure pas plus, c'est compris ?

— Merci, mon amour…

Je raccroche avant que mes nerfs me lâchent. Il a encore gagné et il le sait.

Chapitre 59

Je me demande encore une fois : *mais qu'est-ce que je fous là ?* en voyant toutes ces filles parler entre elles comme si je n'existais pas.

Samy ne m'a pas bien expliqué la raison de cette soirée, mais je n'avais pas imaginé que toutes les filles du mariage seraient présentes ! Nous sommes une quinzaine avec Fatima, les sœurs et belles-sœurs de Samy ainsi que d'autres femmes que je ne connais pas. Certaines sont voilées et d'autres non. En tout cas, toutes des Maghrébines ! Pour la première fois depuis que je connais sa famille, je ne me sens pas du tout à ma place.

Ça ne me dérange pas que Sam ou ses parents parlent arabe en ma présence, mais la plupart des filles présentes ici, dont les sœurs de Sam, sont nées en France et parlent parfaitement ma langue. Je ne comprends pas pourquoi elles communiquent en arabe.

Je m'installe silencieusement sur l'un des fauteuils et je finis par accepter une pâtisserie au bout de la dixième (ou plutôt la quinzième ?) fois qu'on m'en propose.

— On attend encore quelques personnes et nous commencerons.

Je fixe la grande sœur de Samy en l'interrogeant du regard, mais elle ne remarque pas ma surprise. *On commence quoi ?*

J'envoie discrètement un message à Samy. De toute façon, personne ne me prête attention.

Comment se passe ta soirée entre mecs ? Pas de femmes nues, j'espère... et dis-moi exactement ce qui est prévu ce soir ?

Je range mon téléphone en voyant la femme de Zakaria s'assoir près de moi. Elle est enceinte d'environ trois mois, comme Mina, mais on dirait bien plus tellement son ventre est énorme.

Je m'attends à ce qu'elle entame la discussion, mais rien. Elle se contente de me regarder en souriant.

— Tout se passe bien pour toi ? demandé-je.

— Oh oui, dit-elle en se caressant le ventre.

— Tu sais déjà ce que c'est ?

— Non pas encore… mais un garçon j'espère ! Tu sais chez nous, les hommes veulent absolument un garçon en premier.

— Ah…

Je reste silencieuse, car le sujet de conversation commence à me faire mal au ventre, mais elle poursuit :

— Zako dit qu'il aimerait qu'il me ressemble, mais vu les gênes des Belaoui…

Elle me donne un coup de coude et j'ai bien compris qu'elle parlait de Samy. Zako est assez mignon, mais soyons clairs, le beau gosse de la famille, c'est bien Sam.

J'ai lu dans un article la semaine dernière que quand on apprend sa stérilité, on a l'impression qu'on nous parle à longueur de temps de grossesse et d'enfants.

— Et puis toi quand tu auras un enfant… continue-t-elle sans remarquer mon embarras.

Qu'est-ce que je disais ?

Elle continue malgré ma gêne, mais je ne peux pas lui en vouloir, elle ne connaît pas notre histoire et elle essaie de sympathiser.

— S'il a tes yeux et la gueule de Samir…

Et voilà comment elle réussit à détruire tout ce que j'ai construit ces dernières semaines. Je fais tout pour ne pas imaginer comment pourrait être notre enfant. Et c'est fou, car j'ai pensé également la même chose qu'elle. La peau mate de Samy, mes yeux verts… je secoue la tête pour ne plus y penser, car je suis à deux doigts de craquer.

— Merci pour le compliment, dis-je tout de même.

Je ne trouve malheureusement pas d'autre sujet de conversation pour l'arrêter, heureusement la sonnette retentit et je me lève en faisant mine d'accueillir les nouvelles venues. Je me demande d'ailleurs qui ça peut bien être encore étant donné que toute la famille féminine est là.

Quand je vois alors mes deux meilleures amies, je relâche mes épaules contractées suivi d'un énorme soupir de soulagement.

— Vous me sauvez la vie, leur dis-je en les prenant dans mes bras.

Elles m'expliquent que Samy les a contactées dans l'après-midi pour leur demander de me tenir compagnie ce soir et je souris à cette délicate attention.

Nous nous installons avec toutes les autres et je fusille Mina du regard quand je l'entends parler arabe.

Ils sont obligés de faire ça dès qu'ils sont ensemble ou quoi ?

Elle fronce les sourcils en haussant les épaules et je lui fais signe de laisser tomber.

— Alors pour ta sœur, c'est bon ? questionné-je Mina.

— Oui, elle est d'accord. Merci encore.

— Mais non, c'est elle qui me rend service.

Mina me sourit.

J'ai demandé à Neyla si elle accepterait de faire la baby-sitter à mon mariage pour la soirée. Et c'était également l'occasion de la faire sortir un peu, étant donné qu'elle s'isole beaucoup dernièrement et que Mina ne sait plus quoi faire.

Fatima refait de nouveau le tour avec son plateau de pâtisseries que je refuse encore une fois. Je me mets à compter le nombre de gâteaux que j'aurais englouti si j'avais dit oui à chaque tour de table.

Elle pose enfin son plateau en disant quelque chose que je ne comprends absolument pas et que je ne pourrais même pas répéter si on me le demandait.

Je vois juste Mina qui acquiesce en souriant, l'air excité. Je me penche alors vers elle :

— Qu'est-ce qui se passe ?

— Bah, on va démarrer.

— Mais démarrer quoi à la fin ?

— Bah… le *hena* !

Ce mot mélangé à l'accent qu'elle a pris pour le dire ne m'avance à rien.

— Le quoi ?

— Le henné !

J'écarquille les yeux, complètement affolée, mais la grande sœur de Samy m'a déjà attrapée par le bras.

— Honneur à la mariée ! s'exclame-t-elle. Tu es la première.

— Euh…

Quand je vois Fatima préparer une sorte de pâte noire, je me souviens alors des dessins sur les mains de Mina le jour de son mariage et à d'autres occasions d'ailleurs, tellement elle adore ça. Je me mets tout à coup à flipper. Ce n'est pas que je trouve ça moche, mais… disons que ce n'est pas mon style.

Samy est sûrement au courant et il ne m'a rien dit ! Mais cette fois, peu importe qu'il souhaite que je le fasse ou non, car je me vois mal avec cette décoration qui vire à l'orange le lendemain. Ça n'irait pas du tout avec Gabriella !

Mina remarque ma détresse et se lève pour parler en arabe à ma belle-mère qui acquiesce en souriant.

— Qu'est-ce que tu as dit encore ?

Elle rit avant de me répondre tout bas :

— Que c'était ta première fois et que c'était préférable de te faire juste un point symbolique dans la paume de la main.

Fatima me fait un signe de tête en me demandant de m'approcher. Je m'exécute en m'asseyant près d'elle et lui tends ma main à contrecœur.

— Juste un point, me rassure-t-elle.

Elle appuie la pâte sur la paume de ma main et me demande de serrer fermement pendant quelques minutes.

Fatima propose alors à Mina qui s'empresse de s'installer, tout excitée à son grand bonheur. Quand elle commence à lui dessiner des motifs remontant jusqu'aux avant-bras, je ne peux m'empêcher de taquiner Fanny :

— Après, c'est ton tour !

— Non merci, me répond-elle du tac au tac.

Je décide de retirer le produit, qui je trouve a déjà bien marqué la paume de ma main. Je récupère mon portable afin de découvrir la réponse de Samy.

La seule femme que je verrai nue sera toi pas plus tard que demain soir...

Je manque de faire tomber mon téléphone et Dieu merci, personne ne remarque mon excitation soudaine.

Je m'assois près de Fanny qui a sûrement vu mon changement de couleur.

— Bah qu'est-ce qui t'arrive ? m'interroge-t-elle les sourcils levés.

— Mais rien !

Elle sourit avant de dire :

— Tu te rends compte que demain à cette heure tu seras une femme mariée ?

Je la fixe quelques secondes comme si j'en prenais conscience que maintenant.

— Vous aimez ? demande Mina en nous désignant fièrement ses mains.

— Euh, disons que…

Fanny ne termine pas sa phrase en me regardant pour que je dise quelque chose.

— Dites, les filles, vous vous rappelez l'une de nos principales règles de l'amitié ? demandé-je en me tournant vers Fanny.

Tout comme moi, elle se pince les lèvres pour ne pas rire et c'est en chœur que nous disons :

— Ne jamais se mentir !

Mina nous assassine du regard avant de se joindre à nous dans un fou rire interminable.

Chapitre 60

Jour J

— Oh ma chérie !

Maman me fixe depuis plusieurs minutes, émerveillée. Je n'aurais pas pensé à cette réaction ce matin. Comme quoi, elle me surprend chaque jour.

Je lui ai fait promettre de ne pas me faire pleurer, mais c'est difficile tellement nous sommes émues. *Et ce n'est que le début de la journée !*

Ce mariage risque d'être fort en émotions. Et quand je dis émotions, je parle de tous types d'émotions. Je suis complètement stressée par le fait que nos deux côtés se rencontrent officiellement aujourd'hui. Certes, ma mère a déjà fait une première rencontre avec la famille de Sam, mais aujourd'hui, c'est différent. Et puis de voir ma mère et mon père dans la même pièce…

Maman me dit de ne pas m'inquiéter, mais je vois très bien que ça l'angoisse également.

Quant au fait de me marier ? Ça ne me stresse pas le moins du monde. J'ai tellement hâte que je suis prête à affronter cette journée, même si je sais qu'elle peut déraper à tout moment. En fait, j'ai surtout hâte du après. Samy et moi partant en voyage de noces en tant que mari et femme et laissant tous les problèmes derrière nous…

Je regarde une nouvelle fois mes valises près de la porte.

— Tu es sûre que c'est bon, maman ?

— Ne te préoccupe pas de tes bagages, ma puce ! Je m'en charge !

Maman a accepté de nous emmener à l'aéroport demain matin. Oui, demain matin ! Je me marie aujourd'hui et je ne sais même pas à quelle heure on va se coucher, mais nous devons tout de même être à dix heures à l'aéroport pour décoller en direction de je ne sais où.

J'ai un peu râlé en apprenant la nouvelle, mais Sam dit qu'on aura tout notre temps pour se reposer. C'est sûr qu'en trois semaines je compte bien en profiter.

Je me regarde une dernière fois dans le miroir. *Waouh*. Je n'ai pas l'habitude de me trouver aussi belle. Mon maquillage est parfaitement bien équilibré. Discret, mais magnifique à la fois. Mon teint est un peu plus hâlé, mais reste très naturel. La maquilleuse a fait, je ne sais comment, ressortir mes yeux avec une couleur un peu plus sombre sur les paupières. On dirait qu'ils sont plus verts que d'habitude. Et mes lèvres paraissent plus pulpeuses, pourtant elles sont juste légèrement rosées.

Mes cheveux sont rassemblés en un beau chignon très ordonné.

Et ma robe ? Juste splendide. Pas autant que Gabriella, certes, mais elle en jette.

— C'est parti, ma chérie ?

Ma mère me tend son bras.

— Merci, maman. Je suis contente que tu viennes.

Je ne l'ai pas indiqué dans l'invitation, mais Samy a tenu à inviter maman chez lui, où se déroulera le mariage religieux ce matin. Me surprenant une fois de plus… elle a dit oui !

***

L'accueil chaleureux de Fatima dès notre arrivée nous détend un peu. Elle m'enlace franchement et quand elle fait de même avec ma mère, je crois halluciner quand je la vois lui rendre son étreinte.

Le voile de Fatima n'est pas comme d'habitude, il est brodé sur le côté et je remarque qu'elle est plus jolie quand elle est voilée. C'est dingue, je n'aurais pas cru penser une chose pareille, mais ça met en valeur son joli visage bronzé.

En arrivant dans le salon, le stress monte de nouveau quand j'aperçois toute la famille de Samy me regardant avec admiration. Mes futures belles-sœurs s'empressent de m'embrasser et de me faire une tonne d'agréables compliments.

Quand je vois Mina et Fanny dans un petit coin de la pièce avec leurs maris, j'en reste bouche bée. Ce que je m'efforce à ne pas faire depuis ce matin s'avère de plus en plus difficile : les larmes me montent aux yeux tandis qu'elles s'approchent de moi pour m'embrasser.

— Les filles, chuchoté-je. Je vous ai dit que vous n'étiez pas obligées de venir.

— On y tenait, répond Mina.

— Dieu, ce que tu es belle, s'exclame Fanny.

Vu comment elles me regardent, je suis persuadée qu'elles le pensent sincèrement. Elles n'ont pas encore mis leur robe d'ange, mais elles sont tout de même très belles. Fanny porte une petite robe noire et Mina un pantalon à pinces foncé avec un chemisier rouge.

— On dirait une vraie rebeu, dit Mina en me faisant un clin d'œil.

Nous rions avant de nous enlacer une dernière fois.

En sentant une présence derrière moi, je me retourne doucement alors que les filles s'éloignent. C'est lui, bon sang !

Samy porte une djellaba blanche. Je ne l'ai jamais vu habillé de cette manière même s'il m'en a déjà parlé. Mais là, il est beau comme un Dieu. Le blanc fait ressortir son teint bronzé et ses yeux ténébreux. Il a les cheveux plus courts et sa barbe rasée de près lui donne ce côté sexy et élégant à la fois.

Après avoir visuellement savouré sa beauté parfaite, je remarque qu'il me reluque de la même manière. Comme je m'en doutais, il est surpris et très ému de mon choix vestimentaire.

— Tu aimes ma surprise ? lui demandé-je.

Il se mord la lèvre et ses yeux se mettent à briller. J'en déduis que oui.

Je porte une longue robe orientale blanche avec une énorme ceinture à strass et paillettes moitié dorée, moitié argentée. On retrouve ce même décor pailleté au niveau des poignets. Quand je l'ai vue dans cette boutique de location de robes orientales, je l'ai trouvée trop bling-bling pour moi. Mais quand je l'ai essayée, j'ai su qu'elle lui plairait. Et je dois avouer que je l'aime beaucoup, moi aussi.

L'imam nous interrompt en appelant Samy à venir s'assoir près des hommes, autour de la table de la salle à manger. Moi je reste avec les femmes, assises sur le canapé du salon. Nous ne pouvons pas nous voir, car il est en face de l'imam et dos à moi.

Samy m'a expliqué dans les grandes lignes, qu'il allait bénir notre mariage en présence de son père et du beau-frère de Samy que j'ai choisi comme tuteur. C'est comme ça que ça se passe quand la mariée n'est pas musulmane et qu'elle n'a donc pas de père pour la représenter.

L'imam démarre avec la récitation d'une *khoutbah* qui est, comme m'avait expliqué Sam, une courte allocution en arabe intégrant des formules de louange à Dieu.

Il continue en lisant quelques versets du Coran et je suis vraiment déçue de ne rien comprendre. Comme s'il lisait dans mes pensées, il prévient qu'il traduira les invocations ou conseils en faveur des nouveaux mariés.

Il commence chaque phrase en arabe pour la traduire ensuite :

— La relation du couple entre l'homme et la femme doit être basée sur l'amour et la miséricorde pour que chacun des deux époux trouve un réconfort auprès de l'autre.

Je frissonne en écoutant cette magnifique phrase et je double mon attention sur les paroles que je comprends enfin.

— … il agit avec elle, avec la douceur, la miséricorde et en ayant le visage souriant. Il fait preuve de bon comportement avec elle et il agit avec modestie, il lui pardonne quand elle a mal agi et il ne rend pas par la pareille, il ne fait pas preuve d'orgueil avec elle et il se comporte, avec sagesse, douceur et miséricorde.

Je souris légèrement en me disant que Samy respecte déjà toutes ces qualités. Je remarque quelques regards complices entre Mina et Mehdi, ou plutôt, des regards de reproches ? Mais ils se sourient et c'est beau à voir.

— … certes, l'épouse intelligente qui agit avec sagesse est celle qui accomplit le droit de son mari. L'épouse doit obéir à son époux.

Aïe, je n'ose même pas regarder ma mère sur ces dernières paroles. Elle doit sûrement être indignée, mais elle écoute en silence. J'aurais pu l'être moi aussi, si Samy ne m'avait pas expliqué ce que cela voulait vraiment dire. Il ne s'agit pas en soi d'une réelle soumission comme on peut l'imaginer, mais d'une confiance totale en son mari pour lui permettre de prendre les bonnes décisions.

Mes pensées s'arrêtent net et j'écarquille les yeux en entendant la suite.

Ai-je bien entendu ?

— … certes, le droit de l'époux de jouir de son épouse dans les limites de la loi fait partie des plus importants droits de l'époux sur son épouse, car le fait que la femme se préoccupe du besoin de son mari dans son lit est une cause importante pour le bien-être des deux époux. Et le fait qu'elle délaisse ce droit est une cause de tourment et de dispute entre les deux époux.

Oh mon Dieu, c'est bien ça, il vient de parler de sexe ! Je suis rouge de honte. Une honte mélangée à de l'excitation rien que de penser à Samy et moi. Il n'y aura jamais aucun problème à ce sujet, ça c'est sûr.

L'imam termine avec quelques phrases en arabe et quand je vois toute la famille de Sam ainsi que Mina tourner leur main de façon à rendre visible leur paume, je me rends compte qu'il s'agit de prières.

Une fois terminé, je sursaute en entendant les youyous de la mère de Sam et de ses sœurs. Le cri est tellement aigu qu'il en est limite douloureux. Samy se retourne vers moi pour me sourire et les filles se précipitent pour me féliciter. Ça y est, nous sommes mariés religieusement. Même si je sais que cela à moins d'importance pour moi, je sais qu'elle en a pour lui et sa famille. Je peux ressentir son émotion dans ses yeux.

Je regarde discrètement ma mère qui sourit en se servant une pâtisserie proposée par Fatima. Elle propose également le thé, mais je refuse, car j'ai l'estomac tellement noué que je ne peux rien avaler.

Je suis un peu bloquée sur place, ne sachant pas quoi faire, et j'imagine que Sam s'en rend compte, car il se rapproche de moi, mais en gardant tout de même une certaine distance.

— Ça va ? demande-t-il l'air inquiet.

— Très bien...

Je lui souris largement et il se mord le coin de la lèvre.

— Tu es tellement belle.

Mon cœur s'accélère encore plus et il poursuit sans que j'aie le temps de dire quoi que ce soit.

— On se retrouve à la mairie ?

J'acquiesce avec un hochement de tête et il s'éloigne après m'avoir déposé un baiser sur le front qui me provoque un frisson monumental dans tout le corps.

***

En arrivant à la mairie, je souris en voyant le ciel bleu et le soleil qui brille. Il fait très froid, mais pas autant que je l'aurais imaginé pour un mois de décembre. Enfin je ne sais pas si je suis objective, car je ressens tellement d'émotions que moi, je meurs carrément de chaud.

Mon père. C'est la première personne que je vois parmi tous les invités en arrivant devant la belle et grande mairie de Paris, qui est d'ailleurs tellement impressionnante que j'ai envie de prendre des photos.

C'est maman qui m'a de nouveau aidée à me préparer ce midi. Après m'avoir carrément forcée à manger la salade composée qu'elle avait préparée la veille, j'ai enfilé Gabriella et retouché moi-même mon maquillage.

Je m'avance vers mon père, le regard brillant.

Oh non, papa, pitié, ne pleure pas.

Il me prend délicatement dans ses bras avant de me chuchoter à l'oreille :

— Tu es magnifique.

— Merci, papa, tu n'es pas mal non plus…

Il rit, mais c'est bien vrai. Mon père porte un costume noir avec une chemise bleu ciel. Il a de beaux cheveux poivre et sel un peu plus longs et impeccablement bien coiffés. Sa chemise fait ressortir ses magnifiques yeux bleus. Il est beau mon papa !

— Bonjour, Carole.

Mon cœur s'arrête. J'étais tellement émue de revoir mon père que j'en ai oublié la présence de maman.

— Bonjour, Philipe, répond ma mère en lui tenant le regard.

— Tu es très belle, lui dit-il.

Je me retourne vers mon père les yeux écarquillés. C'est vrai que maman est magnifique avec son tailleur blanc cassé, mais il n'était pas censé le lui dire, si ?

Je crois voir comme des étoiles dans les yeux de maman, ce qui me fait de la peine, mais quand j'aperçois les mêmes étoiles dans ceux de mon père j'ai envie de hurler.

Il se passe quoi là au juste ?!

— On n'attend plus que la mariée !

Je ne connais pas cette fille qui vient de me sauver la mise, mais je ne l'en remercierai jamais assez.

— Puis-je prendre le relais ? demande mon père à ma mère en me tendant son bras.

— Avec plaisir, répond cette dernière en souriant largement.

J'attrape volontiers le bras de papa, mais quand je vois qu'il lui rend son sourire d'une manière indescriptible, je ne sais plus quoi penser. Tant mieux, car je ne compte pas penser à eux aujourd'hui, je vais me marier, mince alors !

Une jolie mélodie jouée au violon démarre quand je rentre dans la mairie au bras de papa. Mon cœur bat tellement fort que je m'accroche à lui pour ne pas tomber. Tous les invités me regardent, bouche bée. Certains posent carrément leur main sur leur visage d'émerveillement. L'effet Gabriella.

Je continue mon chemin le cœur battant de plus en plus vite et quand je l'aperçois lui, j'ai le souffle coupé.

Il porte un magnifique costume noir, une chemise blanche avec une cravate noire très fine en satin. Oh mon Dieu ! Il est magnifique, parfait, beau à en mourir.

Mais le pire de tout, c'est le regard qu'il a sur moi quand je m'approche doucement. Impossible de regarder le reste des invités qui se sont pourtant tous levés dès mon entrée. Je reste bloquée sur lui.

Une fois arrivée à son niveau, mon père m'embrasse la joue et je détourne enfin le regard pour le planter dans celui de papa. Ça y est, ça commence ! Quelques larmes dévalent mon visage, les premières de la journée.

Je le remercie et me positionne à côté de mon prince charmant.

Nous nous regardons encore quelques secondes avant de nous concentrer sur monsieur le maire en face de nous. Il nous accueille chaleureusement en nous souhaitant la bienvenue.

— Je vais maintenant exposer aux futurs époux leurs devoirs.

Je me concentre sur chaque mot prononcé, je crois que je n'ai jamais été aussi attentive de toute ma vie à un mariage. Tout ce qu'il dit aujourd'hui apporte désormais un sens à tout ce que je n'ai jamais compris.

— **Art. 212.** Les époux se doivent mutuellement fidélité, secours, assistance. **Art. 213.** Les époux assurent ensemble la direction morale et matérielle de la famille. Ils pourvoient à l'éducation des enfants et préparent leur avenir. **Art. 214.** Si les conventions matrimoniales ne règlent pas la contribution des époux aux charges du mariage, ils y contribuent à proportion de leurs facultés respectives. **Art. 215.** Les époux s'obligent mutuellement à une communauté de vie.

Je ne regarde pas Samy pour ne pas me déstabiliser, mais j'aimerais qu'il sache que je ferai tout pour toujours respecter tout ça. Parce que je l'aime, mais surtout parce que je le veux.

Quand le maire termine de nous exposer les articles, il inspire en nous fixant désormais l'un après l'autre. Oh mon Dieu, ça y est !

— Monsieur Samir Aymen Belaoui, consentez-vous à prendre pour épouse Mademoiselle Emilie Rachel Martin ici présente ?

C'est le cœur débordant d'amour que je me retourne vers Samy qui crie presque sans réfléchir :

— Oui !

Toute la salle rit. Quant à moi, je tente désespérément de garder mon calme. Mon cœur n'a jamais battu aussi vite de toute ma vie et je supplie mes larmes de rester là où elles sont. Samy prend ma main tremblante pour y passer mon alliance en or blanc toute simple qui va à ravir avec ma bague de fiançailles.

— Mademoiselle Emilie Rachel Martin, consentez-vous à prendre pour époux Monsieur Samir Aymen Belaoui ici présent ?

Je me retourne vers lui, mes joues désormais inondées de larmes.

— Oui, dis-je doucement en hochant la tête.

Je lui place l'anneau à mon tour en ne cessant de fixer ses yeux bruns. Jamais je ne réussirai à décrire l'émotion que nos regards se transmettent à ce moment précis. C'est perçant, flamboyant, limite effrayant. J'ai l'impression que nous sommes seuls au monde.

Monsieur le maire nous sort de notre bulle invisible :

— Au nom de la loi, je vous déclare mari et femme.

∗∗∗

Ce n'est qu'une fois entrés dans la salle, les photos enfin terminées, que mon calme revient peu à peu. Bizarre venant de moi, mais j'avais hâte qu'elles se terminent. En effet, c'est autre chose de se faire prendre en photo toute la journée. Surtout de devoir sourire en permanence lors du défilé des invités qui souhaitent avoir un souvenir avec les mariés.

— Je n'arrive pas à croire qu'on soit mariés, murmuré-je une fois de plus à un Sam dont le sourire ne s'efface pas.

Je prends un plaisir fou à le voir si heureux. Non pas que je ne le sois pas également, mais c'est tellement puissant en émotions que j'ai du mal à avoir les idées claires.

Mes parents ne se parlent pas beaucoup, mais j'ai remarqué leurs échanges de regard qui m'a particulièrement surprise, agacée… ? Je ne sais même pas quoi en penser !

En tout cas, je sens une ambiance assez lourde, sûrement dû au mélange de nos deux cultures. Les invités ne parlent pas très fort et sont même assez silencieux. La seule table animée et celle de mes demoiselles d'honneur avec leur famille ainsi que Mika et deux autres collègues de Sam. En tout cas, il y a carrément deux clans : celui des Français et celui des Arabes.

Pourvu que cette soirée se termine vite !

Le grand frère de Sam, transformé en chef de soirée et en DJ, arrête la musique de fond et nous appelle au micro.

Oh non ! Je déteste parler en public ! Mais comme m'a dit Sam, je vais devoir faire un effort ce soir.

Il attrape le micro avant de me le passer.

— Les femmes d'abord, me chuchote-t-il en souriant.

— C'est quand ça t'arrange… dis-je en attrapant le micro.

Je regarde les invités qui me fixent tous sans exception. Le silence est devenu si profond que j'ai l'impression qu'ils peuvent entendre mon cœur qui bat à mille à l'heure.

— Merci… merci à tous.

Ça y est, ces putains de larmes sont de retour ! Mes parents ainsi que Fanny et Mina sont prêts à craquer. Je respire profondément.

— Je vous remercie tous d'être là pour nous. Papa et maman…

Je les regarde tendrement. Pas besoin d'en dire plus. C'en est trop pour papa qui craque carrément. Il m'envoie un baiser de sa main avant d'essuyer ses yeux larmoyants.

Je me tourne désormais sur mes amies.

— Merci à mes deux meilleures amies sans qui je n'en serais pas là aujourd'hui.

Je ris en les voyant et pleure en même temps. Quel mélange d'émotion absurde ! Je finis par bégayer un « bon appétit et amusez-vous bien » entre deux sanglots avant que Sam ne prenne le relais.

Il m'embrasse d'abord sur le front avant de commencer son discours.

— Comme dit ma femme, merci à tous ! Merci à ma famille et…

Il me surprend en se tournant vers mes parents.

— Je vous promets de ne pas vous décevoir. Je m'occuperai de votre fille comme de la prunelle de mes yeux.

Mes parents le dévisagent, émus. La façon qu'a ma mère de le fixer me surprend. Admirative. C'est ça, elle le regarde avec admiration.

— Malgré toutes les difficultés, notre amour a été plus fort que tout, et il le sera toujours… poursuit-il en se tournant vers moi.

Je n'ai pas le temps de réagir que tout le monde se lève pour nous applaudir et Sam m'attrape par la main pour m'emmener à table.

***

J'ai du mal à manger même si tout semble délicieux. J'observe une nouvelle fois autour de moi. Malgré l'ambiance assez pesante, l'endroit est vraiment parfait.

Samy s'est levé juste avant le dessert pour aller faire un petit tour de tables, mais je ne le retrouve pas alors je dérive sur celle de mes demoiselles d'honneur un peu plus animée.

Je meurs d'envie de les rejoindre, mais je ne veux pas laisser mes parents seuls avec mes beaux-parents qui ne disent pas un mot. Mais quand je vois Mina et Fanny en grande discussion, qui a l'air plus que sérieuse, je n'hésite plus.

Elles s'arrêtent de parler dès mon arrivée et leur inquiétude se transforme en sourire forcé.

— Bien mangé, demande Fanny ?

— De quoi vous parliez ? demandé-je en ignorant sa question.

— Mais de rien.

Elles haussent les épaules et ne me regardent pas dans les yeux ce qui me tord le ventre.

— Dites-moi ! insisté-je en croisant les bras.

— Laisse tomber, Emy, ce n'est vraiment pas le bon moment. C'est ton jour aujourd'hui !

Je me penche vers Mina.

— Tu rigoles ou quoi ?

— Non ! répond-elle plus sérieusement.

OK, changement de tactique. Je me mets accroupie et joins mes mains en les suppliant.

— Pitié, les copines, ne m'épargnez pas parce que c'est mon mariage, je n'en peux plus !

— Comment ça ? demande Fanny

— Ne me fais pas croire tu n'as pas remarqué l'ambiance on plutôt le manque total d'ambiance ? Non mais regardez ma table franchement !

Nous regardons simultanément mes parents et mes beaux-parents assis devant leur assiette vide, dans l'ennui total.

— Bon, disons que l'ambiance est plutôt.... Fanny fait mine de réfléchir. Bon Mina vas-y, dis-lui !

Je tape des mains avant d'attraper une chaise libre pour m'assoir au milieu d'elles et je fixe Mina, impatiente.

— Arrête de sourire comme ça, ce n'est pas une bonne nouvelle !

— Oui, bon vas-y, parle !

Elle inspire doucement.

— C'est ma sœur…

— Quoi ta sœur ?

Je regarde rapidement autour de moi, voir si elle n'est pas dans les parages.

— Ce dont je vous ai parlé la dernière fois… c'est encore pire que ce que je croyais.

— Comment ça ?

— Elle vient de m'avouer un truc de dingue !

— Oh la la, ça ne pouvait pas mieux tomber ! dis-je en m'accoudant sur la table pour mieux l'écouter.

Mina me fusille du regard.

— Oui, enfin, je voulais dire, un peu de piquant dans cette soirée ne me fera pas de mal !

— Pathétique ! répond Mina en grimaçant presque.

J'acquiesce en regardant autour de moi.

— Bon alors, qu'est-ce qui se passe ?

Elle regarde à son tour autour de nous avant de chuchoter :

— Quand je suis allée la chercher après la mairie, j'ai trouvé des capotes dans son sac…

Je l'interroge du regard pour avoir la suite, mais elle me fixe comme si la réponse était évidente.

— Et alors… ?

— Et alors ma petite sœur couche avec un mec ! Tu ne te rends pas compte ou quoi ?

Elle soupire fortement en posant ses mains sur son front.

— Il n'y a rien d'horrible à ça…

— Dans ton monde, Emy ! Chez nous, ce n'est même pas envisageable ! En plus, ce n'est pas tout…

— Quoi ?

— Je lui ai demandé pourquoi elle avait des préservatifs dans son sac et là, non seulement elle m'avoue qu'elle à un copain depuis plusieurs mois… mais qu'en plus… c'est un black !

Je pose ma main sur ma bouche et tente désespérément de ne pas rire. Fanny ne m'aide pas du tout en retroussant ses lèvres pour ne pas exploser de rire également. Mina n'est pas du tout raciste, une de ses amies proches au lycée était même antillaise, mais elle a toujours dit qu'un black n'était pas compatible avec un arabe, va savoir pourquoi…

— C'est qu'une amourette ! la rassuré-je. Elle n'a que seize ans !

— Elle dit que c'est l'homme de sa vie ! Regarde Fanny et Dorian, ils sont ensemble depuis la maternelle !

Fanny fait mine d'être vexée.

— On avait dix-sept ans je te signale !

Mina lâche un énorme soupir et je tente de la rassurer :

— Bon, c'est quand même une bonne nouvelle ! Pas de drogues, pas de déprime…

— Tu rigoles ? C'est pire !

— Tu exagères, Mina…

— Il est catholique, Emy !

— Et alors ? Il croit en Dieu donc…

— Non, Emy, un musulman peut épouser une croyante, mais l'inverse n'est pas possible.

— Ah bon ?

— Non, une musulmane ne peut pas épouser un non-musulman.

Je fronce les sourcils.

— Pourquoi ?

— Le plus important est que la religion se transmet par le père… donc si le père est chrétien, l'enfant ne sera pas musulman.

— Mais il pourra choisir sa religion lui-même non ?

— Oui, mais l'islam ne lui sera pas transmis.

— Oui, mais…

— Emy, laisse tomber ! me coupe-t-elle. C'est écrit dans le Coran. C'est interdit, c'est tout.

Je réfléchis quelques secondes. Il y a encore tellement de choses que j'ignore et que je dois apprendre sur la religion de mon mari.

— Quelle histoire, s'exclame Fanny pour rompre le silence.

Mina relève la tête pour la fusiller du regard.

— Si tu écris ça dans ton livre, je te tue !

Fanny prend son air complètement outré.

— Mais je n'y compte pas… enfin pas tant que je n'aurai pas ta permission.

Elle glousse et je ne peux m'empêcher de me joindre à elle en riant.

— Ce n'est vraiment pas drôle ! s'énerve Mina en remettant ses mains sur son visage.

— Mina…

J'attrape ses mains dans les miennes et j'approche mon visage pour la regarder dans les yeux.

— Ce n'est peut-être pas ce que tu aurais voulu pour elle, mais c'est son choix. Et tu dois le respecter.

— Mais tu ne te rends compte de ce qu'elle va affronter. Elle part dans une vie tellement compliquée ! Que va penser ma famille ? Elle va se prendre une tonne de réflexions !

Je souris légèrement en haussant les sourcils et elle comprend tout de suite que je suis exactement dans le même cas.

Je regarde une nouvelle fois mes parents qui discutent tous les deux.

— On est parfois déçus par les choix de vie de nos proches… mais ce qui compte, c'est qu'ils soient heureux, non ?

Mina fait mine de réfléchir.

— Mouais, finit-elle par lâcher en haussant les épaules.

— Tête de mule ! dis-je en lui donnant un léger coup d'épaule. Ta sœur n'a que seize ans, laisse-la faire ses expériences et ses propres choix. Ne dramatise pas.

Aujourd'hui, c'est moi qui conseille de ne pas se prendre la tête, le monde à l'envers !

Fanny fait mine de prendre des notes et Mina se joint à nous en riant. Elle paraît plus sereine, mais je sais que toute cette histoire est le début d'une longue épreuve.

— M'accorderiez-vous cette danse ?

Samy nous surprend debout derrière nous, la main tendue vers moi. J'entends alors que la musique de fond est un morceau de guitare.

— Mais… ?

Je me lève en attrapant sa main et lui chuchote à l'oreille :

— Je croyais que…

Il ne me laisse pas finir et m'emmène au milieu de la piste de danse. Tous les regards sont braqués sur nous.

— J'ai changé d'avis. On subira toute notre vie les critiques, autant commencer ce soir.

Il rit avant de reprendre son sérieux et le niveau sonore de cette chanson augmente. J'ouvre grand la bouche en m'approchant timidement de lui. Ed Sheeran. Mais pas celle de d'habitude. *Thinking out loud* (penser tout haut). Le grand écran derrière nous s'allume alors avec le titre et la traduction en dessous.

Il pose sa main sur le bas de mon dos pour me forcer à me coller à lui et je passe mes bras autour de son cou.

— Écoute bien les paroles, bébé… elles sont pour nous.

En réalité, tout le monde peut suivre les paroles en lisant l'écran. Je ferme les yeux pour me laisser aller à cette magnifique chanson, chaque pas et chaque mot me faisant tomber encore plus amoureuse que je ne le suis déjà.

When your legs don't work like they used to before
Quand tes jambes ne fonctionneront plus comme avant

And I can't sweep you off of your feet
Et quand je ne pourrai plus te soulever
Will your mouth still remember the taste of my love
Est-ce que ta bouche se souviendra encore du goût de mon amour
Will your eyes still smile from your cheeks
Est-ce que tes yeux souriront encore
And darling I will be loving you till you're 70
Et chérie, je t'aimerai jusqu'à tes 70 ans

Je me détache de lui pour lui sourire en lui chuchotant :
— Même quand je serai toute ridée ?
— Écoute la suite, m'ordonne-t-il en riant avant de resserrer son étreinte.

And baby my heart could still fall as hard at 23
Et bébé, mon cœur pourrait t'aimer encore aussi fort qu'à 23 ans
And I'm thinking 'bout how
Et je pense à comment
People fall in love in mysterious ways
Les gens tombent amoureux de façon étrange
Maybe just the touch of a hand
Peut-être juste le contact d'une main
Well, me—I fall in love with you every single day
Eh bien moi, je tombe amoureux de toi chaque jour

— Chérie..., susurre-t-il à mon oreille.
Je retire mon visage de son cou pour le regarder dans les yeux.
— J'ai le cœur qui va exploser... lâche-t-il.
Je ravale mes larmes sans rien dire.

— Tu n'imagines pas à quel point je suis heureux là maintenant.

— Je le suis aussi, Sam…

Il dégage une petite mèche qui s'est échappée de mon chignon.

— On affrontera tout ensemble, je te le promets.

— Et je te crois.

On ne se le dit pas, mais on sait qu'on va devoir vivre de nombreuses difficultés. Surtout après cette nouvelle sur mon infertilité. Mais peu importe, nous serons ensemble et c'est tout ce qui compte.

Il pose sa main derrière ma nuque pour que je replace mon visage sur son épaule et je resserre mon étreinte.

Quand la musique s'achève, j'essuie les nombreuses larmes qui ont coulé avec mon mascara. Maudit soit le waterproof, j'en ai partout !

— C'était magnifique chéri, merci.

— C'est toi qui es magnifique, *habibty*.

Il me dépose un baiser sur la joue, mais notre échange affectif est vite stoppé par une musique plus rythmée et de nombreux invités se joignent à nous sur la piste.

Fanny et Mina m'arrachent à mon mari — waouh, ça fait bizarre de l'appeler comme ça ! — et nous dansons toutes les trois sur cette chanson inconnue.

J'observe maman et papa qui s'approchent timidement de la piste pour danser et rire ensemble. *Trop bizarre !*

Mais bon, en même temps ils ne connaissent personne d'autre et le fait qu'ils fassent l'effort de danser me fait plaisir. On voit bien qu'ils se forcent carrément à bouger tellement ils sont coincés. Ils rejoignent Anna, Mika et d'autres amis. Je ne m'y attarde pas plus en continuant de m'amuser avec mes copines.

Tout à coup, le DJ change de style et je m'attarde une nouvelle fois sur mes parents quand la célèbre musique rythmée *Al Rayah* de Rachid Taha démarre. De nombreux invités, du côté de Samy évidemment, qui demeuraient assis jusqu'à maintenant, nous rejoignent pour danser.

La piste qui était presque vide se remplit alors et un brouhaha inespéré se forme.

Les femmes, dont mes belles-sœurs, dansent toutes aussi bien les unes que les autres. Je me demande alors si la fille qui nous a donné le cours chez ma mère était réellement une danseuse… Elles ont toutes ça dans le sang !

Ma mère regarde autour d'elle un peu mal à l'aise et quand elle s'apprête à quitter la piste, la sœur de Samy lui attrape le bras pour la retenir. Elle se positionne en face d'elle en se déhanchant au rythme de la musique. Maman hésite une seconde avant de l'imiter timidement.

Je crois que mes yeux sont tellement gonflés par les pleurs de la journée que je dois mal voir : ma mère rit et danse en imitant les femmes autour d'elle. Maman au milieu de tous ces Arabes en train de danser le raï ? Incroyable !

Samy se rapproche d'elle les bras levés et j'hallucine encore plus de le voir danser aussi bien que ses sœurs. Il se déhanche comme un pro et mon bas ventre s'enflamme. Oh la la !

Il attrape la main de maman pour danser en face d'elle et je ne peux m'empêcher de sourire face à cette merveilleuse scène. Maman éclate de rire en dansant avec mon mari. C'est tellement beau que je me force encore une fois à ne pas pleurer.

Je regarde autour de moi le cœur battant. L'ambiance est désormais… de feu ! Mika et Anna dansent également, mais cette fois, mélangés aux invités de Samy.

Je dévie mon regard sur mon père qui tente également de danser, mais… ce n'est pas gagné ! Il bouge d'une manière indescriptible. Je le rejoins pour me mettre en face de lui et il m'attrape la main pour me faire tourner sur moi-même. Je ris tellement fort que j'attire le regard de nombreuses personnes dont mon homme.

Sam se rapproche alors de moi et se penche pour me dire à l'oreille.

— Montre-moi ce que tu as appris.

Je hausse les sourcils et je fais signe à Mina et Fanny pour qu'elles s'approchent de moi. Il n'y a qu'avec elles que je serai à l'aise devant tout ce monde qui me regarde désormais comme si j'allais faire un spectacle.

Comme à notre habitude, nous nous mettons dans notre bulle pour danser. Obligées si on ne veut pas céder à la panique !

Nous imitons les pas que nous avons appris la semaine dernière en suivant surtout Mina qui se déhanche comme une vraie déesse, même avec son ventre rond. Mais comment elles font ça franchement ? J'ai l'impression d'être une vraie empotée à côté d'elles, mais je continue tout de même.

Je tends ma main à maman qui nous rejoint avec plaisir et sans qu'on s'en rende compte, tous les invités sont autour de nous en train de nous applaudir. Certains sifflent, d'autres hurlent. Ils ont l'air tous étonnés, mais surtout ravis que l'on danse ce style. Quand plusieurs femmes se mettent à crier des youyous les unes après les autres, j'en frissonne carrément ! La salle s'est transformée en une vraie soirée orientale avec une ambiance incroyable !

Tous ces encouragements nous propulsent vers des mouvements incontrôlables, comme si nous étions seules au monde. Je m'amuse comme une folle !

Quand j'aperçois Neyla qui s'est légèrement approchée pour regarder la scène, je donne un discret coup de bras à Mina. Elle la regarde et hésite une seconde, mais Fanny se joint à moi en lui faisant signe d'y aller.

Elle se rapproche alors de sa petite sœur pour lui prendre la main et l'emmener parmi nous. Neyla est tellement surprise qu'elle reste plantée près de nous en bougeant légèrement, mais Mina l'encourage et elle se met alors à danser encore mieux que toutes les autres, waouh ! Nous l'encourageons en applaudissant et elles se mettent toutes les deux à danser l'une près de l'autre en riant, comme si rien ne s'était passé.

Je croise alors le regard brûlant de Sam, je pense lui faire le même effet qu'il me fait. Peut-être que je ne danse pas si mal finalement ? Je continue de le fixer en me mettant sur le côté pour faire des va-et-vient rapides avec ma hanche. Il éclate de rire en secouant la tête et les filles hurlent de plus belle pour me féliciter de ce mouvement. J'ai sûrement la hanche déboîtée, mais j'en ai épaté plus d'un.

L'un des frères de Samy le pousse vers le centre de la piste et les filles s'éloignent pour nous laisser tous les deux au milieu du cercle humain. Nous dansons alors ensemble rythmés par les applaudissements de nos invités qui tournent désormais autour de nous.

Je finis la musique en tournant sur moi-même et en admirant la foule avant de fixer mon danseur à moi. Si un cœur doit exploser aujourd'hui, c'est bien le mien.

Au bout de plusieurs heures de danse, le DJ annonce qu'il s'agit de la dernière de la soirée. Je sens une légère déception malgré mon épuisement et mes pieds en compote. *A sky full of stars* de Coldplay démarre et la piste déborde plus que jamais.

La dernière fois que j'ai dansé sur cette musique dans ce pub, je souffrais d'être séparée de Samy. Mais tout ça est bel et bien terminé, car aujourd'hui, nous sommes liés pour l'éternité. C'est fou la puissance émotionnelle qu'une musique peut créer en nous. Celle-ci m'a déjà fait me sentir plus mal que je ne l'étais déjà, mais aujourd'hui, elle me fait sentir encore plus vivante, plus amoureuse, plus heureuse !

Je recule pour sortir de la piste et pouvoir admirer la scène complète.

Tout le monde danse, ensemble. Unis. Nos deux cultures rient et s'amusent comme si nos différences n'étaient plus. Comme si nous étions dans un monde où tout ça n'a plus d'importance.

J'attrape un appareil photo sur l'une des tables pour prendre la dernière de la journée et sans doute la meilleure : La magie de mon mariage *Mi-figue Mi-raisin*.

Chapitre 61

La sonnette de notre nouvelle maison retentit et je ne peux m'empêcher de sourire en l'entendant. Car c'est la première fois que quelqu'un sonne chez moi, chez nous. Et aussi, car je sais de qui, ou plutôt de quoi il s'agit.

Je zigzague entre les cartons pour récupérer mon colis que je pose sur ma nouvelle table de salon en chêne massif.

Nous sommes enfin installés dans notre petite maison. Elle est beaucoup moins grande que l'appartement de Samy, mais on a eu un vrai coup de cœur. Ou plutôt j'ai eu un vrai coup de cœur ?

Le coin salon est orné de poutres apparentes en bois et le mur en briques rouges de la salle à manger est juste somptueux ! Samy a dit que le plus important était que j'y sois bien, alors il a signé le lendemain de notre visite. À mon grand désarroi, c'est lui qui a payé cette incroyable maison, qu'il a mise à nos deux noms qui plus est ! J'étais folle de rage, mais il a su encore une fois me faire oublier…

Je regarde l'étagère avec seulement deux albums et un cadre photo. L'un des albums est blanc et doré. Notre mariage. Peut-être pas le plus beau jour de ma vie comme disent certains, mais une sacrée journée pleine d'émotions en tout cas.

Quand nous sommes rentrés à l'hôtel ce soir-là, notre épuisement s'est évaporé en nous retrouvant tous les deux comme ce n'était pas arrivé depuis des mois. Là on peut dire que ça a été la plus belle nuit, ou plutôt la plus belle matinée de toute ma vie. C'était comme si c'était la première fois que nous le faisions. Un moment intense, fort en émotions, en sensations. J'ai toujours eu beaucoup de plaisir avec lui, mais là… c'était indescriptible !

Toutes les parcelles de mon corps se mettent à vibrer rien qu'en y repensant.

Déjà cinq mois que nous sommes mariés, et il n'y a pas eu un seul jour, sauf les deux passés à Londres avec Léon, que je n'ai pas apprécié. Je savoure chaque instant près de lui. C'est sûrement ça la vie de jeunes mariés.

Tu verras quand les années passeront et que vous aurez des enfants, me disent souvent les autres.

Pour ce qui est des enfants, je lui en ai reparlé une ou deux fois, mais il préfère que l'on profite de notre vie de jeunes mariés pendant deux ou trois ans avant de se décider. Il dit que nous chercherons un médecin dans le domaine, mais à vrai dire, j'ai déjà une liste des meilleurs spécialistes de France.

Même si je dois avouer que j'y pense beaucoup, j'arrive tout de même à profiter de ma nouvelle vie sans trop me prendre la tête. Surtout, je fais confiance à Samy quand il dit que nous y arriverons. Peut-être que ça sera long et difficile, mais nous pouvons tout affronter ensemble et personne ne pourra dire le contraire…

L'autre album posé sur l'étagère est celui de notre voyage de noces à Bali en Indonésie. Oui, une belle surprise ! Moi qui m'attendais à Rome ou Venise.

Comme s'il avait pu lire dans mes pensées, il m'a emmené à l'autre bout du monde où nous avons profité des belles plages, des reliefs volcaniques habillés de forêts, des collines près des rizières et de la culture asiatique que j'ai adorée.

Autant dire que je me suis donnée à cœur joie avec mon appareil photo. Un total de mille deux cents photos en tout ! Il n'y croyait pas quand il a déchargé mon appareil en rentrant.

Je m'apprête à ouvrir mon paquet lorsque je reçois un message de Samy.

La numéro deux, mon amour. Je suis là dans une heure. N'Brick.

Je ne sais pas comment il se débrouille pour me faire frissonner à chaque message qu'il m'envoie. Sûrement le fait qu'il m'appelle mon amour. Ou qu'il me dise qu'il m'aime dans sa langue natale ? Ou juste le fait que je sois complètement raide dingue de lui ?

J'imprime la photo numéro deux. Je lui ai envoyé un message en lui demandant de choisir entre trois portraits de nous à Bali, pour l'installer dans notre salon. Comme je l'avais prédit, il a choisi celle en bord de mer, où ressortent « mes yeux incroyablement verts » comme il dit.

Encore une heure devant moi, ça me laisse le temps de ranger quelques cartons. Sam est parti chez ma mère qui avait un problème de tuyauterie. Dingue non ? Elle l'appelle souvent pour lui demander des coups de main qu'il accepte volontiers. Elle ne le dit pas, mais je sais qu'elle l'adore.

Elle m'a juste avoué après le mariage, qu'elle trouvait admirable et rare la façon qu'avait Samy de me regarder. Elle ne savait pas comment me l'expliquer, mais elle n'avait pas besoin de le faire, car j'ai tout de suite compris ce qu'elle voulait dire. Les yeux de l'amour. Faisant de moi la femme la plus aimée et désirable au monde. C'est comme ça qu'il me regarde.

Je branche mon téléphone à notre nouveau lecteur audio dernier cri. On passe des heures et des heures à écouter de la musique alors c'était important. Je lance notre playlist de musiques préférées et c'est Ed Sheeran avec *Shape of you* qui m'accompagnera dans mon rangement.

Je me mets automatiquement à bouger au rythme des instruments et je chante les paroles que je connais par cœur en repensant à cette fois où mon mari m'a fait comprendre, encore une fois, qu'elles étaient faites pour moi. Pour nous.

Mon pouls s'accélère. Sûrement dû à mon déhanché autour des cartons en criant comme une folle. Mais c'est surtout que je m'apprête à ouvrir mon colis.

Je souris largement et je sautille comme une sauterelle en le découvrant :

Mi-figue Mi-raison.

Après des semaines de réflexions, voilà le titre que Fanny a donné à son roman. Elle n'aurait pas pu trouver mieux !

Un frisson me parcourt le long de ma colonne vertébrale quand je le prends dans mes mains.

Waouh !

J'attrape la photo qu'il a choisie pour l'installer sur l'étagère et c'est juste à côté que j'y dépose… le livre de ma vie.

FIN

Épilogue

7 ans plus tard

Épuisée. C'est l'état dans lequel je suis depuis plusieurs semaines, maintenant. Je pose ma main sur ma poitrine pour me contrôler, mais c'est trop dur. Je me lève rapidement afin de prendre l'air, car le brouhaha qu'il y a chez ma mère devient insupportable.

— Ça va, chérie ? demande maman en me voyant courir vers la porte menant au jardin.

Je ne réponds pas et continue mon chemin.

Je respire l'air frais en tentant de canaliser mes nerfs, mais je dois poser ma main sur le muret afin de ne pas craquer. *Respire, Emy. Respire.*

Je sursaute en sentant sa paume se poser sur le bas de mon dos.

— Tout ça, c'est ta faute ! dis-je en posant ma main sur ma bouche pour ne pas vomir sur la terrasse de maman.

Il rit en posant ses lèvres sur ma tempe.

— Je ne me lasserai jamais de te voir dans cet état, *habibty.*

Je ne peux m'empêcher de sourire malgré ma nausée qui revient de plus belle. Deux mois. Deux mois que je subis ces satanées nausées qui ne me quittent pas une seconde. On m'avait parlé de nausées matinales… foutaises ! Pour moi, elles durent toute la journée, du matin au soir, sans me laisser aucun répit.

— Plus qu'un mois, bébé…

— J'espère bien ! dis-je l'air agacé, ce qui le fait encore plus rire.

— Ça n'a pas été plus long pour Aya.

Rien que de l'entendre prononcer son prénom me fait sourire.

Aya, c'est notre miracle numéro un. Notre merveilleuse petite fille d'un an et demi.

Ça n'a pas été facile, mais après trois ans de tentatives et de persévérance, le bonheur a sonné à notre porte.

Je me souviendrai toute ma vie de ce que j'ai ressenti en apprenant la nouvelle. Mais surtout, la sensation astronomique quand je le lui ai appris, à lui. L'homme de ma vie.

***

Je m'attends encore à pleurer. Ou peut-être encore une crise d'angoisse ? Chaque fois que le médecin m'annonce que mes injections n'ont pas abouti, c'est la douche froide. Ou plutôt glaciale. Quatre fois. Déjà quatre injections hormonales qui m'ont rendue complètement folle. À bout ! On ressent toutes les sensations de la femme enceinte, des nausées en passant par les sautes d'humeur... tout ça sans bébé pour le justifier. L'enfer ! Mais peu importe, je suis forte et je ne céderai pas.

C'est la deuxième fois que je vais chercher les résultats sans Sam. Pas besoin que l'on prenne tous les deux notre journée pour au final être déçus. Il fait toujours tout pour que je me sente mieux, il me rassure en disant que ça nous arrivera un jour, qu'il y croit... mais sa déception est tellement forte que je la ressens tout de même.

Aujourd'hui, il ne sait même pas que je suis ici. Ce soir, nous fêtons nos cinq ans de mariage et je n'ai pas envie de plomber l'ambiance. Il fait toujours tout pour positiver et me remonter le moral, à moi de lui rendre la pareille. Même si ça va être dur de cacher ma déception, je compte bien y arriver ! Je nous ai déjà préparé un super couscous qui, après plusieurs tentatives, semble être presque aussi bon que celui de sa mère. Je dis presque, car on n'arrive jamais à la cheville de sa maman pour ce genre de choses. Il me jouera un morceau de guitare et je me détendrai en l'écoutant avec attention.

— *Madame Belaoui ?*

— *Oui.*

Je me lève et m'installe silencieusement en face du docteur Cohen. J'ai gardé ma gynécologue pour mon suivi, car il s'est avéré qu'elle est spécialiste dans la fécondité. Quelle chance ! Enfin si on peut appeler tout ça de la chance...

— *Emilie...*

Oh non... ça me rappelle cette fois ou elle m'a annoncé mon état. Je fixe mes doigts qui se tordent entre eux, mais elle attend que je lève les yeux vers elle pour commencer.

Elle me fixe avec un regard profond. Limite émue.

— *Félicitations.*

Mon cœur s'arrête.

— *Pardon ?*

— *Vous êtes enceinte. D'environ deux semaines.*

Je pose mes mains sur mon visage.

— *Oh mon Dieu !*

— *Ça a fonctionné, Emilie. Ça a fonctionné !*

Elle m'explique un tas de trucs sur les évènements à venir, mais j'ai du mal à suivre.

— *Est-ce que.... Est-ce que vous êtes sûre ?*

— *Plus que sûre ! répond-elle en riant.*

Je lâche un sanglot.

— *Je n'y crois pas !*

— Je vous laisse une minute...

Elle sort de la pièce et je me mets à pleurer. Je savais que je verserais des larmes aujourd'hui, mais je n'avais pas imaginé que cette fois, ce serait des larmes de joie.

***

— Tu y es presque, habibty...

Samy prend une dernière bouchée de mon couscous en souriant.

— Ça veut dire que je dois encore m'entraîner ? l'interrogé-je en plissant les yeux.

— Oui, encore un peu...

— Petit malin !

Je me penche pour l'embrasser et mon bas ventre s'enflamme comme à chaque fois.

— J'ai un cadeau pour toi, l'informé-je entre deux baisers.

— J'espère bien...

Il m'attrape par le bras pour m'obliger à m'assoir sur ses genoux et m'embrasse profondément.

— Attends... dis-je à bout de souffle.

Mais il n'écoute pas et continue de jouer avec ma langue tout en passant sa main sous mon haut.

Je me relève rapidement avant de ne plus pouvoir résister et j'attrape une boîte dans le tiroir du salon que je lui tends.

— Tiens...

Il secoue la tête en riant.

— Ça ne peut pas attendre ?

— Non vraiment pas !

Je prends sur moi pour ne pas le lui dire depuis qu'il est rentré du travail. J'ai déjà dû me retenir de ne pas l'appeler en hurlant quand je suis sortie de chez le médecin. Mais j'ai tenu bon.

Quand il ouvre la boîte, son sourire s'efface.

Je suis passée à la pharmacie acheter un test de grossesse avant de rentrer à la maison et j'ai crié de joie en découvrant le résultat comme si je ne le savais pas encore. Quel bonheur de voir enfin cette fameuse barre indiquant que le test est positif.

Il relève enfin les yeux vers moi.

— Emy...

— Oui, Sam. Tu vas être papa.

Il pose sa main sur son visage et quand il la retire et que je vois des larmes couler sur ses joues, je ne peux m'empêcher de pleurer avec lui.

— Oh, bébé...

Il se lève et se précipite dans mes bras. Il m'attrape le visage afin d'y embrasser chaque recoin tel un fou furieux. Puis il se met à genoux et passe ses bras autour de ma taille en embrassant délicatement mon ventre.

— On y est arrivés, répète-t-il en caressant mon ventre.

— On y est arrivés.

Mon cœur tambourine. Mon corps entier frissonne en le voyant si heureux.

— Je t'aime, Emy... je vous aime tellement.

Nous l'aimons aussi. Moi et notre petite Aya qui pointera son nez huit mois plus tard.

***

— Ça va mieux, ma chérie ?

— Ça peut aller, merci, maman.

Elle jette un regard complice à Samy avant de rire. Je sais qu'ils se moquent de moi, mais je fais comme si je n'avais rien vu.

— Aya est réveillée, nous informe ma mère des étoiles dans les yeux.

L'effet Aya.

— Papa !

Ma petite brune aux yeux verts sort de derrière sa mamie pour sauter dans les bras de Samy qui la fait virevolter dans tous les sens. Aya, c'est le prénom qu'il a choisi quand il a su qu'on attendait une petite fille. Je n'ai pas hésité une seule seconde quand il l'a prononcé. Un coup de cœur !

Je m'installe sur une chaise longue en les admirant rire tous les deux. Je ne me lasserai jamais de les regarder.

Quand la nausée me reprend, j'appelle Samy qui s'assoit près de moi, Aya sur ses genoux.

— Tu sais pour notre accord, commencé-je en fronçant le nez.

— Les règles sont les règles, Emy, me coupe-t-il en secouant fermement la tête.

— On sait tous les deux que certaines règles peuvent être transgressées…

Je hausse plusieurs fois les sourcils avec un sourire narquois.

— Pas celle-là, bébé.

Il éclate de rire en me voyant grimacer. J'aurais dû écouter avec attention Fanny et Mina se plaindre des symptômes de grossesse avant d'accepter d'avoir trois enfants.

— Dans quelques mois, tu auras oublié tout ça, me rassure-t-il.

Il me sourit avant de repartir jouer avec notre poupée. Ce n'est pas parce que c'est ma fille, mais elle ressemble vraiment à une poupée. Elle a hérité de mes yeux et de la peau de Sam, comme je l'ai rêvé.

Je me caresse le ventre en chuchotant :

— Et toi, petit cœur, à qui vas-tu ressembler ?

Sept mois plus tard, nous accueillons notre petit Nael, le deuxième miracle de notre vie.

« Quand l'impossible devient possible »

Emy.

Vous avez aimé votre lecture ?
Découvrez les autres romans des éditions So Romance
disponibles en format papier et numérique.

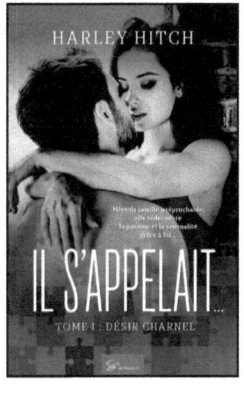

Il s'appelait...
Tome 1 : Désir charnel
Un mariage parfait, un travail passionnant, des enfants adorables, une belle maison... Elle possède tous les ingrédients pour mener une vie idyllique. Sauf la passion. Au fil des années, le désir dans son couple s'est essoufflé, l'indifférence s'est installée et la folie des premières années s'est volatilisée pour laisser place à la tristesse et la nostalgie. Et puis un jour d'hiver, elle l'a rencontré. Dès le premier regard, elle a succombé. C'est à ce moment-là que tout a basculé...

L'envol du papillon
Romance historique
Élisa d'Albret est dévastée : ses parents l'envoient vivre une année complète chez sa tante, la comtesse de Bressac, qu'elle n'a plus vue depuis dix-sept ans. La jeune femme devra quitter la simplicité et la félicité des plages de la Guadeloupe pour apprendre les us et coutumes de la haute noblesse française du milieu du XIXe siècle.
Dès le premier regard avec Alexandre de Noyal, les jeunes gens sentent une attraction indéniable... mais qu'ils devront refréner : il n'est autre que le promis de Mathilde de Bressac, la cousine d'Élisa...

Le Souhait de Gwen
Tome 1 : La Neige éternelle

Faire le deuil de sa meilleure amie, Gwen, découvrir que son petit-ami la trompe avec persévérance... Rien à dire, Victoria n'est pas gâtée pour ces fêtes de fin d'année ! C'est donc sans remords qu'elle part à Samoens exaucer la dernière volonté de Gwen : grimper la montagne pour aller répandre ses cendres sur la neige éternelle. La tâche pourrait paraître difficile quand on n'est pas une grande sportive dans l'âme, mais que dire si, en plus, on est affublé d'un accompagnateur aussi mignon que grognon ? Noël n'a pas fini de nous surprendre !

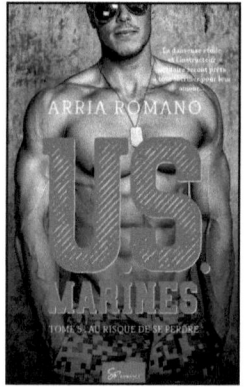

U.S. Marines
Tome 5 : Au risque de se perdre

Dès qu'Alexeï Lenkov aperçoit Xénia Protasova, danseuse étoile de la troupe Mariinsky, il tombe irrémédiablement sous son charme. À son plus grand bonheur, l'instructeur militaire des U.S. Marines se rend compte que cette attirance si forte est réciproque... Mais leur union est impossible. Xénia n'est autre que l'épouse de Dimitri Bondarev, un puissant homme d'affaires russes, et est surprotégé par son frère, Sergueï Protasov, ancien militaire du FSB, le service fédéral de la Fédération de Russie...

Pour en savoir plus
www.soromance.com